# No Reino
das Sombras

# Alan Furst

# No Reino das Sombras

Tradução de
LOURDES MENEGALE

EDITORA RECORD
RIO DE JANEIRO • SÃO PAULO
2003

CIP-Brasil. Catalogação-na-fonte
Sindicato Nacional dos Editores de Livros, RJ.

F985n  Furst, Alan
No reino das sombras / Alan Furst; tradução Lourdes
Menegale. – Rio de Janeiro: Record, 2003.
mapas;
304p.

Tradução de: Kingdom of shadows
ISBN 85-01-06248-0

1. Guerra Mundial, 1939-1945 – Movimentos de resistência
– Ficção. 2. Romance americano. I. Menegale, Maria de Lourdes
Reis. II. Título.

03-0992
CDD – 813
CDU – 821.111(73)-3

Título original norte-americano
KINGDOM OF SHADOWS

Copyright © 2000 Alan Furst

Capa: Silvana Mattievich

Todos os direitos rservados. Proibida a reprodução, no todo ou em parte, através de quaisquer meios.

Direitos exclusivos de publicação em língua portuguesa somente para o Brasil adquiridos pela
DISTRIBUIDORA RECORD DE SERVIÇOS DE IMPRENSA S.A.
Rua Argentina 171 – Rio de Janeiro, RJ – 20921-380 – Tel.: 2585-2000
que se reserva a propriedade literária desta tradução

Impresso no Brasil

ISBN 85-01-06248-0

PEDIDOS PELO REEMBOLSO POSTAL
Caixa Postal 23.052
Rio de Janeiro, RJ – 20922-970

EDITORA AFILIADA

"Esta nação já pagou pelos seus pecados, passados e futuros."

Hino Nacional da Hungria

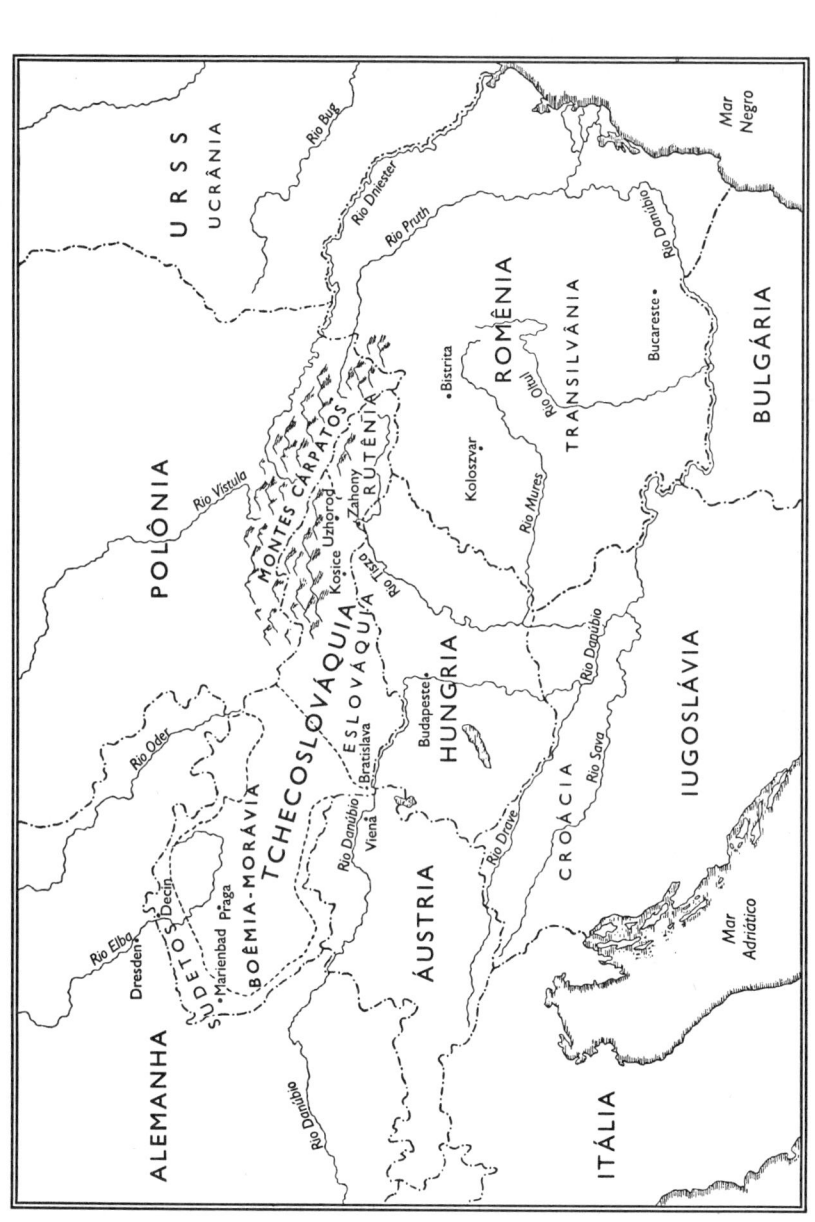

# No jardim da baronesa Frei

No dia 10 de março de 1938, o trem noturno de Budapeste parou na Gare du Nord um pouco depois das quatro da manhã. Tinha havido tempestades no Vale do Ruhr e por toda a Picardia e as laterais dos vagões brilhavam com a chuva. Na estação em Viena, um tijolo fora lançado na janela de um vagão de primeira classe, deixando uma estrela congelada no vidro. E mais tarde, naquele dia, houve dificuldades nas fronteiras para alguns passageiros, de modo que o trem tinha chegado atrasado em Paris.

Nicholas Morath, viajando com um passaporte diplomático húngaro, passou rapidamente pela plataforma e dirigiu-se para o ponto de táxi do lado de fora da estação. O primeiro chofer da fila olhou-o por um momento, depois dobrou rapidamente o *Paris Midi* e endireitou-se atrás do volante. Morath atirou a mala no chão atrás e entrou no carro.

— Avenue Bourdonnais — disse ele. — Número oito.

*Estrangeiro*, pensou o chofer. *Aristocrata*. Deu a partida no táxi e pegou o *quai* em direção ao $7^{ème}$ Arrondissement. Morath abaixou o vidro e deixou que o ar cortante da cidade batesse em seu rosto.

Número oito, Avenue Bourdonnais. Uma fria fortaleza burguesa de blocos de pedra marrom-clara, ladeada pelas delegações diplomáticas de países pequenos. Certamente, as pessoas que moravam ali eram pessoas que podiam morar em qualquer lugar; e era por isso que moravam ali. Morath abriu o portão com uma chave grande, atravessou o pátio e usou outra chave para entrar no prédio.

— *Bonsoir*, Séléne — disse ele.

A cadela, da raça pastor belga, pertencia à *concierge* e vigiava a porta à noite. Uma sombra na escuridão, ela buscou a mão dele para um afago, depois suspirou e se espreguiçou, enquanto voltava para o abrigo. *Séléne*, pensou ele, *deusa da lua*.

O apartamento de Cara ficava no último andar. Ele entrou, seus passos ecoando no parquete do corredor comprido. A porta do quarto estava aberta, e pela claridade da luz da rua ele pôde ver uma garrafa de champanhe e dois copos na penteadeira; uma vela sobre uma arca de pau-rosa tinha queimado até o fim, formando uma massa de cera dourada.

— Nicky?

— Sim.

— Que horas são?

— Quatro e meia.

— Seu telegrama disse meia-noite. — Ela sentou-se, afastando as cobertas. Tinha dormido com sua roupa de fazer amor, que ela chamava de "*petite chemisette*", sedosa, preta e muito curta, com uma delicada renda no decote. Inclinou-se para frente e tirou a roupa pela cabeça; havia uma marca vermelha no seio feita pelo bordado sobre o qual ela dormira.

Ela sacudiu a cabeça e sorriu para ele:

— Então? — Como ele não respondeu, ela disse: — Vamos tomar champanhe, não vamos?

*Oh, não*. Mas ele não disse nada. Ela tinha vinte e seis anos, ele, quarenta e quatro. Pegou a garrafa na penteadeira, segurou a rolha e torceu a garrafa lentamente até que o ar saísse com um chiado. Encheu um copo, deu-o a ela, depois se serviu.

— A você e a mim, Nick — disse ela.

Estava horrível, fraca e doce, como sabia que estaria; o *caviste* da Rue St. Dominique adulterava-a tremendamente. Ele deixou o copo no tapete, andou até o *closet* e começou a se despir.

— Foi muito ruim?

Morath encolheu os ombros. Tinha viajado para uma propriedade da família na Eslováquia, onde o cocheiro do seu tio estava morrendo. Depois de dois dias, ele faleceu.

— A Áustria está um pesadelo — disse ele.

— É mesmo, ouvi no rádio.

Pendurou o terno num cabide, pegou a camisa e a cueca e colocou-as na cesta.

— Os nazistas estão nas ruas de Viena — disse ele. — Caminhões carregados de gente, gritando e acenando bandeiras, batendo nos judeus.

— Como na Alemanha.

— Pior. — Tirou uma toalha limpa da prateleira do armário.

— Eles sempre foram tão bons.

Ele foi para o banheiro.

— Nicky?

— O que é?

— Sente aqui comigo um minuto, depois você pode tomar seu banho.

Ele sentou-se na beira da cama. Cara virou-se de lado, puxou os joelhos até o queixo, respirou fundo e deixou o ar sair devagar, contente de tê-lo em casa finalmente, esperando pacientemente que aquilo que ela estava lhe mostrando fizesse efeito.

*Oh, bem.* Caridad Valentina Maria Westendorf — a avó — de Parra — a mãe — y Dionello. *Tudo isso em um metro e meio dela.* De uma das famílias mais ricas de Buenos Aires. Na parede acima da cama estava um nu dela em carvão, desenhado por Pablo Picasso em 1934, no ateliê em Montmartre, numa moldura brilhante, vinte centímetros de folhas de ouro.

Lá fora, a lâmpada da rua tinha se apagado. Através de uma cortina transparente ele podia ver a luz cinzenta estática de uma manhã parisiense chuvosa.

Morath estava deitado na água da banheira, que esfriava, fumando um Chesterfield e batendo as cinzas numa saboneteira de madrepérola de vez em quando. *Cara, meu amor.* Pequena, perfeita, depravada, astuciosa.

— Uma noite muito, muito longa — ela tinha dito para ele. Cochilando, às vezes acordando subitamente com o barulho de um carro. — Como nos filmes tristes, Nicky, minhas fantasias, boas e más, mas era você em todas elas. Eu pensava, ele não vem. Vou me satisfazer e cair morta de sono. — Mas ela não fez isso; disse que não fez. Fantasias *más*? Sobre ele? Ele perguntou, mas ela apenas sorriu. Dominação? Seria isso? Ou o velho e rude Tio Gaston, olhando de soslaio da sua estranha cadeira? Talvez alguma coisa de Sade... *e agora seremos levados aos aposentos privados do abade.*

Ou, em vez disso, **o** quê? As fantasias *boas* eram ainda mais difíceis de imaginar. O Rei da Melancolia? *Até esta noite, eu não tinha razão para viver.* Errol Flynn? Cary Grant? O Hussardo Húngaro?

Ele riu daquilo, porque tinha sido um deles, mas não numa opereta. Um tenente da cavalaria no exército austro-húngaro tinha enfrentado os cossacos de Brusilov nos pântanos de Polesia, em 1915, na frente oriental. Nos arredores de Lutsk, perto de Kovel e Tarnopol. Ainda podia sentir o cheiro dos celeiros queimando.

Morath apoiou o pé sobre a torneira dourada, olhando para a pele enrugada cor-de-rosa e branca que ia do tornozelo ao joelho. Shrapnel tinha feito aquilo — uma carga de artilharia a esmo explodira um jorro de lama na rua de um povoado sem nome. Antes de desmaiar ele conseguira atirar no seu cavalo. Depois, acordara em um ambulatório, olhando para dois cirurgiões, um austríaco e um polonês, com os aventais de couro salpicados de sangue.

— Vamos ter de cortar as pernas — disse um deles.

— Não concordo — disse o outro.

Eles ficaram discutindo, um de cada lado da mesa de tábuas

na cozinha de uma casa de fazenda, enquanto Morath via o cobertor cinzento tornar-se marrom.

A tempestade que o seguira através da Europa tinha chegado a Paris; ele podia ouvir o barulho da chuva no telhado. Cara entrou lentamente no banheiro, testou a água com o dedo e franziu as sobrancelhas:

— Como você agüenta isso? — disse ela. Entrou na banheira, sentou-se encarando-o, recostou-se na porcelana e abriu toda a torneira de água quente. Ele ofereceu-lhe o Chesterfield e ela lançou uma baforada elaborada... ela não fumava, soprando a fumaça dramaticamente, como se fosse Marlene Dietrich. — Eu acordei — disse ela. — Não consegui dormir mais.

— O que há?

Ela sacudiu a cabeça.

Eles certamente tinham feito muito amor — era o que faziam de melhor —, passaram a noite e a manhã rolando juntos, e quando ele saiu do quarto ela estava apagada, a boca aberta, respirando sonoramente. Não roncando, porque, segundo Cara, ela nunca roncava.

Na claridade do banheiro branco ele podia ver que seus olhos brilhavam, os lábios apertados — *retrato de uma mulher não chorando*. O que era aquilo? Às vezes as mulheres apenas se sentiam tristes. Ou talvez fosse algo que ele tivesse dito, ou feito, ou não feito. O mundo estava indo para o inferno, talvez fosse isso. Cristo, ele esperava que não fosse isso. Ele acariciou as pernas de Cara, que estavam entrelaçadas nas dele; não havia nada a dizer, e Morath sabia disso.

A chuva diminuiu naquela tarde, e Paris, um pouco triste na sua tarde chuvosa mas acostumada à estação primaveril, ansiava pelas aventuras da noite. O conde Janos Polanyi — mais propriamente Von Polanyi de Nemeszvar, embora seu nome nunca fosse escrito assim, a não ser nos cartões dos jantares diplomáticos — não esperou mais pela noite para ter suas aventuras. Já havia entrado bem nos seus sessenta anos, e o *cinq-à-sept affaire* combinava com o ritmo do seu desejo. Era um homem grande e pesado, com cabelos brancos e grossos, quase amarelos à luz do abajur. Vestia ternos azuis feitos por alfaiates de Londres — usados prodigamente várias vezes ao dia, cheiravam a rum, a fumaça de charuto e ao borgonha que tomava no almoço.

Sentou-se no seu escritório da missão diplomática da Hungria, amassou um telegrama e jogou-o na cesta de lixo. Agora, pensou ele, realmente iria acontecer. *Um salto no inferno.* A coisa real, morte e fogo. Olhou para o relógio, saiu da cadeira e sentou-se numa poltrona de couro, diminuída pelos quadros imensos pendurados nas paredes; um par de reis de Arpad, Geza II e Bela IV, o heróico general Hunyadi pendurado ao lado do filho, Matthias Corvinus, com o seu costumeiro corvo. Todos eles em peles e envoltos por aço polido, com espadas longas, bigodes curvos e tendo ao lado cães de raças nobres há muito desaparecidas. Os quadros continuavam pelo corredor fora do escritório, e haveria ainda mais se tivesse lugar nas paredes. Uma história longa e sangrenta, e pintores sem fim.

Cinco e vinte. Como sempre, ela estava sutilmente atrasada, o bastante para aumentar a expectativa. Com as cortinas corridas, o quarto estava quase escuro, iluminado apenas por um único e pequeno abajur e pela lareira. O fogo na lareira precisava de mais uma tora? Não, estava bom, e ele não queria esperar o criado subir três lances de escada.

Assim que seus olhos começaram a se fechar, um toque delicado na porta foi seguido pela entrada de Mimi Moux — a *chanteuse* Mimi Moux, como a chamavam os fofoqueiros dos jornais. Sem idade definida, gorjeando como um canário, olhos grandes e batom carmim — um rosto teatral —, ela irrompeu no seu escritório, beijou-o em ambos os lados do rosto e de alguma forma tocou nele, diabos o levassem se ele soubesse como ela fazia aquilo, em dezesseis lugares ao mesmo tempo. Falando e rindo sem parar — você podia ou não participar da conversa, não tinha importância —, ela pendurou o costume Chanel no armário e flutuou ao redor do quarto numa *lingerie* cara e excitante.

— Ponha o disco de Mendelssohn, meu querido, não quer? — Os braços cruzados sobre os seios, num jeito gaiato de modéstia, aproximou-se de uma escrivaninha que tinha em cima uma vitrola e, ainda falando — Você não imagina, lá estávamos nós, todos prontos para a ópera, foi simplesmente insuportável, não? Claro que foi, ninguém faria tal coisa por ignorância, ou pelo menos, nós achamos. Todavia... —, colocou o Primeiro Concerto de Violino no prato giratório e pôs a agulha, depois voltou para a cadeira de couro e se enroscou no amplo colo do conde Polanyi.

Finalmente, só naquele momento — de suas desvalorizadas virtudes, refletiu o conde, o francês possuía o mais puro senso de oportunidade em toda a Europa — ela ficou de joelhos em frente à sua cadeira, desabotoou sua braguilha com uma das mãos e, por fim, parou de falar. Polanyi olhava para ela, a música terminou, a agulha arranhava para frente e para trás um sulco do disco. Tinha passado a vida, pensou ele, dando prazer às mulheres; agora tinha alcançado um ponto em que elas davam prazer a ele.

Mais tarde, quando Mimi Moux tinha ido embora, a cozinheira da missão diplomática bateu levemente à sua porta e entrou carregando uma bandeja:

— Trouxe-lhe algo para comer, Sua Excelência — disse ela.

Uma sopa feita com duas galinhas, com bolinhos, creme e uma garrafa de Echézeaux 1924. Quando terminou, recostou-se na cadeira e suspirou de contentamento. Agora, observou, sua braguilha estava fechada, mas o cinto e as calças estavam desabotoados. *Realmente muito bom,* pensou ele. *Melhor?*

O café Le Caprice ficava envolto nas sombras eternas da Rue Beaujolais, mais um beco do que uma rua, escondido entre os jardins do Palais Royal e a Bibliothèque Nationale. Seu tio, Morath, tinha compreendido havia muito tempo, quase nunca o convidava para ir à missão diplomática, preferindo encontrá-lo em cafés duvidosos ou, às vezes, em casa de amigos.

— Agrada-me, Morath — dizia ele —, livrar-me da minha vida por uma hora. — Morath gostava do Le Caprice, pequeno, imundo e aconchegante. As paredes haviam sido pintadas de amarelo no século XIX, mas depois se transformaram numa rica cor âmbar devido a cem anos de fumaça de cigarros.

Pouco depois das três da tarde, os fregueses do almoço começaram a sair e os fregueses habituais voltaram a tomar seus lugares nas mesas. *Os eruditos malucos*, pensou Morath, que passavam a vida na biblioteca. Eles apareciam ostensivamente malvestidos. Velhos suéteres e jaquetas deformadas tinham substituído os aventais manchados e os chapéus cônicos dos alquimistas medievais, mas eram as mesmas pessoas. Morath não podia ir ali sem se lembrar do que o garçom, Hyacinthe, tinha dito uma vez sobre a clientela:

— Deus me livre que eles possam realmente *encontrar* isso.

Morath ficou intrigado:

— Encontrar o quê?

Hyacinthe pareceu surpreso, quase ofendido:

— Ora, *isso, monsieur* — disse ele.

Morath sentou-se a uma mesa desocupada por um grupo de corretores de valores que tinham vindo da Bolsa, acendeu um cigarro, pediu um *gentiane* e acomodou-se para esperar pelo tio. De repente, os homens na mesa vizinha pararam de discutir, fizeram silêncio e olharam para a rua.

Um grande Opel Admiral tinha estacionado em frente do Le Caprice. O chofer segurou a porta de trás aberta, um homem alto num uniforme preto da SS surgiu, seguido por outro com uma capa de chuva e pelo tio Janos, que falava e gesticulava enquanto os outros o ouviam avidamente, com um meio-sorriso de expectativa no rosto. O conde Polanyi apontou com o dedo e franziu as sobrancelhas de modo teatral, enquanto dizia o que obviamente era a frase conclusiva da piada. Os três soltaram uma gargalhada, que se ouviu de modo tênue de dentro do café, e o homem da SS deu um tapinha nas costas de Polanyi — *essa foi boa!*

Despediram-se, apertaram-se as mãos, e o civil e o homem da SS voltaram para o Opel. *Isso é novidade,* pensou Morath. Raramente se viam homens da SS de uniforme em Paris. Eles estavam em toda parte na Alemanha, claro, e apareciam muito nos jornais dos cinemas; marchando, saudando, jogando livros na fogueira.

Seu tio entrou no café e levou um momento para localizá-lo. Alguém na mesa ao lado fez uma observação, um dos amigos riu. Morath levantou-se, abraçou o tio e se cumprimentaram — como de hábito, falavam em francês em público. O conde Polanyi tirou o chapéu, as luvas, o cachecol e empilhou-os na cadeira vazia.

— Essa é muito boa — disse ele. — Os dois negociantes romenos?

— Não conheço essa.

— Os dois se encontraram numa rua em Bucareste, Gheorgiu carregava uma maleta. "Aonde você vai?", perguntou Petrescu. "Cernauti", respondeu o amigo. "Mentiroso!", gritou Petrescu. "Você me diz que vai para Cernauti para eu pensar que você vai para Jassy, mas subornei seu contínuo e sei que você vai para Cernauti!"

Morath riu.

— Você conhece Von Schleben?

— Qual deles era ele?

— O que estava com a capa de chuva.

Hyacinthe apareceu. Polanyi pediu um Ricon.

— Acho que não — disse Morath. Ele não tinha muita certeza. O homem era alto, com cabelos claros, desbotados e um pouco mais compridos do que devia, um quê de malícia no rosto; tinha o sorriso astucioso do embusteiro. Bem bonito, poderia representar o papel do pretendente — não o que ganha, mas o que perde — numa comédia de costumes inglesa. Morath estava quase certo de tê-lo visto em algum lugar. — Quem é ele?

— Ele trabalha na área diplomática. No fundo, não é um mau sujeito. Vou lhe apresentar algum dia. — O Ricon chegou e Morath pediu outro *gentiane*.

— *Monsieur?*

— O que vocês têm para o almoço?

— *Tête de veau*.

— Está bom?

— Não está muito ruim.

— Acho que vou querer isso. Nicholas?

Morath sacudiu a cabeça. Colocou um pequeno embrulho em cima da mesa. Do tamanho da mão de um homem, estava enrolado num pedaço de musselina velha e amarelada, talvez cortado do que um dia tinha sido uma cortina. Ele desembrulhou o pano, mostrando uma cruz de prata com uma fita desbotada, preta e dourada, as cores da Áustria-Hungria.

— Ele mandou isto para você.

Polanyi suspirou:

— Sandor — disse ele, como se o cocheiro pudesse ouvi-lo. Ele pegou a medalha e deixou-a na mão aberta. — Uma Cruz de Prata de Valor. Você sabe, Nicholas, que estou honrado, mas isso vale alguma coisa.

Morath concordou:

— Eu a ofereci à filha, com seus maiores agradecimentos, mas ela nem quis ouvir.

— Não. Claro que não.

— De quando é isso?

Polanyi pensou um pouco.

— Do final dos anos oitenta, é o que consigo lembrar. Uma revolta sérvia, lá em Banat. Sandor era o sargento do regimento revoltado em Pozsony. Era Pressburg, naquela época.

— Agora é Bratislava.
— O mesmo lugar, antes de o entregarem aos eslovacos. De qualquer forma, ele costumava falar sobre isso de vez em quando. Os sérvios criaram muitas dificuldades... alguns povoados tiveram de ser queimados. Havia atiradores de tocaia nas cavernas, nos morros. A companhia de Sandor passou uma semana lidando com isso, e ele recebeu a cruz.
— Ele queria que você ficasse com ela.
Polanyi fez sinal que compreendia.
— Alguma coisa foi deixada lá?
— Não muita. Eles saquearam a casa, depois que a fronteira mudou. Fechaduras das portas, janelas, tábuas do chão, tijolos da lareira, chaminés, qualquer cano que puderam arrancar das paredes. O gado há muito desaparecera, claro. Algumas vinhas permanecem. As árvores frutíferas mais velhas.
— *Nem, nem, soha* — disse Polanyi. Não, não, nunca... a rejeição do Trianon pela Hungria, o tratado que tirou dois terços de suas terras e seus habitantes depois que o exército austro-húngaro foi derrotado na Grande Guerra. Havia mais do que um toque de ironia na voz de Polanyi quando ele disse aquilo, um meneio de ombros, *tudo que podemos fazer é lamentar,* mas aquilo não era tudo. De certa forma, complexa, possivelmente obscura, ele estava decidido.
— Um dia, talvez, isso volte atrás.
O grupo na mesa vizinha atento. Um homenzinho belicoso, careca, as narinas dilatadas, o cheiro de mofo da sala flutuando sobre os aperitivos, disse:
— *Revanchiste.*
Ele não disse isso para eles, realmente, ou para os seus amigos; talvez tencionasse dizer para o mundo em geral.
Eles olharam para ele. *Fascistas húngaros revanchistas e irredentistas,* ele quis dizer, fervendo com a indignação da Frente Vermelha. Mas Morath e Polanyi não eram aquilo, eles eram da nação húngara, como a nobreza era chamada, magiares, com histórias

familiares de mais de mil anos, e estavam muito preparados, com uma perna de cadeira e uma garrafa de vinho, para atirar todo mundo na Rue Beaujolais.

Quando o grupo da mesa vizinha voltou ostensivamente a se preocupar com seus próprios negócios, Polanyi embrulhou a cruz cuidadosamente outra vez e guardou-a no bolso interno do casaco.

— Ele levou muito tempo para morrer — disse Morath. — Não sentia dor e não estava triste; tinha apenas uma alma teimosa, que não queria partir.

Polanyi deu um pequeno suspiro de prazer quando provou a vitela.

— Também queria que eu lhe dissesse uma coisa — continuou Morath.

Polanyi levantou as sobrancelhas.

— Era sobre o seu avô, que tinha noventa e cinco anos, ele supunha, e tinha morrido na mesma cama. A família sabia que a hora tinha chegado, estavam todos reunidos em volta. De repente, o velho ficou agitado e começou a falar. Sandor teve que chegar mais perto para poder ouvi-lo. "Lembre-se", sussurrou, "a vida é como uma lambida de mel..." Ele disse aquilo três ou quatro vezes, e Sandor pôde ver que havia mais. Finalmente, ele conseguiu: "...uma lambida de mel de um espinho."

Polanyi sorriu, reconhecendo a história.

— Já se passaram vinte anos — disse ele — desde que o vi. Quando já não havia mais Hungria, não queria mais nada com aquilo, sabia que ia ser destruída. — Tomou um gole de vinho e mais outro. — Você quer um pouco, Nicholas? Posso pedir outro copo.

— Não, obrigado.

— Eu não iria lá — disse Polanyi. — Foi fraqueza. E eu sabia disso. — Encolheu os ombros, se perdoando.

— Ele não ficou sentido.

— Não, ele compreendeu. A família estava lá?

— Toda. Filhas, um filho, sobrinhas e sobrinhos, o irmão.
— Ferenc.
— Sim, Ferenc. Eles viraram todos os espelhos para a parede. Uma velha enorme, que chorava, ria e cozinhava um ovo para mim, não podia parar de falar sobre isso. Quando uma alma parte, não se deve permitir que ela se veja no espelho. Porque, disse ela, se isso acontecer, ela pode gostar de se ver e então voltará outra vez e outra vez.
— Acho que a minha não voltaria. Eles puseram a bacia com água para fora?
— Perto da porta. Para a morte lavar sua foice. Do contrário, ela teria de descer até o regato e alguém mais da casa morreria dentro de um ano.

Polanyi comeu, delicadamente, um pedaço de pão que havia passado no molho. Quando levantou a vista, o garçom estava passando.

— Hyacinthe, *s'il vous plaît*, um copo para o meu sobrinho. E traga outra garrafa d'água.

Depois do almoço, eles andaram pelos jardins do Palais Royal. Uma tarde escura, sombria, Polanyi e Morath como dois fantasmas de sobretudo, andando lentamente por entre as ramagens dos jardins-de-inverno.

Polanyi queria ouvir sobre a Áustria — ele sabia que havia unidades da Wehrmacht acantonadas nas fronteiras, prontas para subjugar os "tumultos" organizados pelos nazistas austríacos.

— Se Hitler conseguir seu *Anschluss*, haverá guerra na Europa — disse ele.

— A viagem foi um pesadelo — disse Morath. Um pesadelo que começou com uma situação absurda, uma briga entre dois alemães vendedores de harmônica no corredor do vagão de primeira classe. — Imagine, dois homens fortes, ambos de bigode, gritando insultos um para o outro e se socando com seus pequenos punhos brancos. Quando conseguimos separá-los, eles estavam muito vermelhos. Fizemos com que se sentassem e demos água aos dois. Estávamos com medo de que um deles caísse morto, e o maquinista tivesse de parar o trem e chamar a polícia. Ninguém, *ninguém* no vagão queria que isso acontecesse.

— Começou em Bucareste, sem dúvida — disse Polanyi. A Romênia tinha sido forçada a vender sua colheita de trigo à Alemanha, e o ministro das Finanças do *Reich* se recusou a pagar em marcos. Eles só permutariam. Exclusivamente, por aspirina, câmeras Leica ou harmônicas.

— Bem, isso foi só o começo — disse Morath. — Nós ainda estávamos na Hungria ocidental. — Quando o trem parou na estação em Viena, um homem aproximadamente da idade de Morath, pálido e trêmulo, sentou-se à sua frente. Quando a família que ocupava o resto da cabine saiu para jantar no vagão-restaurante, eles começaram a conversar.

O homem era um judeu vienense, um médico obstetra. Ele contou para Morath que as comunidades judaicas da Áustria tinham sido destruídas num dia e numa noite. Foi, disse ele, repentino, caótico, não era coisa de Berlim. O que significava, Morath sabia, um certo estilo de perseguição — a lenta e meticulosa opressão dos servidores civis. *Schreibtischtäter*, ele os chamava, "assassinos de escrivaninha".

A turba tinha corrido solta pela cidade, chefiada pela SS austríaca e pela SA, arrastando os judeus para fora dos apartamentos — identificados pelos zeladores do prédio — e forçando-os a esfregar as paredes para apagar os *slogans* de Schuschnigg, o chanceler eleito em um plebiscito que Hitler se recusara a reconhecer. No rico subúrbio judeu de Wahring, eles fizeram as mulheres vestirem seus casacos de pele e forçaram-nas a limpar as ruas ajoelhadas, depois subiram sobre elas e urinaram em suas cabeças.

Morath ficou preocupado; o homem estava desmoronando na sua frente. Gostaria de fumar um cigarro? Não, ele não fumava.

Talvez um conhaque? Morath se ofereceu para ir ao vagão-restaurante buscar a bebida. O homem sacudiu a cabeça; para quê?

— Estamos acabados — disse ele. Oitocentos anos de vida judaica terminados numa noite. No hospital, uma hora antes de fazer sua ronda, uma mulher com um recém-nascido tinha tomado o bebê nos braços e pulado de uma janela do último andar. Outros pacientes rastejaram das camas e foram para as ruas. Um jovem interno disse que tinha visto um homem num bar, na noite anterior, puxar uma navalha do bolso e cortar a garganta.

— Não houve nenhum aviso? — perguntou Morath.

— Anti-semitas no escritório político — disse o homem. — Mas você não vende sua casa por causa disso. Há um mês, mais ou menos, algumas pessoas saíram do país. — Claro que houve algumas, acrescentou ele, que saíram em 1933, quando Hitler assumiu o poder. No *Mein Kampf*, ele disse que tinha a intenção de anexar a Áustria à Alemanha. *Ein Volk, ein Reich, ein Führer!* Mas ler o futuro político era como ler Nostradamus. A esposa e os filhos, ele os tinha posto num vapor no Danúbio para Budapeste, graças a Deus, duas semanas antes. — Foi o irmão que fez isso. Ele foi até nossa casa e disse que devíamos partir, insistiu nisso. Houve uma discussão, minha mulher aos prantos, maus pressentimentos. No final, fiquei tão zangado que concordei com ele.

— Mas você ficou — disse Morath.

— Eu tinha pacientes.

Houve silêncio por um momento. Lá fora, meninos com bandeiras da suástica corriam pela plataforma, gritando uma espécie de hino, seus rostos vibrantes de excitação.

Polanyi e Morath sentaram-se em um banco no jardim. Parecia tudo calmo ali. Alguns pardais comiam as migalhas de uma *baguette*, uma menina com um casaco com gola de veludo tentava brincar com um arco e uma vareta enquanto a ama-seca a observava.

— Na cidade de Amstetten — disse Morath —, perto da estação, eles estavam esperando num cruzamento da estrada para poder atirar pedras nos trens. Podíamos ver a polícia ali perto, de braços cruzados; eles tinham vindo assistir. Estavam rindo; certamente era algum tipo de piada. Tudo era, mais que qualquer outra coisa, muito estranho. Lembro-me de ter pensado: eles queriam isso há muito tempo. Sob todos os sentimentos e *schlag* jazia isso.

— Eles alimentam o *Wut* — disse Polanyi. — Você conhece a palavra.

— Ódio.

— De uma forma particular, sim. A explosão de ódio que nasce com o desespero. Os alemães acreditam que isso jaz profundamente no seu caráter; eles sofrem em silêncio e, então, explodem. Ouça Hitler falar... é sempre: "Quanto tempo mais precisamos suportar..." o que quer que seja. Ele não pode deixar de tocar nisso. — Polanyi parou por um momento. — E agora, com o *Anschluss*, teremos o prazer da sua companhia na *nossa* fronteira.

— Vai acontecer alguma coisa?

— A nós?

— Sim.

— Duvido. Horthy será convocado a falar com Hitler, ele se curvará e se humilhará, concordará com qualquer coisa. Como você sabe, ele tem maneiras refinadas. Claro, o que vamos de fato fazer não será o que concordamos em fazer, mas, mesmo assim, quando tudo isso tiver terminado, não manteremos a nossa inocência. É impossível mantê-la. E vamos pagar por isso.

Por um tempo, observaram as pessoas andando no passeio de cascalho, então Polanyi disse:

— Esses jardins estarão adoráveis na primavera. Toda a cidade.

— Em breve, espero.

Polanyi balançou a cabeça afirmativamente.

— Você sabe, eles travam guerras, os franceses, mas o seu país, a sua Paris nunca é destruída. Você já se perguntou como eles fazem isso?

— São espertos.

— Sim, são mesmo. São também corajosos. E até tolos. Mas não é assim, no fim, que eles salvam o que amam. Isso eles fazem rastejando.

*Dia onze de março*, pensou Morath. Muito frio para sentar no jardim, o ar úmido, cortante, como se tivesse sido esfriado pela terra molhada. Quando começou a chuviscar, Morath e Polanyi se levantaram e andaram até a arcada coberta, passaram por uma chapelaria famosa, uma loja que vendia bonecas caras e um comerciante de moedas raras.

— E o médico vienense? — perguntou Polanyi.

— Chegou a Paris muito depois da meia-noite. Embora tenha tido algum problema na fronteira da Alemanha. Tentaram fazer com que voltasse para Viena, havia algo errado com os papéis. Uma data. Fiquei ao seu lado durante todo o negócio nojento. No fim, não pude me manter de fora.

— O que você fez, Nicholas?

Morath encolheu os ombros.

— Olhei para eles de um certo jeito. Falei com eles de um certo jeito.

— E funcionou.

— Naquela vez.

4 de abril de 1938.

Théâtre des Catacombes. 9:20 da noite.

— Se eu o conheço? Sim, eu o conheço. A mulher dele faz amor com a minha mulher toda quinta-feira à tarde.

— Verdade? Onde?

— No quarto da empregada.

Frases não faladas no palco — *poderiam ter sido*, pensou Morath —, mas ouvidas no saguão durante o intervalo. Quando Morath e Cara abriam caminho na multidão, foram notados, os olhares polidos, velados. Um casal teatral. O aspecto de Cara não estava dos melhores — seu rosto suave e comum, difícil de ser lembrado.

Suas melhores características eram os cabelos longos dourados cor de mel, as echarpes bonitas e as maneiras que ela encontrava de fazer com que as pessoas precisassem dela. Para uma noite num teatro *avant-garde*, ela tinha vestido uma saia cigana com pingentes combinando e botas de couro macio com o cano dobrado.

Morath parecia mais alto do que era. Tinha os cabelos negros, grossos e pesados, penteados para trás, uma certa severidade nos olhos, "verdes" no passaporte, mas muito perto do negro, e todo aquele negror o fazia parecer pálido, um decadente do *fin-de-siècle*. Certa vez, tinha conhecido um produtor de filme, apresentado por um amigo comum em Fouquet. "Eu geralmente faço filmes de gângsteres", o homem contou a ele com um sorriso. "Ou, você sabe, de intriga." Mas, naquele tempo, um filme de época em breve estaria começando a ser produzido. Um grande elenco, uma nova versão de *Taras Bulba*. Morath já tinha representado? Ele possivelmente poderia ser um "chefe de tribo". O amigo do produtor, um homenzinho esquelético que parecia com Trotsky, acrescentou: "Um *khan*, talvez."

Mas eles estavam errados. Morath tinha passado dezoito anos em Paris e a vida de emigrado, com sua privacidade tentadora e imersão na cidade, tudo paixão, prazer e má filosofia, tinham mudado a sua aparência. O que significava que as mulheres gostavam mais dele, significava que as pessoas não se importavam em perguntar-lhe direções de ruas. No entanto, o que o produtor tinha visto permanecera, em algum lugar, logo abaixo da superfície. Anos antes, no fim de um breve caso de amor, uma francesa tinha dito a ele: "Ora, você não é absolutamente cruel." Ela parecia, ele achou, ligeiramente desapontada.

Segundo Ato — *Um Quarto no Purgatório* — *O Dia Seguinte*.

Morath acomodou o seu peso, um esforço inútil para ficar mais confortável na cadeira diabólica. Cruzou as pernas para o outro lado. Cara apertou seu braço — *pare com isso*. As fileiras de cadeiras, presas num suporte de madeira, balançaram. Onde Montrouchet as tinha arranjado?, perguntou a si mesmo. Em uma instituição há muito desaparecida, sem dúvida. Em uma prisão? Em uma escola para crianças deficientes?

No palco, os Sete Pecados Capitais estavam mortificando um triste homem comum. Pobre alma, sentada em um banco, usando uma mortalha cinzenta. "Oh, mas você dormiu no funeral dela." Essa mulher bem-intencionada, não mais jovem, provavelmente era Sloth, embora Morath tivesse errado duas ou três vezes quando estava prestando atenção à peça. Eles tinham sutilezas estranhas, os Pecados. Erro do autor ou de Satã — Morath não sabia. O Orgulho era zangado, parecia-lhe; a Cobiça desdenhava a Inveja em todas as oportunidades. Ainda assim, era a Cobiça.

Ao contrário, a Gula não era tão ruim. Um jovem roliço, chegado a Paris da província, tentando fazer carreira no teatro ou no cinema. O problema era que o autor não havia lhe dado muito o que fazer. O que ele podia dizer ao pobre homem comum morto? Você comeu demais! Bem, ele fez o melhor que pôde com o que tinha sido dado a ele; talvez um diretor importante ou um produtor viessem assistir à peça, ninguém sabia.

*Mas alguém sabia.* Morath olhou para o programa no seu colo, a única distração permitida pela fumaça branca que rolava do palco. A contracapa continha as promoções. O crítico, do *Flambeau Rouge*, Tocha Vermelha, tinha achado a peça "Provocante!". Embaixo, uma citação de Lamont Higson do *Paris Herald*: "O Théâtre des Catacombes é o único teatro parisiense de recente memória a apresentar peças de Racine e Corneille desnudadas." Seguia-se uma lista de patrocinadores, incluindo a senhorita Cara Dionello. Bem, ele pensou, por que não? Pelo menos algumas daquelas bestas na Argentina, que descem trotando a rampa para o matadouro, dão algo mais à vida do que um *roast beef*.

O teatro ficava bem no centro do $5^{ème}$ Arrondissement. Originalmente, havia um plano para Montrouchet apresentar suas performances nas próprias catacumbas, mas as autoridades municipais tinham sido misteriosamente contra a possibilidade dos atores fazerem suas cabriolas no ossuário úmido embaixo da estação do metrô Denfert/Rochereau. No fim, ele teve de se arranjar com um mural no saguão: pilhas de caveiras brancas e fêmures pretos astuciosamente escolhidos.

"O quê? Você esqueceu? Aquela noite no rio?" Morath voltou da terra do sonho para encontrar Luxúria, a indefectível, talvez adolescente, murmurando sua fala enquanto rastejava pelo palco. Cara segurou o braço dele outra vez, agora delicadamente.

Morath não dormiu na Avenue Bourdonnais naquela noite. Ele voltou para o seu apartamento na Rue d'Artois e saiu cedo na manhã seguinte para pegar o Nord Express para a Antuérpia. Era um trem *sem frescuras;* os condutores ativos e sérios, os assentos ocupados por soldados do comércio na marcha ao longo da antiga rota de comércio. Além do ritmo das rodas nos trilhos, o único som no compartimento de Morath era o farfalhar das páginas do *Figaro* ao serem viradas.

Em Viena, ele leu, o *Anschluss* estava para ser referendado por plebiscito — o eleitor austríaco agora estava entendendo que a alternativa a dizer *Ja* estava lhe arrancando os dentes. Isso era, explicou Hitler num discurso do dia 9 de abril, trabalho de Deus.

> Há uma ordem do alto, e nós não somos nada além de seus agentes. Quando em 9 de março *Herr* Schuschnigg quebrou seu acordo, então naquele segundo senti que o chamado da Providência tinha chegado a mim. E que aquilo que aconteceu em três dias foi concebível como o cumprimento do desejo e da vontade da Providência. Devia, agora, dar graças a Ele por deixar-me voltar à minha pátria para que eu pudesse liderá-la ao *Reich* alemão! Amanhã, que cada alemão reconheça a hora e a dimensão que isso significa e curve-se com humildade ante o Todo-poderoso, que em poucas semanas fez um milagre sobre nós.

Então, a Áustria deixou de existir.

E o Todo-poderoso, não satisfeito com o Seu trabalho, determinou que o bêbado *Doktor* Schuschnigg fosse trancafiado em um pequeno quarto no quinto andar, vigiado pela Gestapo, no Hotel Metropole.

No momento, Morath não agüentava mais. Pôs o jornal de lado e olhou pela janela para a terra flamenga lavrada. O reflexo no vidro era de Morath, o executivo — um terno preto muito bom, uma gravata discreta, camisa perfeita. Ele estava viajando para o norte para uma reunião com *monsieur* Antoine Hooryckx, mais conhecido nos círculos de negócios como "Hooryckx, O Rei do Sabão da Antuérpia".

Em 1928, Nicholas Morath tinha se tornado dono de metade da Agence Courtmain, uma agência de publicidade pequena e razoavelmente próspera. Tinha sido um presente inesperado e extraordinário de seu tio Janos. Morath tinha sido intimado a almoçar em um dos barcos-restaurantes e, quando passavam lentamente debaixo das pontes do Sena, foi informado do seu *status* elevado. "No fim, tudo será seu", disse tio Janos, "então, é melhor que faça uso agora." A mulher de Polanyi e os filhos ficariam amparados, Morath sabia, mas o grosso do dinheiro, os milhares de quilômetros de trigais em Puszta com povoados e camponeses, a pequena mina de bauxita e o grande *portfolio* de ações da ferrovia canadense viriam para ele, junto com o título, quando o tio morresse.

Mas Morath não tinha pressa, não queria para si nada do tipo "suba correndo as escadas, vovô". Polanyi viveria muito tempo, isso era bom para o sobrinho. A parte conveniente daquilo era que, com uma renda estável assegurada, se o conde Polanyi precisava de Nicholas para ajudá-lo, ele estava disponível. Nesse ínterim, a parte dos lucros de Morath lhe proporcionava aperitivos, amantes e um pequeno apartamento usado em razoável *bonne adresse*.

A Agence Courtmain realmente tinha muito *bonne adresse*, mas, como uma agência de publicidade, tinha, antes de tudo, de fazer propaganda do seu próprio sucesso. O que fazia, assim como vários advogados, corretoras e banqueiros libaneses, alugando um conjunto de salas excessivamente caro em um prédio da Avenue Matignon. Que certamente pertencia, teorizava Courtmain — o título de *société anonyme* não dava nenhuma indicação —, "a um camponês de Auvergnat com bosta de bode no chapéu".

Sentado em frente de Morath, Courtmain baixou o jornal e consultou o relógio.

— Estamos na hora? — disse Morath.

Courtmain concordou. Ele estava, como Morath, muito bem-vestido. Emile Courtmain não passara muito dos quarentas anos. Tinha os cabelos brancos, os lábios finos, os olhos cinza e uma personalidade fria e distante que quase todo mundo achava magnética. Sorria raramente, tinha um olhar direto e falava pouco. Ele era tolo ou brilhante, ninguém sabia, e isso não parecia ser muito importante. O tipo de vida que ele levava depois das sete da noite era completamente desconhecido. Um dos redatores dizia que depois que todos saíam do escritório Courtmain se pendurava no *closet* e esperava pelo dia seguinte.

— Nós não vamos à fábrica, vamos? — perguntou Morath.

— Não.

Morath deu graças. O Rei do Sabão os tinha levado à fábrica, no ano anterior, apenas para se certificar de que eles não se esquecessem de quem eles eram, quem ele era, e do que fazia o mundo girar. Eles não tinham esquecido. Enormes tonéis borbulhantes de gordura animal, pilhas de ossos, caldeirões de lixívia fervendo suavemente em cima de um fogo baixo. A última corrida para a maioria dos cavalos de carroças e coches do oeste da Bélgica. "Só para dar uma boa lavada no traseiro de vocês com isso!", gritou Hooryckx, emergindo de uma nuvem de vapor amarelo como um demônio industrial.

Eles chegaram à Antuérpia a tempo e entraram num táxi que estava parado do lado de fora da estação. Courtmain deu ao chofer instruções complicadas — o escritório de Hooryckx ficava numa rua tortuosa nas vizinhanças das docas, algumas salas em um prédio distinto mas caindo aos pedaços. "O mundo me diz que sou um homem rico", dizia Hooryckx. "Depois arranca tudo que eu tenho."

Sentado no banco de trás do táxi, Courtmain procurou na sua maleta e mostrou um vidro de água-de-colônia chamado Zouave; um soldado com bigodes ameaçadores olhava imperiosamente do rótulo. Era um produto Hooryckx também, embora não tão popular quanto o sabonete. Courtmain tirou a tampa, passou um pouco no rosto e deu o vidro para Morath.

— Ah — disse ele, quando o perfume forte encheu o ar —, o melhor bordel homossexual de Istambul.

Hooryckx ficou satisfeito em vê-los. "Os rapazes de Paris!" Ele tinha uma barriga grande e um corte de cabelo arrepiado como um personagem de desenho animado que enfia o dedo em uma tomada elétrica. Courtmain tirou um desenho colorido da maleta. Hooryckx deu uma piscada e disse para a secretária chamar seu gerente de publicidade.

— O marido de minha filha — disse ele. O homem apareceu poucos minutos depois, Courtmain colocou o desenho sobre a mesa e todos se reuniram em volta.

Num céu azul vivo e carregado, dois cisnes brancos voavam acima da legenda *Deux Cygnes*... Isto era algo novo. Em 1937, o folheto de publicidade tinha exibido uma mãe atraente, usando um avental, mostrando o sabonete *Deux Cygnes* para sua filhinha.

— Bem — disse Hooryckx. — O que significam as manchas?

— Dois cisnes... — disse Courtmain, com a voz arrastada. — Nenhuma palavra pode descrever a delicadeza, a maravilha do momento.

— Eles não deviam estar nadando? — disse Hooryckx.

Courtmain procurou na pasta e tirou a versão dos cisnes nadando. Seu diretor de criação tinha avisado que isso poderia acontecer. Agora os cisnes faziam ondulações em um lago quando passavam por um feixe de juncos.

Hooryckx apertou os lábios.

— Gosto deles voando — disse o genro. — Mais chique, não?

— Que tal? — perguntou Hooryckx a Morath.

— É vendido para mulheres — disse Morath.

— E daí?

— É o que elas sentem quando usam o sabonete.

Hooryckx ficou olhando de uma imagem para outra.

— Claro — disse ele —, cisnes às vezes voam.

Depois de um momento, Morath concordou. *Claro*.

Courtmain mostrou outra versão. Cisnes voando, desta vez num céu água-marinha.

— Credo! — disse Hooryckx.

Courtmain guardou-o.

O genro sugeriu uma nuvem, uma nuvem sutil, não mais do que uma demão de tinta leve no campo azul. Courtmain considerou.

— Muito caro — disse ele.

— Mas uma idéia excelente, Louis — disse Hooryckx. — Posso até ver. — Hooryckx tamborilou na mesa. — Está bom eles voando, mas sinto falta da curva do pescoço.

— Posso experimentar — disse Courtmain.

Hooryckx olhou por alguns segundos.

— Não, é melhor desse jeito.

Depois do almoço, Courtmain foi visitar um futuro cliente e Morath dirigiu-se para o centro comercial — para uma loja chamada Homme du Monde (Homem da Sociedade) com as vitrines ocupadas por elegantes manequins de *smoking*. Fazia calor dentro da loja, onde uma funcionária estava de joelhos com a boca cheia de alfinetes, ajustando uma calça para um cliente.

— Madame Golsztahn? — disse Morath.

— Um momento, *monsieur*.

Uma cortina no fundo da loja foi aberta e madame Golsztahn apareceu.

— Sim?

— Cheguei de Paris esta manhã.

— Oh, é você — disse ela. — Venha.

Atrás da cortina, um homem passava uma calça a ferro, apertando um pedal que produzia um silvo alto e uma baforada de vapor. Madame Golsztahn passou com Morath por uma longa fileira de *smokings* e casacas até uma escrivaninha velha com os escaninhos cheios de recibos. Eles nunca haviam se encontrado, mas Morath sabia quem ela era. Tinha sido famosa pelos seus casos de amor, quando jovem em Budapeste, o assunto de poemas em pequenos jornais, a causa de dois ou três escândalos e um suicídio rumoroso da ponte Elizabeth. Ele sentiu isso, parado perto dela. Um rosto arruinado e seco, cabelos cor de tijolo vermelho em cima de um corpo de dançarina num suéter e uma saia justa. *Como a corrente num rio.* Ela deu-lhe um sorriso mordaz, leu-o como um livro; sem se incomodar, tirou uma mecha de cabelo da testa. Havia um rádio tocando, Schumann talvez, violinos, algo excepcionalmente pegajoso, e, de vez em quando, um silvo alto do vapor do ferro de passar.

— Então — disse ela, antes de qualquer coisa.

— Vamos a um café?

— Aqui é melhor.

Sentaram-se lado a lado à escrivaninha, ela acendeu um cigarro e o manteve entre os lábios, semicerrando os olhos quando a fumaça subia. Encontrou um dos recibos, virou-o e desamassou-o com as mãos. Morath pôde ver algumas letras e números, alguns marcados com um círculo.

— Mnemônicos — disse ela. — Agora tudo que tenho a fazer é decifrar isto. Está certo — disse, finalmente —, aqui é o amigo do seu tio em Budapeste, conhecido como "um oficial graduado da polícia". Ele declara que "no dia dez de março, as evidências apontam para uma atividade intensa entre todos os setores da comunidade *nyilas*".

*Neelosh* — sua voz era determinadamente neutra. Estava falando nos membros da Arrow Cross, puros fascistas hitleristas; o EME, que era especializado em ataques com bombas contra as mulheres judias; o *Kereszteny Kurzus* (Curso Cristão), que significava muito mais do que "Cristãos", e vários outros, grandes e pequenos.

— "No dia cinco de março" — disse ela — "um incêndio em um galpão no Oitavo Distrito, *Csikago*" — Chicago, como nas fábricas e gângsteres — "os inspetores de polícia foram chamados quando encontraram rifles e pistolas estocados ali."

Ela tossiu, cobrindo a boca com as costas da mão, e pousou o cigarro entre as rachaduras marrons na beira da mesa.

— "Um membro da Arrow Cross, por negociar com um marceneiro, detido por danificar uma propriedade pública, foi encontrado com o telefone da casa do adido econômico alemão. Um informante da polícia em Szeged, assassinado em seis de março. Oito jovens, membros da associação de estudantes *Turul*, observados organizando uma vigilância nos quartéis do exército em Arad. Um caminhão de mudança, estacionado ao sul da estação da ferrovia, foi revistado pela polícia por causa de uma informação dada pela ex-esposa do motorista. Uma pesada arma Berthier foi achada, com oitenta e cinco cintos de munição."

— Tenho de tomar notas.

Os olhos de Golsztahn encontraram os dele.

— Você não vai a lugar nenhum, vai? — E fez uma pausa. — Leste?

Morath sacudiu a cabeça.

— Só Paris. Hoje à noite.

Ela lhe entregou um recibo de aluguel que não tinha sido usado.

— Escreva no verso. O oficial da polícia observa que um relatório desses eventos foi enviado, da maneira habitual, para o escritório do coronel Sombor na missão diplomática húngara em Paris.

— Um minuto — disse Morath. Ele quase entendera. Sombor tinha algo a ver com a segurança da missão diplomática... o mesmo nome do chefe da polícia secreta, tirado de uma cidade ao sul da Hungria. Isso, geralmente, significava húngaros de origem alemã, saxônica.

Quando ele levantou a vista, ela continuou:

— "Um informante da Arrow Cross conta que vários dos seus colegas estão se preparando para enviar suas famílias para fora da cidade na primeira semana de maio. E..." — Ela olhou cuidadosamente para a parte de cima do recibo. — O quê? — disse ela, então: — Oh. "Dois agentes conhecidos do serviço de inteligência da Alemanha, o SD, tinham nos seus quartos no Hotel Gellert fotografias das novas heliográficas dos projetos da delegacia da polícia de Water District e do Palácio da Justiça." O policial declara finalmente que havia mais exemplos desse tipo de atividade, umas três dúzias que indicavam uma ação política num futuro próximo.

Estava calmo no trem noturno para Paris. Courtmain trabalhava, tomando notas num bloco, e Morath lia o jornal. Os assuntos principais continuavam a focalizar a Áustria e o *Anschluss*. O político inglês Churchill, um membro da oposição conservadora, era citado por um colunista político na página do editorial, sobre um discurso feito no Parlamento no final de fevereiro: "A Áustria foi escravizada e não sabemos se a Tchecoslováquia terá o mesmo destino."

*Bem, alguém teria.*

Morath tocou no recibo em seu bolso. Golsztahn tinha queimado o dela numa xícara de café, depois espalhado as cinzas com a ponta do lápis.

De todos eles, talvez fosse Otto Adler quem mais amava Paris. Chegara no inverno de 1937 e instalara sua vida — a mulher, quatro filhos, dois gatos e um escritório editorial — numa velha casa grande e ventilada em St. Germain-en-Laye onde, de uma janela no seu gabinete, ele podia ver quilômetros de telhados parisienses. *Paris — a melhor idéia da humanidade.*

"Sorte, pela terceira vez!", era como a mulher dizia. Otto Adler tinha crescido em Koenigsberg, a capital da Prússia oriental, na comunidade báltica alemã. Depois da universidade em Berlim, ele voltara para casa marxista, então passou a década dos seus trinta anos tornando-se um social-democrata, um jornalista e um pobre. "Quando você está nessa pobreza", dizia, "a única coisa que resta a fazer é criar uma revista." Assim, *Die Aussicht* (A Perspectiva) nasceu. Não era muito popular, no estreito mundo *Volksdeutsch* de Koenigsberg. "Esse pintor de cartões-postais fracassado de Linz vai destruir a cultura alemã", disse ele sobre Hitler em 1933. Por isso teve duas janelas quebradas, a mulher xingada no açougue e, logo depois, foi para um velho apartamento grande em Viena.

Otto Adler ambientou-se muito melhor lá. "Otto, querido, acho que você nasceu para ser vienense", disse a mulher. Ele tinha uma cara redonda, rosada e sem barba, um sorriso brilhante — gostava do mundo —, era uma dessas pessoas de coração grande que podem ser boas e zangadas ao mesmo tempo e rir de si mesmas, em troca. De alguma forma, ele conseguiu manter a revista. "Devíamos chamá-la de *O Boi*, agüenta todas as estações." E com o tempo, e um pouco de dinheiro vienense — vindo de banqueiros progressistas, homens de negócios judeus e líderes sindicais —, começou a encontrar seu caminho. Quando *Die Aussicht* ganhou credibilidade, ele conseguiu que um dos deuses da cultura literária alemã escrevesse um artigo. Karl Kraus, o selvagem, satírico brilhante cujos seguidores — leitores e estudantes — eram conhecidos como *Krausianer*.

Em 1937, *Die Aussicht* publicou uma reportagem curta de uma jornalista italiana, esposa de um diplomata, que estivera presente num dos escandalosos jantares de Hermann Goering, na sua cabana de caça em Schorfheide. A habitual alegria nazista, com a sopa e o peixe, mas, antes do prato principal, Goering deixou a mesa e voltou usando uma camisa de couro, com uma pele de urso sobre os ombros — o traje de guerreiro das antigas tribos teutônicas. Mas isso não era o suficiente, claro. Goering estava armado com uma lança e puxava um par de bisões peludos pelas rédeas em volta da mesa, enquanto os convidados gritavam. Não era ainda o bastante. O entretenimento terminou com o acasalamento dos bisões. "Uma festa inesquecível", dizia *Die Aussicht*. Os filhos de Adler foram expulsos do colégio, uma suástica foi marcada na sua porta, a empregada despediu-se, os vizinhos deixaram de dizer "*Gruss Gött*".

Em Genebra acharam uma velha casa grande e ventilada. Mas ninguém foi muito feliz ali. O que o *Volksdeutsch* e os austríacos faziam com o partido dos trabalhadores, a Suíça fazia com os seus funcionários. Ninguém comentou nada sobre a revista; ele, aparentemente, podia publicar o que quisesse na democrática Suíça, mas a vida era uma teia de regras e regulamentos que controlava a correspondência, a residência dos estrangeiros e, parecia a Adler, até o próprio ar que se respirava.

Estava calmo à mesa de jantar quando Adler informou à família que teriam de se mudar. "Uma aventura necessária", disse ele, radiante. Debaixo da mesa, a esposa colocou a mão no seu joelho. Assim, em dezembro de 1937, Paris. St. Germain-en-Laye era um clássico do exílio geográfico, um refúgio honrado para príncipes indesejados em muitos países. Havia o grande Promenade Anglais, onde uma pessoa podia andar por horas em agridoce contemplação da coroa, do castelo ou do torrão natal perdidos. Adler encontrou um tipógrafo solidário, fez contatos com a comunidade de emigrantes alemães liberais e voltou a trabalhar martelando os fascistas e os bolcheviques. Tal era o destino do social-democrata, que era aquele homem de capa de chuva perto da banca de jornal.

Nesse ínterim, Adler apaixonou-se pelos jardins públicos de Paris. "Que tipo de lunático pega o trem para ir para o parque?" O tipo que enchia sua maleta de livros; Schnitzler, Weininger, Mann, talvez Von Hoffmansthal, duas canetas e um sanduíche de queijo, que depois se sentava no Jardin du Luxembourg e observava as manchas de luz das árvores brincando no passeio de cascalho. Uns poucos cêntimos para o velho dragão que tomava conta das cadeiras, e a pessoa podia passar a tarde pintando.

No princípio, ele ia lá quando o tempo estava bom; depois, quando chovia levemente. Tornou-se um hábito. Com o passar do tempo, quando a primavera de 1938 abriu caminho para qualquer verão que viesse, Otto Adler, a caneta-tinteiro rascunhando um novo editorial ou, por instantes, só cochilando, quase sempre podia ser encontrado no parque.

Um recado da baronesa Frei convidava "Meu querido Nicholas" para ir à sua casa, às cinco horas da tarde no dia 16 de abril. Morath pegou um táxi para a estação do metrô Sèvres-Babylone e de lá andou até a Rue de Villon.

Bem enterrado no labirinto de alamedas estreitas que cruzavam a divisa entre o $6^{ème}$ e o $7^{ème}$ Arrondissements, o lugar era, como qualquer paraíso, bastante difícil de ser encontrado. Os motoristas de táxi contactavam as centrais telefônicas, depois se dirigiam à Rue François Villon, chamada assim por causa do poeta-ladrão, numa vizinhança distante, onde, quando chegavam, ficava claro tanto para o motorista quanto para o passageiro que aquela absolutamente não era a rua procurada.

Só se podia entrar na verdadeira Rue de Villon por uma passagem abobadada — o Beco Villon —, um túnel eternamente escuro que desafiava o audacioso *automobiliste* a tentar a sorte. Às vezes podia ser feito, dependendo do modelo e do ano do veículo, e era sempre uma questão de centímetros, mas não *parecia* poder ser feito. O beco não dava indicações do que ficava além; os passantes faziam exatamente isso, passavam, e os verdadeiros turistas autoconfiantes olhavam desafiadoramente para o interior do túnel e iam embora.

Do outro lado, no entanto, a luz do céu iluminava uma fileira de casas do século XVII, protegidas por uma cerca de ferro batido que terminava no muro de um jardim; o número 3 da Rue de Villon ao número 9 da Rue de Villon, numa seqüência cuja lógica só era conhecida por Deus e o carteiro. À noite, a ruazinha era iluminada por lampiões vitorianos a gás que formavam leves sombras da vinha que se enroscava até o alto do muro do jardim. O jardim pertencia ao número três — uma impressão desbotada do número podia ser encontrada num portão de metal enferrujado da largura de uma carruagem —, que pertencia à baronesa Lillian Frei. Ela não conhecia seus vizinhos. Eles também não a conheciam.

Uma empregada atendeu à porta e levou Morath até o jardim. Sentada à mesa do jardim, a baronesa levantou o rosto para receber o beijo.

— Meu querido — disse ela. — Estou muito feliz em vê-lo.

O coração de Morath amoleceu; ele riu como um menino de cinco anos e beijou-a com prazer.

A baronesa Frei tinha possivelmente sessenta anos. Era curvada por uma vida de reverências, um dos lados de suas costas era corcunda. Tinha olhos azuis brilhantes, cabelos macios e brancos como a neve, e brilhava como o sol. Estava, naquele momento, como sempre, cercada por muito cachorros *viszlas* — Morath não podia distinguir um do outro, mas, como a baronesa gostava de dizer para seus convidados, eles pertenciam a uma vasta família volúvel e brigona que unia uma epopéia romântica interminável na casa e no jardim. Korto, produto de Fina, amado por Malya, sua filha com a galante e há muito falecida Moselda. Claro, para a integridade da linhagem, eles nunca podiam "estar juntos", então, no cio, a requintada Malya era mandada para viver na cozinha, enquanto o pobre Korto ficava deitado no cascalho do jardim, com o focinho entre as patas, ou ficava sobre as patas traseiras, espreitando pelas janelas de um jeito míope e latindo até que a empregada atirasse um trapo nele.

Agora, eles se agitavam em torno das pernas de Morath e ele se abaixou para acariciar o pêlo sedoso dos cachorros.

— Sim — disse a baronesa —, este é o seu amigo Nicholas.

Os *viszlas* eram rápidos. Morath ganhou um beijo molhado num dos olhos antes que pudesse perceber o que ia acontecer.

— Korto!

— Não, não. Estou lisonjeado.

O cachorro bateu com as patas no chão.

— O que é, Korto, quer caçar?

Morath afagou-o um pouco e ele rosnou de prazer.

— Vamos à floresta?

Korto dançou de lado — *me siga.*

— Um urso? Isso seria melhor?

— Ele não fugiria — disse a baronesa. E para o cachorro: — Não é? — Korto balançou o rabo. Morath levantou-se e se sentou à mesa, junto à baronesa. — Coragem pura — disse ela. — E os últimos cinco minutos de sua vida seriam os melhores. — A empregada aproximou-se, empurrando um carrinho com tampo de vidro e rodas que rangiam. Colocou uma bandeja de bolos e tortas na mesa e serviu uma xícara de chá para Morath. Com uma pinça de prata na mão, a baronesa examinou os doces. — Vamos ver...

Um pãozinho macio, enrolado sobre si mesmo, com nozes e passas. A leve camada açucarada ainda estava quente do forno.

— E então?

— Como Ruszwurm. Melhor.

Por aquela mentira, um gracioso aceno da baronesa. Embaixo da mesa, muitos cachorros.

— Vocês têm de esperar, queridos — disse ela. Seu sorriso era tolerante, infinitamente bondoso. Morath havia visitado a baronesa uma vez no meio da manhã e contado vinte fatias de tor-

radas amanteigadas na bandeja do café dela. — Estive em Budapeste na semana passada.
— Como estava a cidade?
— Tensa, eu diria, por baixo de toda a comoção habitual. Estive com sua mãe e sua irmã.
— Como estão elas?
— Estão bem. A filha mais velha de Teresa deve ir vai para um colégio na Suíça.
— Talvez seja melhor.
— Talvez. Elas mandaram lembranças. Você vai escrever para elas.
— Vou, sim.
— Sua mãe me contou que Eva Zameny deixou o marido. — Ela e Morath tinham sido noivos, há muito, muito tempo.
— Sinto muito.
A expressão da baronesa mostrava que ela não sentia.
— Foi melhor. O marido dela era um vigarista. Jogava muito.
— Uma campainha, que tocava puxando-se uma corda, soou na casa. — Deve ser seu tio.

Havia outros convidados. As mulheres de chapéus com véus, boleros e vestidos de *pois* preto-e-branco muito em moda na primavera. Antigos cidadãos da monarquia dupla, os convidados falavam o dialeto austríaco com o floreado alemão, húngaro e francês, trocando de idiomas sem problemas quando apenas uma determinada expressão dizia o que eles queriam. Os homens estavam bem barbeados e usavam ótima colônia. Dois deles portavam condecorações, uma era uma fita preta e dourada sob uma medalha gravada KUK — *Kaiser und Königlich*, que significava "Imperial e Real", a monarquia dupla —, a outra, uma condecoração pelo desempenho na Guerra Russo-Polonesa, em 1920. Um grupo refinado, educado e atencioso, era difícil dizer quem era rico e quem não era.

Morath e Polanyi estavam perto de uma árvore num canto do muro do jardim, segurando as xícaras e os pires.

— Cristo, como eu gostaria de uma bebida — disse Polanyi.

— Podemos ir a algum lugar depois que sairmos daqui.

— Infelizmente, não posso. Tenho um coquetel com os Finns e um jantar com o ministro do Exterior venezuelano. Flores, lá no 16$^{\text{ème}}$ Arrondissement.

Morath assentiu, compreendendo.

— Não, não Flores. — Polanyi apertou os lábios, aborrecido com o lapso. — Quis dizer Montemayor. Flores não é coisa alguma.

— Notícias de casa?

— Nada boas. É como você descreveu, nas anotações que fez em Antuérpia. E pior.

— Outra Áustria?

— Não é bem assim. Nós não somos *Ein Volk*, um povo. Mas a pressão está aumentando. *Vocês serão nossos aliados, ou estão perdidos.* — Ele suspirou e sacudiu a cabeça. — Agora vem o verdadeiro pesadelo, Nicholas, aquele em que o monstro anda em sua direção, mas você não pode fugir, está congelado no lugar. Acho, cada vez mais, que esse povo, essa agressão alemã, acabará conosco, mais cedo ou mais tarde. Os austríacos nos empurraram para uma guerra em 1914, talvez algum dia alguém me diga, precisamente, *por que* tivemos de fazer tudo aquilo. E agora começa tudo outra vez. Amanhã ou depois os jornais anunciarão que a Hungria desistiu em favor do *Anschluss*. Em troca, Hitler garantirá nossas fronteiras. Uma troca muito justa.

— Você acredita nisso?

— Não. — Ele tomou um gole de chá. — Vou emendar isso. Para "talvez". Hitler é intimidado por Horthy, porque Horthy é tudo o que Hitler sempre quis ser. Velha nobreza, ajudante-de-ordens de Franz Josef, herói de guerra, jogador de pólo, casado na nata da sociedade. E os dois pintam. Na verdade, Horthy durou mais tempo do que qualquer outro líder na Europa. Isso quer dizer alguma coisa, Nicholas, não é?

A expressão de Polanyi mostrava, exatamente, o que aquilo significava.

— Então, a agitação atual... vão cuidar disso?

— Não vai ser fácil, e talvez nem aconteça. Estamos enfrentando uma revolta. Conservadores fora, fascistas dentro, liberais *au poteau*. A frase é de 1789... para a guilhotina.

Morath estava surpreso. Em Budapeste, quando os homens da Arrow Cross vestiram seus uniformes pretos e se pavonearam pela cidade, a polícia forçou-os a se despirem e mandou-os para casa de cuecas.

— E a polícia? O exército?

— Indecisos.

— Então?

— Se Daranyi pretende continuar como primeiro-ministro, terá de dar a eles alguma coisa. Ou haverá sangue nas ruas. Assim, no momento, estamos negociando. E seremos forçados, entre outras coisas, a prestar favores.

— A quem?

— Pessoas importantes.

Morath sentiu o que vinha. Polanyi, sem dúvida, queria que ele sentisse isso. Ele colocou a xícara e o pires na mesa, mexeu no bolso, tirou um cigarro de uma cigarreira de tartaruga e acendeu-o com um isqueiro de prata.

As últimas semanas de abril, e nem sinal de primavera. O vento soprava forte pelas escadas do metrô, vento, chuva e nevoeiro com um gosto de fumaça de fábrica. Morath fechou mais o sobretudo e caminhou colado às paredes dos prédios. Desceu uma rua escura, depois outra, depois uma curva fechada à esquerda e um cintilante cartaz em néon azul, *Balalaika*. O porteiro cossaco, com uma túnica de pele de carneiro e um bigode hirsuto, olhou do abrigo do portal, segurando um guarda-chuva preto nas derradeiras horas de uma noite tempestuosa.

O porteiro resmungou um cumprimento, o sotaque russo acentuado e melodramático.

— Bem-vindo, senhor, ao Balalaika, o show já vai começar.

Dentro, um ar pesado; os cigarros brilhavam na escuridão. Paredes de pelúcia vermelha e uma garota fenomenal no guarda-volumes. Morath deu-lhe uma gorjeta generosa e conservou o sobretudo. Ali, também, eles usavam suas condecorações. O *maître*, com mais de um metro e oitenta de altura, usava botas altas e tinha uma medalha de bronze presa à camisa, recebida por serviços como mercenário e guarda do palácio do rei Zog da Albânia.

Morath foi sentar-se no fundo do bar. De lá, deu uma olhada para o palco. O trio cigano gemia numa agonia sentimental, uma dançarina numa pantalona transparente e uma frente-única, sob as luzes azuis dos holofotes, mostrava nitidamente o que o seu infiel amante estava perdendo, enquanto seu parceiro ficava de lado, as mãos apertadas em desejos inúteis, a lâmpada vermelha em suas calças acendendo e apagando no ritmo da música.

Morath pediu uma vodca polonesa e, quando foi servido, ofereceu ao *barman* um cigarro e acendeu-o para ele. Ele era um homem baixo, compacto, com olhos estreitos com rugas nos cantos, de rir, talvez, ou de olhar à distância. Sob a jaqueta ele usava uma camisa tantas vezes lavada, que tinha um tom pastel de cor desconhecida.

— Você é o Boris? — perguntou Morath.

— De vez em quando.

— Bem, Boris, eu tenho um amigo... — Uma pequena nuvem de ironia erguia-se acima da frase e o *barman* sorriu satisfeito.
— Ele estava com problemas e veio a você pedindo ajuda.

— Quando foi isso?

— No ano passado, nesta época. A namorada dele precisava de um médico.

O *barman* encolheu os ombros. Mil fregueses, mil histórias.

— Não posso dizer que me lembro.

Morath compreendeu, uma memória ruim era uma boa idéia.

— Agora é outro amigo. Um problema diferente.

— Sim?

— Um problema de passaporte.

O *barman* usou um pano para limpar a superfície de zinco, depois parou e deu uma boa olhada em Morath.

— De onde você é, se não se importa que eu pergunte?

— Budapeste.

— Emigrante?

— Não. Cheguei aqui depois da guerra. Sou um homem de negócios.

— Esteve na guerra?

— Estive.

— Onde?

— Galícia. Em Volhynia por uns tempos...

— Depois de volta para a Galícia. — O *barman* estava rindo quando terminou a frase de Morath. — Oh, sim — disse ele —, *aquela* porcaria.

— Você esteve lá?

— Hum. Parece que atiramos um no outro. Então, no outono de 1917, meu regimento saiu para um passeio. Outra dose?

— Por favor.

A bebida clara chegou à borda do copo.

— Você me acompanha?

O *barman* serviu-se de vodca e levantou o copo.

— À falta de mira, eu acho. — Ele bebeu à maneira russa: com graça, mas de um gole só.

Das mesas do *nightclub*, o ritmo dos aplausos tornando-se mais alto à medida que os clientes ficavam mais ousados; alguns gritavam "Hey", acompanhando o ritmo. O dançarino, pulando no palco com os braços cruzados no peito, atirava as pernas para o alto.

— Passaportes — disse o *barman*, subitamente melancólico.
— Você pode ter grandes problemas se metendo nisso. Eles o prendem, se for pego. Isso continua, claro, principalmente entre os refugiados, os judeus e os exilados políticos. Quando você consegue sair da Alemanha, você não está mais legal em parte alguma, a não ser que obtenha um visto de entrada. Isso leva tempo e dinheiro, e você não pode ter pressa. Mas com a Gestapo atrás de você, tem de fazer o que for preciso. Tem de fugir. Agora, você é um "Expatriado". Foge para a Tchecoslováquia ou para a Suíça, esconde-se por uma semana se souber de um bom esconderijo, aí eles pegam você e o expulsam pela fronteira da Áustria. Depois de uma semana ou duas na cadeia, os guardas o fazem atravessar a fronteira de volta, à noite, na mata, e tudo recomeça. Aqui é um pouco melhor. Se não criar problemas, os *flics* não se incomodam, a menos que você tente trabalhar. — Ele sacudiu a cabeça, lentamente, entristecido.
— Como você conseguiu?
— Nansen. Tivemos sorte. Porque fomos a primeira leva, conseguimos os passaportes da Liga das Nações, conseguimos permissão para trabalhar, assim, pegamos os trabalhos que os franceses não queriam. Foi mais ou menos em 1920. A Revolução tinha terminado, a guerra civil tinha diminuído e, então, a Cheka chegou. "Ouvimos dizer que era amigo de Ivanov." Então, era hora de fugir. Depois, quando os rapazes de Mussolini começaram a trabalhar, vieram os italianos. A sorte deles foi quase igual à nossa... você era um professor de física teórica, agora é um verdadeiro garçom. *Graças a Deus* você é um garçom. Porque, no início de 1933, vieram os alemães. Tinham passaportes, a maioria deles, mas não tinham permissão para trabalhar. Tornaram-se mascates, vendiam agulhas e linhas dentro de pequenas maletas nos *boulevards*, enganavam os turistas, morriam de fome, mendigavam, sentavam-se nos escritórios das organizações de refugiados. O mesmo acontece com os espanhóis, fugindo de Franco, e agora temos os

austríacos. Sem documentos, sem permissão para trabalhar, sem dinheiro.
— Esse amigo, Boris, tem dinheiro.

O *barman* sabia disso todo o tempo. Depois de alguns instantes, ele disse:
— Você é um detetive, certo?
— Com o meu sotaque?
— Bem, talvez seja, talvez não seja. De qualquer forma, não sou o homem que você quer. Tem que ir aonde estão os refugiados, ao café Madine, ao Grosse Marie, lugares assim.
— Uma pergunta? Uma pergunta pessoal.
— Sou um livro aberto.
— Por que *você* fugiu?
— Porque estavam me perseguindo — disse ele, rindo outra vez. Morath esperou. — Eu era um poeta. Também, para ser honesto, um criminoso. Quando vieram atrás de mim, nunca soube, realmente, por qual dos dois motivos foi.

O café Madine ficava no 11$^{ème}$ Arrondissement, perto da praça da República, entre um açougue que vendia carne *halal* para os árabes e carne *kosher* para os judeus e uma oficina de conserto de instrumentos musicais chamada Szczwerna. Foi fácil, talvez fácil demais, fazer um contato no Madine. Ele apareceu à tardinha, ficou no balcão, pediu uma cerveja e ficou olhando para o movimento agitado da rua do quarteirão. Um homem tentou lhe vender um anel, Morath examinou-o — ele estava ali para comprar, era bom que o vissem como um comprador. Uma pequena pedra vermelha engastada em ouro, Universidade de Heidelberg, 1922.
— Quanto?
— Vale trezentos, mais ou menos.
— Vou pensar. Na verdade, estou aqui porque um amigo meu em Paris perdeu seu passaporte.
— Vá a *Préfecture*.

De Morath um olhar, *se alguém pudesse*.
— Ou?
— Ou nada.

De volta no dia seguinte. Dez da manhã, deserto, silencioso. Um raio de sol, um gato adormecido, o *patron* usava os óculos na ponta do nariz. Lentamente, serviu o *café au lait* de Morath, não havia nata no leite fervido, o café era forte e fresco, e ele mandou o ajudante à padaria comprar pão fresco para uma *tartine*.

O contato era um sujeito mais velho e durão, que tinha sido um negociante de madeira na Ucrânia, embora Morath não tivesse como saber disso. Tocou no chapéu, convidou Morath para sentar-se com ele a uma mesa.

— Você é o cara que está em dificuldade com um passaporte?
— Um amigo meu.
— Claro.
— Como está o mercado esses dias?
— Em alta, certamente.
— Ele precisa de um autêntico.
— Autêntico. — Talvez em outros tempos ele tivesse achado engraçado o suficiente para rir. Morath entendeu, pensou. *Fronteiras, documentos, nações...* coisas inventadas, mentiras de políticos.
— Tanto quanto possível.
— Um homem que compra o melhor.
Morath concordou.
— Dois mil e quinhentos francos. Um número que o assusta, talvez.
— Não. Por coisa que vale, a gente paga.
— Muito razoável, esse cavalheiro. — Ele falou para um amigo invisível. Depois, disse a Morath onde deveria estar, e quando.

Dois dias depois, numa sexta-feira à tarde, no Louvre. Morath teve de procurar a sala certa — subir a escada aqui para depois descer a escada ali, passar pelo saque de Napoleão no

Egito, passar por salas com pequenos objetos excêntricos romanos, virar no canto e descer, seguir uma fila infindável de estudantes ingleses. Afinal, *a sala com o retrato de Ingres*. Um nu luminoso, uma mulher sentada a uma mesa, as costas curvadas e macias.

Um homem levantou-se de um banco encostado na parede, sorriu e estendeu a mão para cumprimentá-lo. Ele sabia quem era Morath, provavelmente o tinha visto no café. Um cavalheiro elegante, corpulento, com uma barba à Vandyke e um terno de *tweed*. Algo como, pensou Morath, o dono de uma próspera galeria de arte. Aparentemente estava com um colega, parado do outro lado da sala e apreciando um quadro, as mãos cruzadas nas costas. Morath viu que os dois trocaram um olhar. Branco como giz, aquele homem, como se tivesse raspado uma barba de muitos anos. Usava um chapéu Homburg preto achatado na cabeça raspada.

O homem, que parecia um negociante de arte, sentou-se ao lado de Morath no banco de madeira.

— Disseram-me que o senhor procura um documento da melhor qualidade — disse ele. Falava francês como um alemão culto.

— É verdade.

— Seria de um defunto.

— Está certo.

— O senhor está comprando da família do falecido, naturalmente, e eles vão querer dois mil e quinhentos francos. Pelo nosso trabalho, pela troca de identidade, são outros mil francos. Combinado?

— Está certo.

O negociante de arte abriu um jornal, mostrando uma reportagem sobre um jogo de pólo no Bois de Boulogne e um passaporte numa pasta de papelão.

— A família deseja vendê-lo imediatamente. A nacionalidade do passaporte é romena e tem dezessete meses de validade.

A foto no documento era de um homem de meia-idade, formal, tranqüilo, o bigode preto cuidadosamente aparado e penteado. Embaixo, o nome: Andreas Panea.

— Eu lhe pago agora, se quiser.

— Metade agora. Metade quando lhe entregarem o produto acabado. Sua foto substituirá a do falecido, a inscrição em relevo na foto é feita por um técnico. A descrição física é apagada e substituída pela sua. A única coisa que não pode ser mudada é o lugar de nascimento; isso está no carimbo. O portador do documento terá este nome, nacionalidade romena e nasceu em Cluj.

— O que aconteceu com ele?

O negociante de arte surpreendeu-se por um momento. *Por que você está preocupado com isso?* Depois, disse:

— Nada dramático. — E em seguida: — Ele chegou ao fim do sofrimento. É muito comum.

— Aqui está a foto — disse Morath.

O negociante de arte ficou levemente surpreso. Não era Morath. Um homem de seus vinte anos, um rosto bonito e sério, parecendo ainda mais severo devido aos óculos de aro de metal e aos cabelos cortados tão rente que perdiam a cor. Um estudante, talvez. Na melhor das hipóteses. Aprovado todos os anos pelos professores, tendo ou não assistido às aulas. O negociante de arte virou a foto. Carimbado atrás estava o nome do estúdio de fotografia, em servo-croata, e a palavra "Zagreb".

O negociante de arte fez sinal para o amigo, que veio juntar-se a eles no banco, pegou a foto e examinou-a por um longo minuto, depois disse algo em iídiche. Morath, que falava alemão fluentemente, teria entendido um pouco, mas aquilo era algum tipo de dialeto, falado rapidamente, em tom sarcástico.

O negociante de arte concordou, quase sorrindo.

— O portador pode trabalhar? — perguntou Morath.

— Na Romênia. Aqui, não. Aqui ele poderia se candidatar a um emprego, mas...

— E se o documento for conferido pelas autoridades romenas?
— Por que seria conferido?

Morath não respondeu.

O homem com o chapéu Homburg tirou um toco de lápis do bolso e fez uma pergunta, outra vez em iídiche.

— Ele quer saber a altura e quanto ele pesa.

Morath deu as medidas — magro, mais baixo do que a média.

— Olhos?
— Cinza. Cabelos louros.
— Sinais de nascença?
— Nenhum.
— Profissão?
— Estudante.

A foto foi guardada. O negociante de arte virou a página do jornal e mostrou um envelope.

— Leve isto ao lavatório, lá no saguão. Coloque mil setecentos e cinqüenta francos aqui, ponha o jornal debaixo do braço e saia do museu. Use a saída da Rue Coligny. Pare no primeiro degrau e espere alguns minutos. Então, amanhã ao meio-dia, volte aqui. Você vai ver alguém que reconhecerá, siga essa pessoa e uma troca será feita num lugar, onde você vai poder dar uma boa olhada no que está comprando.

Morath fez o que lhe disseram. Colocou as notas de cem francos no envelope e esperou na entrada. Dez minutos depois, uma mulher acenou e foi em sua direção, sorrindo e subindo apressada os degraus do museu. Estava bem-vestida, colar de pérolas e luvas brancas. Beijou-o levemente no rosto, tirou o jornal debaixo do braço dele e partiu num táxi que estava à sua espera.

*A noite antes do trem.*

Havia se tornado uma espécie de tradição para Nicky e Cara, uma noite de *Kama Sutra* — adeus meu amor, algo para lembrar. Eles se sentaram à luz de velas em volta da cama e beberam uma garrafa de vinho. Cara usava *lingerie* preta, Morath, um robe. Às vezes escutavam discos — Morath tinha dois tipos, Ellington e Lee Viley — ou ouviam no rádio "*les beeg bands*". Certa noite, foram até Pigalle, onde Cara esperou no táxi enquanto Morath comprava livros de fotografias. Voltaram depressa para a Avenue Bourdonnais e olharam as fotografias. Casais em sépia, trios, quartetos, mulheres pesadonas de quadris largos e sorrisos suaves, o livro era impresso em Sofia.

Cara o provocava, às vezes, com "Histórias do Colégio Interno". Ela tinha passado três anos naquele lugar, numa grande província fora de Buenos Aires. "É como você supõe, Nicky", tinha dito ela, um pouco ofegante e com os olhos bem abertos. "Todas aquelas meninas, belezas de todos os tipos. Morenas. Louras. Apaixonadas, tímidas, algumas tão inocentes que não sabiam *nada*, nem mesmo o que *tocar*. E todas elas trancadas juntas durante a noite. Imagine!"

Ele imaginou.

Porém, mais perto da verdade, ele suspeitava, eram as lembranças das "mãos frias e dos pés fedorentos", e das freiras diabólicas que as forçavam a aprender, entre outras coisas, o francês. Era o único idioma que ela e Morath tinham em comum, mas Cara não podia perdoar. "Deus, como elas nos aterrorizavam", dizia ela. Batendo palmas — como, aparentemente, fazia a freira professora —, ela dizia: "*Traduction, les jeunes filles!*" Depois as meninas tinham de defrontar com um horror inescrutável, o monstro da gramática, e apenas cinco minutos lhes eram concedidos para a tradução.

— Lembro-me de certa vez — disse Cara —, quem era mesmo? Irmã Modeste. Ela escreveu no quadro-negro. "O que teria acontecido se eles jamais tivessem se unido do outro lado?" — Cara tinha começado a rir, lembrando-se do momento. — Pânico! *Se joindre*, um verbo homicida. É muito mais simples em espanhol. E, aí, minha amiga Elena, depois que a irmã escreveu a resposta, inclinou-se na passagem entre as carteiras e murmurou: "Bem, estou realmente satisfeita de saber como dizer *aquilo!*"

Morath serviu o resto do vinho, Cara terminou o dela, colocou o copo no chão e enroscou-se em Morath. Ele a beijou, desatou seu sutiã, ela encolheu os ombros, ele jogou-o na cadeira. Depois, ele enganchou um dedo na cintura da calcinha e puxou-a para baixo pelas pernas, lenta e facilmente, até que ela levantou os pés para que ele pudesse tirá-las.

Então, por um tempo, ficaram parados. Ela pegou a mão dele e colocou-a no seu seio — ela não o deixava se mover —, como se aquilo fosse suficiente, como se não precisasse prosseguir. Ele se perguntou o que seria bom fazer, sua mente vagueando ansiosamente pelo repertório. Ela estava pensando sobre aquilo? Ou qualquer outra coisa? *Ele me ama?* Morath abriu os olhos e viu que ela estava sorrindo.

Tudo muito bom para se pensar de manhã, lançado à deriva no mundo frio. Ela não acordou quando ele saiu, dormindo com a boca aberta, uma das mãos embaixo do travesseiro. De alguma forma, ele podia olhar para ela e saber que ela tinha feito amor na noite anterior. Quase cochilou, enquanto o trem deixava para trás as ruas vazias e ia para a zona rural. *Seus peitos, seu traseiro, olhando para ela para cima e para baixo, trepando.* Ela murmurou algumas vezes, falando consigo mesma. Ele nunca escutava, realmente, o que ela estava dizendo.

Era um trem muito vagaroso, que partiu de madrugada. Indo para leste, se arrastava, como se, na verdade, não quisesse chegar lá. Ele atravessaria Metz e Saarbrucken, depois seguiria para Wurzburg, onde os passageiros poderiam trocar de trem para Praga, com conexão para Brno, Kosice e Uzhorod.

França oriental, uma estação perdida, nem inverno, nem primavera. O céu estava baixo e pesado, o vento mais frio do que devia estar, o trem se arrastando por campos mortos e áridos.

Era uma vez uma agradável zona rural, pequenas fazendas e povoados. Então, veio 1914 e a guerra transformou-a numa lama cinzenta. Nunca haveria de se curar, diziam as pessoas. Alguns anos antes, quando a neve derreteu, um fazendeiro encontrara o que tinha sido, evidentemente, uma trincheira. Onde um regimento de soldados franceses, indo para o combate, tinha sido repentinamente enterrado pela explosão de uma enorme granada de artilharia. Depois, anos mais tarde, no degelo da primavera, um fazendeiro encontrou uma dúzia de pontas de baionetas despontando na terra, ainda em ordem de marchar.

Morath acendeu um cigarro e voltou a ler — *Land of the Kazars*, de Nicholas Bartha, publicado em húngaro em 1901.

> O macho dominante não devia ser perturbado em seus assuntos familiares. O que é um ruteno comparado com isso? Apenas um camponês. O período de caça dura duas semanas. Por esse passatempo, 70.000 rutenos devem ser levados à fome pelo exército de oficiais. Os veados e os porcos selvagens destroem o trigo, as batatas e o cravo dos rutenos (toda a plantação no seu pequeno meio acre). Todo o seu trabalho anterior é destruído. As pessoas semeiam e os veados do governo colhem. É fácil dizer que o camponês devia reclamar. Mas onde e com quem? Aqueles que mantêm o poder ele vê sempre juntos. O líder do povoado, o representante do delegado, o delegado, o juiz do distrito, o cobrador de impostos, o guarda-florestal, o administrador e o gerente, são todos homens com a mesma educação, com os mesmos prazeres sociais e do mesmo nível. De quem ele pode esperar justiça?

Quando Morath soube que ia para a Rutênia, pegou o livro emprestado na enorme biblioteca da baronesa Frei — comprada pelo barão, de instituições húngaras falidas, depois de 1918, dentro das fronteiras de outras nações. "Salvos do incêndio", dizia ele. Morath sorriu ao lembrar-se dele. Um homem baixo e gordo, de costeletas, que nem ele próprio sabia quanto dinheiro tinha feito com seus "esquemas". No aniversário de dezesseis anos de Morath, o barão o tinha levado para uma "perambulação educativa" pelos cassinos de Monte Carlo. Comprou para ele um par de abotoaduras de diamantes e uma loura cadavérica.

Ele sentou-se ao lado do barão na mesa do *chemin de fer* e observou-o preencher um cheque, às quatro da manhã, com um alarmante número de zeros. Pálido, mas sorridente, o barão levantou-se, acendeu um charuto, piscou para Morath e dirigiu-se para a escada de mármore. Dez minutos depois, um *fonctionnaire* surgiu ao seu lado, pigarreou e disse: "O barão Frei foi para o jardim." Morath hesitou, depois se levantou e foi rapidamente para o jardim, onde o barão foi encontrado urinando numa roseira. Ele morreria, dez anos mais tarde, de uma doença tropical contraída nas selvas do Brasil, onde tinha ido comprar diamantes para a indústria.

Morath olhou para o porta-bagagem acima do assento, se certificando de que sua maleta estava ali. Dentro, um passaporte que ele tinha recebido no Louvre, costurado dentro do forro de um paletó de lã. Polanyi chamou o homem de *Pavlo*, um homem que ele disse nunca ter encontrado. *O estudante.* Que tinha entrado na cidade de Uzhorod e não podia sair. "Um favor para um amigo", disse Polanyi.

No meio da tarde, o trem diminuiu a velocidade para passar pelas pontes do Moselle e pela estação de Metz, os prédios escurecidos pela fuligem das usinas. A maioria dos companheiros de viagem de Morath desceu — não havia muita gente indo para Alemanha, agora. Morath deu uma volta na plataforma e comprou um jornal. Ao anoitecer, o trem parou para o controle da fronteira francesa. Nenhum problema para Morath, oficialmente um *résident* da França.

Duas horas depois, o trem cruzou a fronteira em Saarbrucken. Nenhum problema também. O oficial que bateu à porta do compartimento de Morath ficou satisfeito em ver um passaporte húngaro. "Bem-vindo ao *Reich*", disse ele. "Sei que vai aproveitar sua visita."

Morath agradeceu delicadamente e tentou se acomodar para a noite. A estação da fronteira era iluminada por holofotes, um branco brilhante: fios esticados nos pilares, oficiais, sentinelas, metralhadoras, cachorros. Isso é para você, dizia aquilo, e Morath não gostou. Aquilo o fazia recordar-se de um certo ditado húngaro: "Nunca se deve entrar voluntariamente num quarto ou num país por uma porta que não possa ser aberta pelo lado de dentro."

Em algum lugar dois oficiais da SS juntaram-se a ele, que passou a noite bebendo conhaque e discutindo a velha Europa, a nova Alemanha e como se deitar com mulheres húngaras. Os dois jovens oficiais — intelectuais políticos que tinham cursado a universidade juntos, em Ulm — divertiram-se muito. Eles falaram e riram, limparam os óculos, ficaram bêbados e dormiram. Morath ficou aliviado ao chegar a Wurzburg, onde passou a noite no hotel da estação e partiu na manhã seguinte no trem para Praga.

A polícia da fronteira tcheca não ficou muito satisfeita em vê-lo. Os húngaros mantinham redes de espionagem em várias cidades e os tchecos sabiam disso.

— Por quanto tempo — perguntou o guarda da fronteira — planeja ficar na Tchecoslováquia?

— Alguns dias.

— O que veio fazer, senhor?

— Comprar florestas, se possível, para um grupo de investidores de Paris.

— Florestas?

— Na Rutênia, senhor.

— Ah. Claro. O senhor está viajando para...?

— Uzhorod.

O guarda aquiesceu, bateu no passaporte de Morath com a ponta do lápis.

— Vou carimbar um visto de uma semana para o senhor. Por favor, procure a prefeitura de Uzhorod se precisar prolongar sua estada.

Ele comeu uma *blutwurst* horrível no vagão-restaurante, terminou o Bartha, conseguiu comprar o jornal *EST*, a edição vespertina trazida de Budapeste, na lanchonete da estação em Brno. A vida política estava fervilhando. Dois membros do parlamento tinham se esbofeteado. Numa marcha dos trabalhadores no Décimo Distrito, foram atirados tijolos, pessoas foram presas. *Ao Editor. Senhor: Como vocês deixam esses basbaques liberais dirigirem nossa vida?* Um editorial clamava pela "força, firmeza e determinação de propósito. O mundo está mudando, a Hungria tem de mudar com ele". Uma lanchonete perto da universidade tinha sido incendiada. DEZENAS DE MILHARES APLAUDEM O DISCURSO DE HITLER EM REGENSBURG. Com fotografias, na primeira página. *Eles estão chegando,* pensou Morath.

Do lado de fora, a paisagem era de uma zona rural estranha. Morros baixos, floresta de pinheiros. Rios criados pelas enchentes da primavera, o som agudo da locomotiva passando por um desfiladeiro. Na estação da cidade eslovaca de Zvolen, o trem estava no meio do caminho entre Varsóvia, ao norte, e Budapeste, ao sul. Próxima parada, Kosice, uma cidade fronteiriça antes de 1918. Na plataforma, mulheres carregando cestas de palha nas cabeças cobertas com lenços pretos. O trem subiu por campos cobertos de neve, chegou a um povoado com os campanários das igrejas pintados de verde-limão. À luz do final da tarde, Morath pôde ver os montes Cárpatos no horizonte. Um hora depois, ele saltou do trem em Uzhorod.

O chefe da estação indicou-lhe um lugar onde ele podia se hospedar, na rua Krolevska. Era um prédio amarelo de tijolos com um cartaz onde estava escrito "Hotel". O proprietário tinha um olho branco, usava um colete de seda seboso e um solidéu de tricô.

— Nosso melhor quarto — disse ele. — O melhor!

Morath sentou-se num colchão de palha, puxou o alinhavo do forro de seu paletó de lã e tirou o passaporte. *Andreas Panea.*

Depois, naquela tarde, foi ao correio. Os funcionários tchecos do correio usavam uniformes azuis. Em um envelope ele tinha escrito *Malko, Poste Restante, Uzhorod.* Dentro, uma mensagem sem importância — uma irmã tinha estado doente, agora estava melhor. A mensagem verdadeira estava no endereço do remetente: o mesmo de "Malko", com um nome diferente.

Agora, era esperar.

Morath ficou deitado, olhando pela janela suja. O melhor quarto era inclinado, formando um ângulo estranho: um teto baixo de tábuas, pintado de cal há muito tempo, que ia em uma direção, depois em outra. Quando ele estava em pé, o teto ficava a apenas alguns centímetros da sua cabeça. Na rua, o som firme das patas dos cavalos nas pedras arredondadas. Rutênia. Ou, afetuosamente, Pequena Rússia. Ou, tecnicamente, Ucrânia, região dos Subcárpatos. Um naco eslavo tirado pelos reis medievais da Hungria, e desde então uma terra perdida no canto nordeste da nação. Então, depois da Grande Guerra, em um dia raro em que o idealismo americano deu as mãos à diplomacia francesa — o que o conde Polanyi chamava de "assustadora convergência" —, eles a tiraram da Eslováquia e a entregaram aos tchecos. Em algum lugar, especulou Morath, numa pequena sala no Ministério da Cultura, um burocrata morávio estava em pleno trabalho com a canção: "Alegre e velha Rutênia/ Terra que tanto amamos."

No jantar, o proprietário e a mulher serviram geléia de mocotó, panqueca de trigo com cogumelos, queijo branco com ervas e panquecas com geléia de groselha. Uma garrafa de licor de cereja ficou no tampo da mesa. O proprietário esfregava as mãos, nervoso.

— Muito bom — disse Morath, fingindo limpar a boca no guardanapo... aquilo certamente tinha sido um guardanapo um dia... e afastou a cadeira da mesa... Ele tivera a intenção de fazer um elogio, entretanto, e o proprietário percebeu.

— Outro *blini*, senhor? Uhh, *Pannküchen*? *Crêpe*? *Blintz*?

— Não, obrigado.

Morath pagou o jantar e voltou para o quarto. Deitado ali no escuro, ele podia sentir o campo. Havia um estábulo anexo ao hotel, e às vezes os cavalos relinchavam e se mexiam nas baias. O cheiro de esterco e palha podre ia até o quarto de Morath. Ainda fazia frio no fim de abril. Ele se embrulhou no cobertor usado e tentou dormir. Lá fora, na rua Krolevska, alguém ficou bêbado em uma taverna. Primeiro cantou, depois discutiu e brigou. Depois a polícia, uma mulher chorando e implorando — seu homem foi levado embora.

Dois dias mais tarde, uma carta no Correio, um endereço na margem de Uzhorod, ele tinha de pegar uma *droshky*.* Passou por ruas apinhadas de fileiras de casas de madeira sujas e térreas, cada uma com uma única janela e telhado de sapé. Uma mulher atendeu à batida na porta. Era morena, com cabelos pretos e crespos, batom carmim e um vestido curto e apertado. Talvez romena, pensou ele, ou cigana. Ela lhe fez uma pergunta numa língua que ele não reconheceu.

Ele tentou falar em alemão:

— Pavlo está?

Ela o esperava, ele pôde sentir; agora ele tinha chegado e ela estava curiosa, olhando-o atentamente. Morath ouviu uma porta bater dentro da casa e uma voz de homem. A mulher afastou-se um pouco e Pavlo veio até a porta. Ele era uma dessas pessoas que se parecem muito com suas fotos.

— Você é o homem que veio de Paris? — A pergunta foi feita em alemão. Não era um bom alemão, mas servia.

---

*Tipo de carruagem russa. (N. do E.)

— Sim.
— Eles não se apressaram em mandá-lo aqui.
— É? Bem, aqui estou.
Os olhos de Pavlo varreram a rua.
— Talvez seja melhor entrar.
A sala estava cheia de mobília, cadeiras pesadas e sofás cobertos com vários padrões e tecidos, a maioria vermelha, alguns dos tecidos de textura muito boa, outros não. Morath contou cinco espelhos diferentes nas paredes. A mulher falou calmamente com Pavlo, olhou para Morath, saiu da sala e fechou a porta.
— Ela está fazendo a mala — disse Pavlo.
— Ela vem conosco?
— Ela acha que sim.
Morath não mostrou reação.
Pavlo tomou aquilo como desaprovação.
— Tente isso alguma vez — disse ele, a voz um pouco cortante —, a vida sem um passaporte. — Fez uma pausa, perguntou: — Você tem dinheiro para mim?
Morath hesitou. Talvez alguém devesse dar dinheiro a Pavlo, mas não ele.
— Posso lhe dar algum dinheiro — disse ele — até chegarmos em Paris.
Aquela não era a resposta que Pavlo queria, mas ele não estava em posição de discutir. Era, talvez, alguns anos mais velho do que Morath tinha imaginado, quase trinta anos. Usava um terno azul manchado, uma gravata colorida, puída, e sapatos gastos.
Morath contou mil francos.
— Isso deve ajudar — disse ele.
Faria muito mais do que isso, mas Pavlo pareceu não reparar. Guardou oitocentos francos no bolso e olhou em volta da sala. Embaixo de um vaso de água-marinha com um ramo de tulipas de cetim, havia um paninho. Pavlo enfiou duas notas de cem francos embaixo do paninho de tal forma que as pontas das notas ficaram visíveis.

— Aqui está o passaporte — disse Morath.

Pavlo olhou-o cuidadosamente, chegou perto da luz, examinou a fotografia e correu o dedo sobre o carimbo em relevo:

— Por que romeno? — perguntou.

— Foi o que pude arranjar.

— Oh. Bem, eu não falo romeno. Sou croata.

— Isso não será problema. Vamos atravessar a fronteira húngara. Em Michal'an. Está levando outro passaporte? Não acho que tenhamos de nos preocupar com isso, mas mesmo assim...

— Não, tive de me livrar dele.

Ele saiu da sala. Morath pôde ouvi-lo falando com a mulher. Ele voltou carregando uma pasta. Vindo atrás dele, a mulher segurava uma valise ordinária com as duas mãos. Colocou o chapéu, vestiu um casaco com uma gola puída de pele. Pavlo murmurou alguma coisa para ela e deu-lhe um beijo na testa. Ela olhou para Morath, um olhar suspeito mas esperançoso, e sentou-se no sofá, a valise entre os pés.

— Vamos sair por uma ou duas horas — disse Pavlo para Morath. — Depois voltaremos.

Morath não queria tomar parte naquilo.

Pavlo fechou a porta. Na rua, ele sorriu e levantou os olhos para o céu.

Eles andaram muito tempo até encontrarem uma *droshky*. Morath indicou ao chofer a direção de volta ao hotel, e Pavlo esperou na sala enquanto Morath falava com o proprietário no pequeno escritório atrás da cozinha, onde ele estava trabalhando no livro de contabilidade. Enquanto Morath contava os *kroner* thecos para pagar a conta, perguntou:

— Você conhece algum motorista com um carro? O mais rápido possível... vou fazer valer a pena.

O proprietário pensou um pouco:

— O senhor vai — disse ele, delicadamente — para algum lugar longe daqui?

Ele queria dizer *fronteiras*.
— Um pouco.
— Nós somos, como sabe, abençoados com muitos vizinhos. Morath concordou. Hungria, Polônia, a Transilvânia romena.
— Nós vamos para a Hungria.
O proprietário pensou um pouco.
— Na verdade, conheço alguém. Ele é polonês, um sujeito silencioso. É o que precisa, não é?
— O mais rápido possível — repetiu Morath. — Vamos esperar no quarto, se não se incomodar. — Ele não sabia quem estava procurando por Pavlo, ou por que, mas as estações ferroviárias eram sempre vigiadas. Era melhor uma saída discreta de Uzhorod.

O motorista apareceu no final da tarde, apresentou-se como Mierczak e estendeu para Morath a mão, que parecia ser de aço temperado. Morath sentiu uma poderosa domesticidade.
— Sou mecânico na fábrica de farinha — disse ele. — Mas também faço uma coisa e outra. Sabe como é. — Não mostrava a idade, com uma calvície incipiente, um sorriso cordial e uma jaqueta inglesa de caça, de tecido de xadrez com desenhos triangulares, que de algum modo tinha chegado àquela região no passado.

Morath ficou realmente surpreso com o carro. Se você fechasse um olho, não parecia diferente dos Fords europeus de 1930, mas um segundo olhar mostrava-lhe que não tinha nada do Ford, enquanto uma terceira olhada dizia-lhe que não era nada. Tinha perdido, por exemplo, todas as cores. O que tinha ficado era um sombreado tom de ferro, talvez, que desbotava ou escurecia dependendo da parte do carro para a qual você olhasse.

Mierczak riu, sacudindo a porta do lado do passageiro para que ela se abrisse.
— Que carro! — disse ele. — Você não se importa, não é?
— Não — disse Morath. Ele sentou-se na manta de cavalo

que há muito tinha substituído o forro. Pavlo sentou-se no banco de trás. O carro pegou facilmente e afastou-se do hotel.

— Na verdade — disse Mierczak —, não é meu. Bem, é parte meu. A maior parte é do primo da minha mulher. É o táxi de Mukachevo, e quando ele não está trabalhando na loja, ele o dirige.

— Qual é a marca?

— Qual é a marca? — disse Mierczak. — Bem, tem alguma coisa do Tatra, produzido em Nesseldorf. Depois da guerra, quando se tornou Tchecoslováquia. O Tipo Dois, eles o chamavam. Que nome, hein? Mas era aquela empresa. Então se incendiou. O carro, quero dizer. No entanto, agora que penso sobre isso, a fábrica também se incendiou, mas foi mais tarde. Depois, tornou-se um Wartburg. Nós tínhamos uma oficina em Mukachevo, lá atrás, e alguém tinha deixado um Wartburg numa trincheira, durante a guerra, e ele reviveu no Tatra. Mas, não pensamos nisso naquela ocasião, era um Wartburg *velho*. Não conseguimos arranjar as peças. Eles não fabricavam mais, ou não nos mandavam ou qualquer coisa assim. Então, transformou-se em um Skoda. — Ele pressionou o pedal da embreagem até o chão e voltou a acelerar. — Viu? Skoda! Como a metralhadora.

O carro tinha subido pela parte calçada de pedra de Uzhorod e agora estava todo sobre uma pista sem pavimento.

— Senhores — disse Mierczak. — Estamos indo para a Hungria, de acordo com o dono da hospedaria. Mas tenho de perguntar se desejam ir a algum lugar em particular. Ou talvez seja só "Hungria". Se for só isso, eu entendo perfeitamente, podem acreditar.

— Podemos ir a Michal'an?

— Podemos. Lá é bom e tranqüilo, geralmente.

Morath esperou.

— Mas...?

— Mas é mais tranqüilo em Zahony.

— Zahony, então.

Mierczak concordou. Poucos minutos depois, ele virou numa curva fechada, pegou uma estrada rural e engrenou a segunda. Era como se ele esfregasse uma barra de ferro numa banheira. Foram aos solavancos pela estrada por uns tempos, a pouco mais de trinta quilômetros por hora, talvez, até que tiveram que diminuir a velocidade para ultrapassar uma carroça.

— Como é lá?
— Zahony?
— Sim.
— Normal. Um pequeno correio. Um guarda, se ele estiver acordado. Não tem muito tráfego. Hoje em dia, a maioria das pessoas fica onde está.

— Imagino se podemos pegar um trem lá. Para Debrecen, eu acho, onde podemos pegar o expresso.

Pavlo deu um chute no encosto do assento. A princípio, Morath não acreditou que ele tivesse feito aquilo. Quase se voltou para trás e disse alguma coisa, mas não o fez.

— Tenho certeza que há um trem de Zahony — disse Mierczak.

Viajaram para o sul ao final da luz do dia, a tarde transformando-se num anoitecer longo e lânguido. Olhando pela janela, Morath de repente teve uma sensação de lar, de saber onde estava. O céu estava cheio de nuvens esparsas, tingidas de vermelho pelo ocaso sobre os montes Cárpatos, campos vazios ao longo da pequena estrada, campos demarcados por bosques de bétulas e choupos. A terra tinha se transformado em vegetação agreste, onde o capim de inverno assobiava e inclinava-se com o vento noturno. Era muito bonito, muito solitário. *Esses vales alegres, encharcados de sangue*, pensou.

Um povoado, depois outro. Estava escuro agora, nuvens escondiam a lua, e a névoa da primavera levantava-se do rio. Na metade de uma curva longa, eles viram a ponte sobre o Tisza e a estação da fronteira de Zahony. Pavlo gritou:

— Pare! — Mierczak pisou no freio e Pavlo inclinou-se sobre o banco da frente e apagou as luzes do carro. — A cadela! — disse ele, a voz furiosa. Ele respirava com força, Morath podia ouvir. Ao longe podiam ver dois caminhões cor de terra, a névoa do rio passando pelos fachos de luz dos faróis, e várias silhuetas movendo-se por ali, possivelmente soldados. Estavam todos quietos no carro, o motor desligado, o cheiro forte da gasolina no ar.

— Como sabe que foi ela? — perguntou Morath.

Pavlo não respondeu.

— Talvez estejam só por ali — disse Mierczak.

— Não — disse Pavlo. Por um tempo, ficaram olhando os caminhões e os soldados. — É minha culpa. Sabia o que tinha de fazer e não fiz.

Morath pensou que o melhor a fazer era irem para o sul, para Berezhevo, achar uma pensão por um ou dois dias e então pegar um trem para a Hungria. Ou, melhor, irem para oeste, para a parte eslovaca do país — para longe da Rutênia, terra de muitas fronteiras — e, então, pegar o trem.

— Acha que eles viram nossas luzes? — perguntou Mierczak. Ele engoliu em seco uma vez, depois outra.

— Simplesmente dê a volta e saia daqui — disse Pavlo.

Mierczak hesitou. Ele não tinha tido nada de errado, mas, se fugisse, as coisas mudariam.

— Agora — disse Pavlo. Relutantemente Mierczak engrenou a ré e deu a volta. Dirigiu um pequeno trecho no escuro, depois tornou a ligar as luzes. Pavlo olhou pela janela de trás até que o posto da fronteira desapareceu de vista, numa curva. — Eles estão parados — disse ele.

— A que distância fica Berezhevo? — disse Morath. — Talvez a melhor coisa agora seja pegar o trem.

— Uma hora. Um pouco mais à noite.

— Não vou de trem — disse Pavlo. — Se os seus documentos não funcionarem, vamos cair numa armadilha.

*Fique aqui, então.*
— Há outra maneira de atravessar? — perguntou Pavlo.
Mierczak pensou um pouco.
— Há uma ponte para pedestres, fora do povoado de Vezlovo. É usada à noite, às vezes.
— Por quem?
— Algumas famílias... para evitar a taxa de importação. Um comércio de cigarros, a maioria, ou de vodca.
Pavlo olhou, não podendo acreditar no que tinha ouvido.
— Por que, então, não nos levou logo até lá?
— Não pedimos que fizesse isso — disse Morath. Mesmo com o ar frio da noite, Pavlo estava suando. Morath podia sentir o cheiro.
— Vocês têm de atravessar uma floresta — disse Mierczak.
Morath suspirou, não tinha certeza do que queria fazer.
— Pelo menos podemos dar uma olhada — disse ele. *Talvez os caminhões estivessem ali por acaso.* Ele estava usando um suéter, um paletó de *tweed* e calças de flanela... vestido para um hotel no campo e um trem. Agora, ia ter de rastejar pela floresta.

Viajaram por uma hora. Não havia outros carros na estrada. A terra, os campos e os prados estavam escuros, vazios. Finalmente chegaram a um povoado — uma dúzia de casas de madeira na beira da estrada, as janelas iluminadas por lamparinas a óleo. Uns poucos galpões e celeiros. Os cachorros latiram quando eles passaram.

— Não é longe daqui — disse Mierczak, tentando enxergar dentro da noite. Os faróis lançavam uma claridade amarela, fraca. Onde o campo se transformava numa floresta, Mierczak parou o carro, saltou e andou pela estrada. Logo depois, voltou. Estava rindo outra vez.

— Acredite em milagres — disse ele. — Eu encontrei.

Saíram do carro, Morath carregando uma valise, Pavlo com sua pasta, e os três começaram a andar. O silêncio era imenso. Havia só o vento e o som dos passos na estrada de terra.

— É bem aqui — disse Mierczak.

Morath olhou e viu um caminho sob os arbustos, entre duas faias altíssimas.

— Mais ou menos daqui a um quilômetro — disse Mierczak. — Vocês vão ouvir o rio.

Morath abriu a carteira e começou a tirar notas de cem *kroner*.

— É muita bondade sua — disse Mierczak.

— Você concorda em esperar aqui? — perguntou Morath. — Talvez uns quarenta minutos. Só para ter certeza.

Mierczak concordou.

— Boa sorte, senhores — disse ele, claramente aliviado. Ele não tinha percebido em que estava se metendo... o dinheiro em seu bolso provava que ele estava certo em ficar com medo. Acenou para eles enquanto entraram na floresta, feliz por vê-los indo embora.

Mierczak estava certo, pensou Morath. Quase no momento que entraram na floresta puderam ouvir o rio, escondido, mas não muito longe. A água gotejava dos galhos nus das árvores, a terra era macia e lamacenta. Eles andaram pelo que pareceu um longo tempo, depois avistaram pela primeira vez o rio Tisza. Cem metros de largura e cheio com as chuvas da primavera, pesado e cinzento no escuro, flocos de espuma branca onde a água batia numa pedra ou num tronco submerso.

— E onde está a ponte? — perguntou Pavlo. *Aqui devia ter uma ponte.*

Morath sacudiu a cabeça — continuaram subindo. Andaram mais dez minutos, então ele viu uma raiz seca ao pé de uma árvore, sentou-se, deu um cigarro a Pavlo e acendeu um para si. Balto, eram chamados; ele os comprara em Uzhorod.

— Morou em Paris por muito tempo? — perguntou Pavlo.

— Muito tempo.

— Percebe-se. — Morath deu uma tragada no cigarro. — Parece ter esquecido como é a vida por aqui.

— Vai com calma — disse Morath. — Logo estaremos na Hungria. Vamos achar uma taverna e comer alguma coisa.

Pavlo riu.

— Não acredita que o polonês vai esperar por nós, não é?

Morath olhou para o relógio.

— Ele está lá.

Pavlo lançou um olhar triste para Morath.

— Não por muito tempo. Vai voltar para casa, para a mulher dele, a qualquer momento agora. E no caminho vai parar e conversar com a polícia.

— Acalme-se — disse Morath.

— Aqui, só uma coisa conta, só uma coisa. É o dinheiro.

Morath encolheu os ombros.

Pavlo levantou-se.

— Volto logo — disse ele.

— O que está fazendo?

— Só uns minutos — disse ele, por cima do ombro.

*Meu Deus!* Morath ouviu-o voltar pelo caminho que tinham vindo; depois, silêncio. Talvez tivesse ido embora, realmente. Ou tivesse ido verificar Mierczak, o que não tinha cabimento. *Bem, temos de acreditar em alguém.* Quando Morath era adolescente, sua mãe ia à missa todos os dias. Ela freqüentemente lhe dizia que todas as pessoas eram boas, apenas acontecia que algumas tinham perdido o caminho.

Morath olhou para o topo das árvores. A lua aparecia e sumia, uma fatia pálida entre as nuvens. Fazia muito tempo que estivera numa floresta. Essa era uma floresta velha, provavelmente parte de uma grande propriedade. O príncipe Esterhazy possuía trezentos mil acres na Hungria, com onze mil pessoas, em dezessete povoados. Não era muito comum, naquela parte do mundo. O nobre que possuía aquela propriedade sem dúvida pretendia que seus netos cortassem as árvores de madeira de lei, de crescimento lento, a maioria carvalho e faias.

Ocorreu a Morath, então, que não havia realmente mentido para o oficial da fronteira tcheca. Tinha dito que ia procurar florestas; bem, ali estava ele, olhando para uma floresta. À distância, dois tiros e, um momento mais tarde, um terceiro.

Quando Pavlo retornou, disse apenas:
— Bem, acho que devemos nos pôr a caminho.
O que tinha de ser feito, estava feito. Para que falar sobre isso? Os dois homens andaram em silêncio e alguns minutos depois avistaram a ponte. Uma coisa estreita, velha e fraca, a água sugada para dentro de profundos remoinhos ao redor das estacas de madeira que a sustentavam, a superfície, talvez, três metros abaixo da passagem. Enquanto Morath observava a ponte, ela balançou. O outro lado da ponte destacava-se contra o céu — um pedaço quebrado de trilho projetava-se na direção da margem húngara do rio. E, ao luar, ele podia visualizar a madeira escura queimada, onde uma parte da ponte que tinha sido incendiada — ou dinamitada, ou o que fosse — caíra dentro da água.

Morath estava tão angustiado com o que Pavlo havia feito que pouco se importou. Tinha visto aquilo na guerra dúzia de vezes, talvez mais, e sempre trazia à baila as mesmas palavras, nunca pronunciadas alto. *Não faz sentido*, eram as mais importantes, o restante não significava muito. *Não faz sentido, não faz sentido.* Como se algo no mundo pudesse ocorrer só porque em algum lugar alguém compreendesse seu sentido. Humor negro, ele tinha pensado na época. As colunas atravessando os povoados incendiados da Galícia, um oficial da cavalaria dizendo *não faz sentido* para si mesmo.

— Eles devem ter um jeito de atravessar — disse Pavlo.
— O quê?
— As pessoas que atravessam a fronteira pela ponte à noite. Devem ter um jeito de fazer isso.

Ele provavelmente estava certo. Um barco, outra ponte, alguma coisa. Caminharam para o barranco do rio e poucos metros depois ouviram a voz. Uma ordem. Em russo ou, talvez, ucraniano. Morath não falava a língua, mas mesmo assim a intenção era clara, e ele começou se levantar. Pavlo agarrou-o pelo ombro e o fez abaixar-se entre os altos juncos na beira do rio.

— Não faça isso — murmurou Pavlo.

Outra vez a voz, zombando, adulando. *Não faríamos mal a uma mosca.*

Pavlo bateu nos lábios com o indicador.

Morath apontou para trás deles, para a relativa segurança da floresta. Pavlo pensou e concordou. Quando começaram a rastejar de volta, alguém atirou neles. Um brilho amarelo nas árvores, uma detonação que ricocheteou na água. Então, um grito em russo, seguido de uma pretensa versão em húngaro, *vão se foder, levantem-se*, era a idéia geral, e uma risada.

Pavlo pegou uma pedra e atirou neles. Pelo menos duas armas responderam. Depois o silêncio, e então o som de alguém rastejando sob a vegetação, um choque, uma imprecação e depois um som áspero que parecia uma risada.

Morath não chegou a ver de onde ele saiu — da maleta? Mas um pesado revólver cor de chumbo apareceu na mão de Pavlo e ele o disparou na direção do barulho.

Aquilo *não era* engraçado. Era irracionalmente grosseiro. Alguém gritou com eles, e Morath e Pavlo grudaram no chão, enquanto a fuzilaria sibilava por sobre os juncos. Morath fez um sinal com a mão para que ficassem quietos. Pavlo concordou. Da escuridão, um desafio — *apareçam e lutem, seus covardes*. Seguido de um diálogo entre duas, três vozes. Todos bêbados, maus, muito zangados.

Mas aquilo foi tudo. O único tiro de Pavlo tinha feito uma importante declaração, tinha alterado o contrato social: desculpe, sem mortes esta noite. Pareceu um longo tempo, trinta minutos, de gritos, tiros e o que Morath pensou ser insultos intoleráveis. Mas Pavlo e Morath conseguiram agüentar, e, quando a gangue foi embora, eles sabiam o suficiente para esperar os necessários quinze minutos pelo último tiro, quando mandavam alguém voltar para arruinar com a celebração da vitória.

4:40. Uma claridade cinza-pérola. O melhor momento para ver e não ser visto. Morath, molhado e gelado, podia ouvir os pássaros cantando no lado húngaro do rio. Ele e Pavlo tinham subido a corrente por uma hora, envoltos pela névoa pesada, procurando por um bote ou outra ponte. Nada encontraram, então voltaram para a ponte.

— O que quer que eles usem, eles esconderam — disse Pavlo.

Morath concordou. E aquela não era uma manhã para dois estrangeiros entrarem num povoado isolado. A polícia tcheca estaria interessada no assassinato do chofer de táxi polonês e a gangue ucraniana estaria mais do que curiosa para saber quem tinha atirado neles na noite anterior.

— Sabe nadar? — perguntou Morath.

Muito lentamente, Pavlo sacudiu a cabeça.

Morath era um nadador forte, e esta não seria a primeira vez que ele nadaria em um rio veloz. Tinha feito aquilo quando adolescente, com amigos ousados. Pulava na correnteza agarrado a um pedaço de tronco e flutuava corrente abaixo até conseguir abrir caminho para a outra margem. Mas, naquela época do ano, só se tinham quinze minutos. Ele também tinha visto aquilo durante a guerra, em Bzura e em Dniester. Primeiro uma careta agonizante de frio, depois um sorriso tolo, em seguida, a morte.

Morath arriscaria, o problema era o que fazer com Pavlo. Não importava o que sentia — tinha de atravessar com ele. *Ainda que fosse estranho, havia um bocado de folclore sobre aquele assunto.* Raposas, galos, rãs, tigres, padres e rabinos sem fim. Um rio a ser atravessado — por que era sempre o velhaco quem não sabia nadar?

E não havia nenhum tronco. Talvez eles pudessem quebrar um pedaço de um dos dormentes queimados, mas só saberiam disso quando chegassem ao fim da ponte. Morath decidiu abandonar sua maleta. Lamentou perder o livro de Bartha, mas encontraria uma maneira de substituí-lo. Quanto ao resto, navalha, meias e camisas, adeus. Os ucranianos podiam ficar com aquilo. Quanto a Pavlo, ele desafivelou o cinto e prendeu-o na alça da pasta.

— Coloque o passaporte na boca — disse Morath.
— E o dinheiro?
— O dinheiro seca.

De barriga para baixo, Morath começou a atravessar a ponte. Podia ouvir a água correndo três metros abaixo, podia senti-la — a umidade, o ar frio que se elevava da correnteza forte. Não olhou para trás; Pavlo teria ou não coragem de fazer aquilo. Rastejando sobre as tábuas desgastadas, ele percebeu que havia sido queimado muito mais do que se via da margem. A ponte cheirava a fogo velho, e o seu suéter de lã de carneiro comprado em uma loja da Rue de la Paix — "Aquele verde não, Nicky, *este* verde" —, já coberto de lama, agora estava sujo de carvão.

Muito antes de alcançar a extremidade, ele parou. Os suportes da ponte tinham queimado, pelo menos parte deles, deixando varetas pretas sustentando-a. Morath percebeu que estaria dentro do rio mais cedo do que tinha planejado. A ponte tremia e balançava cada vez que ele se movia, de modo que fez sinal para que Pavlo ficasse onde estava e seguiu em frente sozinho.

Alcançou um lugar ruim, ficou pendurado, sentiu que começava a suar no ar frio. Seria melhor mergulhar ali? Não, ainda faltava muito para a outra margem. Esperou que a ponte parasse de balançar, agarrou-se com os dedos na beira da tábua seguinte e deslizou para frente. Esperou, alcançou, puxou e deslizou. Apoiando o rosto na madeira, viu um par de garças brancas voando por cima da água, as asas batendo quando passaram por cima dele.

Naquele momento, chegou ao fim da ponte — ou tão perto

quanto podia; depois de um certo ponto, a madeira estava tão queimada que não agüentaria nem um gato —; tinha de descansar um pouco para tomar fôlego. Fez sinal para Pavlo juntar-se a ele. Enquanto esperava, ouviu vozes. Voltou-se, viu duas mulheres, com saias pretas e lenços de cabeça, paradas na margem do rio, olhando para ele.

Quando Pavlo chegou perto dele, examinaram a margem distante a uns bons quarenta metros. Na luz do amanhecer, a água estava marrom com a terra das correntes que desciam das montanhas. Perto dele, Pavlo estava branco como giz.

— Tire a gravata — disse Morath.

Pavlo hesitou, depois, relutantemente, desfez o nó.

— Vou entrar na água, você me segue. Segure numa ponta da gravata. Vou nadar e puxá-lo. Faça o melhor que puder. Bata os pés, mexa o braço livre. Nós conseguiremos.

Pavlo concordou.

Morath olhou para a água, três metros abaixo dele, escura e revolta. A outra margem parecia estar a uma grande distância, mas pelo menos o barranco era baixo.

— Espere um minuto — disse Pavlo.

— Sim?

Mas não havia nada a dizer, ele só não queria entrar na água.

— Nós vamos conseguir — disse Morath. Decidiu tentar a estaca seguinte, algo em que ele poderia se apoiar enquanto persuadia Pavlo a pular depois dele. Esticou o corpo, sentiu as tábuas embaixo dele trepidarem, depois se deslocarem. Praguejou, ouviu um estalo, perdeu o equilíbrio e caiu. Lutou contra o ar, depois aterrissou com um impacto que o deixou tonto. Não foi o jato de água gelada, isso ele já esperava. Foi uma pedra. Escorregadia e escura, cerca de meio metro abaixo da superfície. Morath se viu de quatro, sem sentir dor ainda, mas sentindo-a vir, o rio agitado à sua volta. *Um caminho escondido*. O truque mais velho do mundo.

Pavlo rastejava atrás dele, segurando a gravata, o passaporte preso nos dentes, os óculos de aro de metal tortos, rindo.

Caminharam para Zahony, primeiro seguindo o rio, depois uma picada através da mata que virava uma estrada. Levaram toda a manhã, mas não se importaram. Pavlo estava alegre por não ter se afogado e seu dinheiro não tinha ficado muito molhado. Separou as notas, austríacas, tchecas, francesas, soprou levemente em todos os santos e reis, depois as guardou na pasta.

Morath tinha machucado o pulso e o joelho, mas não tanto quanto temera, e tinha um machucado perto do olho esquerdo. Devia ter sido uma tábua, não sabia como acontecera. Depois, o sol apareceu e a luz brilhou no rio. Eles passaram por um lenhador, por um vagabundo, por dois meninos pescando os pequenos esturjões que apareciam no Tisza. Morath falou com eles em húngaro.

— Tiveram sorte?

Um pouco, sim, não está tão ruim. Os meninos não pareceram surpresos quando os dois homens cobertos de lama saíram da floresta. É isso que acontece quando se mora na fronteira, Morath pensou.

Encontraram um restaurante em Zahony, comeram repolho recheado com molho e um prato de ovos fritos e pegaram o trem naquela tarde. Pavlo dormiu, Morath ficou olhando a planície húngara pela janela.

Bem, ele tinha cumprido sua palavra. Prometera a Polanyi que traria aquele quem-quer-que-fosse a Paris. *Pavlo*. Certamente, uma alcunha — *nom de guerre*, codinome, disfarce. Algo assim. Ele alegou que era croata e aquilo, pensou Morath, podia ser verdade. Talvez um croata ustachi. O que significava *terrorista* em alguns lugares e *patriota* em outros.

Croácia, uma província da Hungria durante séculos, e seu acesso ao mar — foi como Miklos Horthy veio a ser o almirante Horthy

— tinham amargado um pouco de história política desde que se tornara parte de um reino fabricado, a Iugoslávia, em 1918. O fundador do ustachi, Ante Pavelic, tinha ficado célebre ao encarar um adversário político da Câmara dos Deputados da Croácia e matá-lo com um tiro no coração. Seis meses depois, Pavelic saiu do seu esconderijo, entrou no saguão da Câmara carregando uma escopeta e matou mais dois.

Sob a proteção de Mussolini, Pavelic mudou-se para uma casa em Turim, onde continuou quando a filosofia política de sua organização: mais de quarenta desastres de trem em dez anos, inúmeros prédios bombardeados, granadas atiradas em cafés freqüentados por soldados e cinco mil oficiais croatas e sérvios assassinados. O dinheiro vinha de Mussolini, os assassinos da IMRO, a Organização Revolucionária Interna da Macedônia, com o quartel-general na Bulgária. Foram os membros da IMRO que assassinaram o rei Alexander da Iugoslávia, em Marselha, em 1934. Eles tinham sido treinados em acampamentos na Hungria, que, a serviço de uma aliança com a Itália, também fornecia instrutores militares e documentos falsos. Os documentos quase sempre eram tirados em nome de Edouard Benes, o odiado presidente da Tchecoslováquia. Havia um certo senso de humor naquilo, pensou Morath.

"*Bálcãs, Bálcãs*", referiam-se, na França, a um proxeneta espancando uma prostituta ou três garotos surrando um menino... qualquer coisa bárbara ou brutal. No assento em frente a Morath, Pavlo dormia, os braços cruzados, protegendo a pasta.

As formalidades na fronteira da Áustria não foram muito difíceis, felizmente. Para *Andreas Panea*, o romeno, aquela máscara especial de aspereza da Europa central — você praticamente tinha de ser um austríaco para saber que tinha sido insultado. As outras pessoas levavam um ou dois dias para perceber isso, mas então você já tinha saído do país.

Muito tempo no trem, pensou Morath, ansioso por voltar à vida que levava em Paris. As planícies húngaras, os vales austría-

cos, as florestas alemãs e, por fim, os campos franceses, e o sol entrou no coração de Morath. À noite, o trem chegou à Ile de France, trigais e nada mais, então o chefe do trem — que era igual a todo chefe de trem francês, gordo e atarracado com um bigode preto — anunciou a parada final, com um toque de música na voz. Pavlo ficou atento, olhando pela janela enquanto o trem diminuía a velocidade passando pelos povoados na periferia da cidade.
— Já esteve em Paris? — perguntou Morath.
— Não.

No dia 4 de maio de 1938, o trem noturno de Budapeste entrou na Gare du Nord um pouco depois da meia-noite. Era uma noite calma na Europa, nublada e quente para a estação, e esperava-se chuva para a madrugada. Nicholas Morath, viajando com um passaporte diplomático húngaro, desceu lentamente do vagão de primeira classe e dirigiu-se para a fila de táxis, fora da estação. Quando saiu da plataforma, virou-se como se fosse dizer algo para o companheiro, mas, olhando para trás, descobriu que quem quer que tivesse estado com ele tinha desaparecido na multidão.

# A prostituta de Von Schleben

O BAR DO BALALAIKA, 15:30, O AR EMPOEIRADO E PESADO do *nightclub* numa tarde de primavera. No palco, duas mulheres e um homem dançavam, em roupas pretas e justas, vigiados por um russo baixinho que usava um *pince-nez*, mãos nas cadeiras, arrasado com toda a desesperança do mundo. Ele fechou os olhos e mordeu o lábio, um homem que tinha estado certo de tudo desde que nascera.

— Pular como uma cigana — explicou — é pular como uma cigana.

Silêncio. Todos o olhavam. Ele lhes mostrou o que queria, gritando "Hah" e levantando os braços. Virou o rosto para eles.

— Você, *amor*, vida!

Boris Balki estava apoiado no cotovelo, um toco de lápis atrás da orelha, um problema de palavras cruzadas de um jornal francês, quase terminado, aberto no balcão. Ele olhou para Morath e disse:

— *Ça va?*

Morath sentou-se num banco.

— Nada mal.

— O que vai querer?

— Uma cerveja.

— Pelforth serve?

Morath concordou.

— Bebe uma comigo?

Balki pegou as garrafas embaixo do balcão, abriu-as e despejou a cerveja sobre um dos lados do copo inclinado.

Morath bebeu. Balki encheu seu próprio copo, estudou o problema, virou a página e olhou as manchetes.

— Por que continuo a comprar este lixo, eu não sei.

Era um dos mais pornográficos jornais semanais parisienses; mexericos sobre sexo, charges maliciosas, fotografias sensuais de coristas, páginas de notícias sobre corridas de cavalo em Auteuil e Longchamps. Uma vez seu nome tinha aparecido no jornal, para sua vergonha e horror. Um ano antes de conhecer Cara, ele tinha namorado uma artista de segunda classe do cinema e eles o tinham chamado de "o *playboy* húngaro Nicky Morath". Não houve duelo nem processo, mas ele tinha pensado nos dois.

Balki riu.

— Onde será que eles arranjam esses troços? "Há, atualmente, vinte e sete Hitlers presos nos manicômios de Berlim."

— E um prestes a ir para lá.

Balki virou a página, tomou um gole da cerveja, ficou lendo por um momento.

— Diga-me, você é húngaro, não é?

— Sou.

— Então, o que há com essa nova lei? Vocês mal podem esperar para ser iguais à Alemanha, é isso?

Na última semana de maio, o parlamento húngaro tinha aprovado uma lei limitando o emprego para judeus para 20% da força de trabalho nas empresas privadas.

— Vergonhoso — disse Balki.

Morath concordou.

— O governo tinha de fazer algo, algo simbólico, ou os nazistas húngaros teriam armado um *coup d'état*.

Balki leu mais um pouco.

— Quem é o conde Bethlen?

— Um conservador. Contra a direita radical. — Morath não mencionou a definição famosa de Bethlen sobre os anti-semitas como "aqueles que detestam os judeus mais do que o necessário".

— Seu partido luta contra a lei. Junto com os conservadores e os social-democratas. O "*front* das sombras", dizem aqui.

— A lei é um símbolo — disse Morath. — Nada mais. Horthy apresentou um primeiro-ministro, Imredy, para conseguir a aprovação da lei que manteria os lunáticos quietos, de outra maneira...

No palco, um disco de violinos ciganos. Uma das dançarinas, uma loura animada, levantou a cabeça num ângulo insolente, esticou o braço para cima e estalou os dedos.

— É isso aí — exclamou o russo baixinho. — Muito bom, Rivka, isso é *Tzigane*! — Com uma voz rouca e dramática, falou: — Que homem ousará me conquistar?

Morath, olhando a dançarina, pôde observar o quanto ela estava se esforçando.

— E os judeus? — disse Balki, levantando a voz acima da música. — O que eles acham disso?

— Eles não gostam. Mas eles vêem o que está acontecendo na Europa e podem olhar um mapa. De alguma forma, o país tem de encontrar uma maneira de sobreviver.

Aborrecido, Balki voltou às palavras cruzadas e tirou o lápis de trás da orelha:

— Política — disse ele. Então: — Uma fruta silvestre?

Morath pensou um pouco.

— Talvez, *fraise de bois?*

Balki contou as casas.

— Muito comprida — disse ele.

Morath encolheu os ombros.

— E você? O que acha? — perguntou Balki. Ele estava de volta à nova lei.

— Claro que sou contra. Mas se há uma coisa que todos nós sabemos é que se a Arrow Cross tomar o poder, então *será* como a Alemanha. Haverá outro Terror Branco, como em 1919. Eles vão enforcar os liberais, a direita tradicional *e* os judeus. Acredite-me, vai ser como Viena, só que pior. — Ele parou um momento. — Você é judeu, Boris?

— Às vezes eu me pergunto — disse Balki.

Não era a resposta que Morath esperava.

— Cresci num orfanato, em Odessa. "Balki" significa trincheira, esse foi o nome que eles me deram. Claro, em Odessa, quase todo mundo é *alguma coisa*. Um judeu, um grego ou um tártaro. Os ucranianos acham que estão na Ucrânia, mas o povo de Odessa sabe mais.

Morath sorriu, a cidade era reconhecidamente excêntrica. Lembrava-se de ter lido, em 1920, quando elementos de vários exércitos europeus tentaram intervir na guerra civil, que a fronteira entre os setores franceses e gregos da cidade foi marcada com uma fileira de cadeiras de cozinha.

— Cresci, basicamente, em bandos — continuou Balki. — Eu era um zakovitsa. Com onze anos, era membro do bando Zakovits. Controlávamos o mercado de galinhas, na Moldavanka. Era um bando, na maioria, de judeus. Todos tínhamos facas e fazíamos o que tínhamos de fazer. Mas, pela primeira vez na minha vida, eu tinha o que comer.

— E aí?

— Bem, finalmente os tchecos apareceram. *Eles*, então, passaram a ser o único bando da cidade. Tentei andar direito, mas sabe como é. Os zakovits salvaram minha vida. Me tiraram da cama uma noite, me levaram ao cais e me colocaram num cargueiro do mar Negro. — Ele suspirou. — Sinto falta daquilo de vez em quando, mesmo sendo tão ruim quanto era.

Eles beberam a cerveja. Balki resolvendo as palavras cruzadas, Morath observando o ensaio da dança.

— É um mundo duro — disse Morath. — Tome, por exemplo, o caso de um amigo meu.

Balki levantou a vista:

— Sempre em dificuldades, seus amigos.

— Bem, isso é verdade. Mas a gente tem de ajudá-los, se for possível.

Balki esperou.

— Esse meu amigo, ele tem de fazer negócios com os alemães.

— Esqueça.

— Se você soubesse de toda a história, seria compreensivo, acredite-me. — Ele fez uma pausa, mas Balki ficou em silêncio. —Você perdeu seu país, Boris. Sabe como é isso. Estamos tentando não perder o nosso. Assim, é como você disse, estamos fazendo o que temos de fazer. Não vou ser um *conard* e oferecer dinheiro a você, mas há dinheiro nisso, para alguém. Não posso acreditar que você não se interesse. Pelo menos, veja qual é a oferta.

Balki amaciou. Todo mundo que ele conhecia precisava de dinheiro. Havia mulheres, na Boulogne, onde os russos emigrados viviam, ansiando para fechar contratos de bordados com as lojas de modas. Fez um gesto com as mãos, desanimado. *Je m'en fous* — estou fodido de qualquer jeito.

— É a velha história — disse Morath. — Oficial alemão, em Paris, precisa de namorada.

Balki ficou ofendido.

— Alguém lhe disse que sou um cafetão?

Morath sacudiu a cabeça.

— Diga-me — continuou Balki. — Quem é você? — Ele queria dizer: *O que você faz?*

— Nicholas Morath. Trabalho numa agência de publicidade em Paris. Pode me procurar na lista telefônica.

Balki acabou a cerveja.

— Está certo. — Ele cedeu, mais por algum destino que ele acreditava ter do que por Morath. — E o que mais?

— Um pouco mais, como eu disse.

— *Monsieur* Morath, Nicholas, se não se importa, isto é Paris. Se quiser trepar com um camelo, só precisa dar uma pequena gorjeta ao zelador do jardim zoológico. O que quer que queira fazer, qualquer buraco que possa ou não imaginar, está à mão em Pigalle ou em Clichy. Por dinheiro, qualquer coisa.

— Sim, eu sei. Mas lembre-se do que aconteceu com Blomberg e Fritsch. — Dois generais dos quais Hitler teve de se livrar, um acusado de casos homossexuais e o outro casado com uma mulher que diziam ter sido prostituta. — Este oficial não pode ser visto com uma amante, Boris. Não conheço o homem, mas meu amigo me diz que ele tem uma mulher ciumenta. Ambos vêm de austeras famílias católicas da Baviera. Ele pode ficar arruinado. Mas ele está em Paris, e isso está em toda parte, à sua volta, em cada café, em cada rua. Assim, ele está desesperado para arranjar algo, uma *liaison*. Mas tem de ser discreto. Para uma mulher, para uma mulher que não conte a absolutamente ninguém, que compreenda o que está em jogo sem saber muito e o faça feliz em troca, há um pagamento mensal. Cinco mil francos por mês. E, se todos ficarem satisfeitos, mais com o tempo.

Era muito dinheiro. Um professor ganhava dois mil e quinhentos francos por mês. Morath viu que a expressão de Balki tinha mudado. Não era mais Balki, o *bartender*. Era Balki, o *zakovitsa*.

— Eu não recebo o dinheiro.

— Não.

— Então, talvez — disse Balki. — Deixe-me pensar um pouco.

Juan-les-Pins, 11 de junho.
*Seus seios, pálidos ao luar.*
Tarde da noite, Cara e sua amiga Francesca, de mãos dadas, rindo, levantaram-se nuas do mar, brilhando com água. Morath estava sentado na areia, as calças dobradas nos tornozelos, descalço. Perto dele, Simon alguma coisa, um advogado inglês, disse:

— Meu Deus — acenou para a obra do Senhor correndo na praia em direção a eles.

Eles iam lá todos os anos, nessa época, antes do pessoal chegar. Para o que eles chamavam de "Juan". Onde moravam perto do mar numa casa alta, cor de damasco, com persianas verdes. Em um pequeno povoado onde se podia comprar um Saint-Pierre do pescador quando os barcos voltavam ao meio-dia.

O grupo de Cara. Montrouchet, do Théâtre des Catacombes, acompanhado de Preguiça. Uma mulher bonita, francamente desejável. Montrouchet a chamava pelo seu próprio nome, mas para Morath ela era Preguiça, e sempre seria. Eles ficavam na Pensão Trudi, na floresta de pinheiros, no alto do povoado. Francesca era de Buenos Aires. De uma comunidade italiana na Argentina, a mesma de Cara, e vivia em Londres. Depois havia Mona, conhecida como Moni, uma escultora canadense, e a mulher com quem ela vivia, Marlene, que fazia jóias. Shublin, um judeu polonês, Frieda, que escrevia pequenos romances, e Bernhard, que escrevia poemas sobre a Espanha. E outros, um grupo flutuante, amigos de amigos ou estranhos misteriosos, que alugavam cabanas entre os pinheiros ou pequenos quartos no Hotel du Mer ou dormiam sob as estrelas.

Morath amava a Cara de Juan-les-Pins, onde o ar quente a esquentava excessivamente. "Vamos ficar acordados até muito tarde esta noite, então temos de descansar esta tarde", diria ela. Um banho na tépida água sulfurosa que corria na banheira manchada de ferrugem, depois fazer amor suado, inspirado no lençol grosseiro. Meio adormecidos, ficavam embaixo da janela aberta, respirando a resina dos pinheiros no vento da tarde. Ao anoitecer, as cigarras começavam e continuavam até o amanhecer. Às vezes, eles tomavam um táxi até o restaurante no Corniche Moyenne acima da Villefranche, onde compravam tigelas de alho *tapenade* e panquecas feitas com farinha de grão-de-bico, e depois, sentindo-se em paz com o mundo, e incapazes de comer mais um pedaço, iam jantar.

Muito orgulhoso e muito húngaro para usar sandálias de praia, Morath correu para o mar ao meio-dia, queimando os pés no cascalho quente, depois entrou na água e contemplou o horizonte.

Ele ficaria ali muito tempo, imóvel como uma pedra, sentindo-se muito feliz, enquanto Cara, Francesca e seus amigos esticavam suas toalhas, passavam óleo de coco no corpo e conversavam.

"Oito e meia em Juan-les-Pins, nove e meia em Praga." Você ouvia isso no Basque, aonde as pessoas iam à tardinha para beber rum branco. Então, a sombra estava ali, mais escura em alguns dias e mais clara em outros, e se você não se incomodasse em tomar alguma medida, os jornais fariam isso por você. Indo à banca do povoado para comprar o *Nice Matin* e o *Figaro*, Morath juntou-se aos outros viciados, depois foi para o café. O sol estava forte às nove da manhã, a sombra do guarda-sol do café, fria e discreta. "De acordo com *Herr* Hitler", ele leu, "os tchecos são como ciclistas — se curvam na cintura, mas na parte de baixo não param de dar chutes." Em junho, aquele era o lugar novo, da moda, para a guerra começar, Tchecoslováquia. O *Volksdeutsch* das velhas províncias austríacas, Boêmia e Morávia — os Sudetos —, exigiam a unificação com o *Reich*. E os *incidentes*, os incêndios, os assassinatos, as marchas, estavam todos a caminho.

Morath virou a página.

A Espanha estava quase terminada agora, a pessoa tinha de se reportar à página três. A Falange iria vencer, era só uma questão de tempo. Longe da costa, os cargueiros ingleses que supriam os portos republicanos estavam sendo afundados por aviões de caça italianos que decolavam das bases em Mallorca. O *Figaro* tinha reproduzido uma charge do editorial inglês: Coronel Blimp diz: "Por Deus, *sir*, é hora de dizer a Franco que se ele afundar outros cem navios ingleses vamos nos retirar totalmente do Mediterrâneo."

Morath olhou para o mar, uma vela branca à distância. A luta estava pesada setenta quilômetros ao norte de Valência, menos de um dia de viagem do lugar onde ele tomava o seu café.

Shublin fora à Espanha para lutar, mas a NKVD o havia chutado.

— O tempo que estamos vivendo — disse ele no Basque

certo fim de tarde. — A regra dos invertebrados. — Ele tinha trinta e poucos anos, cabelos louros crespos, um nariz quebrado, dedos manchados de nicotina com tinta óleo embaixo das unhas. — E o rei Adolf ainda se sentará no trono da Europa.

— Os franceses vão esmagá-lo. — Bernhard era alemão. Tinha marchado numa demonstração comunista em Paris e agora não podia voltar para casa.

— Quieto — disse Simon, o advogado. Os outros olharam para ele, mas ele não ia fazer um discurso. Um sorriso triste, foi tudo.

A mesa estava na beira da pista de dança, esta literalmente coberta de areia e agulhas dos pinheiros trazidas pelo vento. Um vento forte vinha do mar, ele cheirava como um cais na maré baixa e agitava as toalhas das mesas. A pequena banda terminou de tocar *Le Tango du Chat* e começou *Begin the Beguine*.

Bernhard virou-se para Moni:

— Você já dançou esse "*Beguine*"?

— Oh, sim.

— E você? — perguntou Marlene.

— Já.

— Quando?

— Quando você não estava presente para ver.

— Ah, é? E quando foi isso?

— Dance comigo, Nicky — disse Preguiça e tomou-o pelo braço. Eles dançaram num ritmo igual a um foxtrote, e a banda — "Los Hermanos" estava impresso no bumbo — tocou mais devagar para que eles a seguissem. Ela encostou-se nele, pesada e macia. — Você fica acordado até tarde, quando está aqui?

— Às vezes.

— Eu fico. Montrouchet bebe à noite, depois ele dorme como um morto.

Dançaram um pouco.

— Você tem sorte de ter Cara — disse ela.

— Hum.
— Ela deve ser excitante para você. Quero dizer, ela é desse jeito, eu sinto isso.
— É?
— Às vezes, penso em vocês dois no quarto. — Ela riu. — Sou terrível, não sou?
— Nem tanto.
— Bem, não me importo se sou. Você pode até contar para ela o que eu disse.

Mais tarde, na cama, Cara sentou-se encostada na parede, o suor escorrendo entre os seios e pela barriga. Deu uma tragada no Chesterfield de Morath e soprou uma longa baforada de fumaça.
— Você é feliz?
— Você não sabe?
— Realmente?
— Sim, realmente.

Lá fora, a batida das ondas na praia. Uma precipitação, um silêncio, então o choque.

A lua estava baixa, enevoada, minguante, no canto mais baixo da janela, mas não por muito tempo. Cautelosamente, com cuidado para não acordar Cara, ele pegou o relógio na mesa-de-cabeceira: 3:50. *Vá dormir*. "... o sono que desata a emaranhada teia dos cuidados." Daria trabalho.

Cara estava com ele, mas isso era muito ruim. Ele estava destinado a viver com uma certa opressão da alma; não era desespero, mas o cansativo peso de lutar contra aquilo. Tinha-lhe custado uma esposa, há muitos anos, um noivado que jamais chegou ao casamento, e havia acabado com mais de um caso desde então. Se você fazia amor com uma mulher, era melhor que se sentisse feliz — senão...

Talvez fosse a guerra. Ele não era o mesmo quando voltou; sabia o que as pessoas podiam fazer umas com as outras. Teria sido melhor não saber, você tem uma vida diferente se não souber. Ele tinha lido o livro de Remarque, *Nada de novo no front*, três ou quatro vezes. E certas passagens, muitas vezes.

> Agora, se voltarmos, estaremos gastos, quebrados, queimados, sem raízes, sem esperança. Não seremos capazes de achar mais o nosso caminho. (...) Deixe os meses e os anos chegarem, eles não irão trazer-me nada, não podem me trazer nada. Estou tão só e tão sem esperança que posso enfrentá-los sem medo.

Um livro alemão. Morath sabia muito bem o que Hitler estava plantando no coração dos veteranos alemães. Mas não era só na Alemanha. Todos eles, ingleses, franceses, russos, alemães, húngaros e o resto, tinham sido despejados na máquina trituradora. Onde alguns morreram e outros morreram por dentro. Quem, perguntou a si mesmo, sobreviveu?

Mas quem *já* sobreviveu? Ele não sabia. O negócio era levantar de manhã. Para ver o que poderia acontecer, bom ou mau, uma aposta na roleta. Mas, mesmo assim, um amigo seu costumava dizer, era uma boa idéia que não se pudesse cometer suicídio contando até dez e dizendo *agora*.

Com cuidado, saiu da cama, vestiu uma calça de algodão, desceu as escadas, abriu a porta e parou na entrada. Um linha de prata ondulou, depois deslizou e desapareceu. Alguém riu na praia, alguém bêbado, que não se importava. Ele mal podia ver, se apertasse os olhos, o brilho de um fogo se apagando e alguns vultos na penumbra. Um grito abafado, outra risada.

Paris, 15 de junho.

Otto Adler sentou-se numa cadeira no Jardin du Luxembourg, do outro lado do lago redondo onde as crianças brincavam com seus barcos a vela. Cruzou as mãos atrás da cabeça e observou as nuvens, brancas e altas, aguçadas contra o céu perfeito. Talvez uma tempestade ao anoitecer, pensou. Estava bastante quente, fora da estação, e ele teria de estar preparado para aquilo e para os poucos cêntimos que lhe custaria procurar refúgio no café na Rue de Médicis. Ele não podia arcar com uns poucos cêntimos.

Aquele seria o seu primeiro verão na França, e o encontraria pobre e sonhador, apaixonado pelos cantos escuros e lindos — pelos becos e igrejas, cheio de esquemas e opiniões, apaixonado por metade das mulheres que via, deprimido, satisfeito e impaciente pelo almoço. Em resumo, um parisiense.

*Die Aussicht*, como todas as revistas políticas, não vivia e nem morria. O número de janeiro, lançado em março, tinha publicado um artigo do professor Bordeleone, da Universidade de Turim, *"Algumas notas sobre a tradição da estética fascista"*. Não tinha muito da profundidade que os leitores esperavam, mas tinha realmente o ímpeto épico — remontava à Roma imperial, passando pela arquitetura do século XIX até D'Annunzio. Bordeleone, um homem gentil e brilhante, era agora professor emérito da Universidade de Turim, depois de uma noite de interrogatório e óleo de rícino no posto da polícia local. Mas, graças a Deus, pelo menos a *Signora* Bordeleone era rica e eles sobreviveriam.

Para o número do inverno, Adler tinha grandes ambições. Havia recebido uma carta de um velho amigo de Koenigsberg, o Dr. Pfeffer, agora um refugiado na Suíça. O Dr. Pfeffer tinha feito uma conferência na Basiléia, e na hora do café, depois da palestra, o conferencista disse que Thomas Mann, ele próprio um refugiado desde 1936, estava pensando na publicação de um ensaio curto. Para Mann, isso podia significar oitenta páginas, mas Adler não se importava. Seu tipógrafo, lá em Saclay, era — até aquela data, pelo menos — um idealista nas questões de crédito e contas vencidas, e, bem, *Thomas Mann*. "Eu pensei em voz alta", disse Pfeffer na sua carta, "muito gentilmente, se havia alguma indicação de um *tópico*, mas o sujeito só tossiu e desviou o olhar. Você perguntaria a Zeus o que ele tinha comido no café da manhã?"

Adler sorriu, lembrando-se da carta. Era óbvio que o tópico era completamente irrelevante. Para ter aquele nome em *Die Aussicht*, ele publicaria até a conta da lavanderia do homem.

Abriu a maleta e olhou dentro: um exemplar das peças reunidas de Schnitzler, um bloco de papel ordinário — as coisas boas tinham ficado na sua mesa em St. Germain-en-Laye — o *Figaro* da véspera, amarfanhado, ele pensou naquilo como *salvos*, no trem que o trouxe para Paris, e um sanduíche de queijo embrulhado em papel pardo. "Ah, *mais oui, monsieur, le fromage de campagne!*" A senhora, que era dona da *crémerie* local, tinha reparado imediatamente que ele não tinha dinheiro, mas, francesa até os ossos, nutria uma pequena paixão por intelectuais desanimados e vendeu o que ele queria, com uma curiosa mistura de orgulho e crueldade, *queijo do campo*. Sem nome, amarelo, sem sal barato. Mas, pensou Adler, dava graças a ela, de qualquer maneira, por manter-nos vivos.

Tirou o bloco da maleta, procurou um lápis e começou a escrever. "*Mein Herr Doktor* Mann." Faria melhor se empregasse um tom respeitoso? Devia tentar? Deixou isso de lado e foi para a estratégia. "*Mein Herr Doktor* Mann: como tenho uma esposa e quatro filhos para sustentar e buracos na minha roupa de baixo, sei que vai querer publicar um artigo importante na minha pequena revista." Agora, como dizer isso sem dizer isso? "Talvez não seja muito conhecida, mas é lida em círculos importantes"? Droga. "A mais importante e séria revista dos refugiados políticos"? Frouxo. "Faz Hitler cagar!" Agora, pensou, ele tinha alguma coisa. E se, pensou por um louco segundo, ele escrevesse realmente aquilo?

Seu olhar voltou-se do papel para o verde-escuro dos castanheiros do outro lado do lago. Não havia crianças naquela manhã. Claro, elas estariam sofrendo um dia de junho na escola.

Uma pessoa que perambulava no parque veio em sua direção. Um jovem que evidentemente não estava trabalhando ou estivesse, lamentavelmente, desempregado. Adler abaixou os olhos para o seu bloco até que o homem parou ao lado de sua cadeira.

— *Pardon, monsieur* — disse ele. — Pode me dizer as horas?

Adler enfiou a mão no bolso da jaqueta e tirou um relógio de prata preso a uma corrente. O ponteiro dos minutos marcava precisamente quatro.

— São só... — disse ele.

*Monsieur* Coupin era um velho que morava na pensão da estação e foi ao parque para ler o jornal e olhar as moças. Ele contou sua história ao *flics* parados do lado de fora do Jardin du Luxembourg, depois aos detetives da Prefeitura, ao repórter do *Paris Soir*, aos dois homens do Ministério do Interior e, finalmente, a outro repórter, que o encontrou no café local, comprou para ele um *pastis*, depois outro, parecia saber mais sobre o acontecimento do que os outros e fez-lhe várias perguntas que ele não pôde responder.

Ele contou a todos eles, mais ou menos, a mesma história. O homem sentado do outro lado do lago, o homem de terno azul e óculos com aro de metal que se aproximou dele e atirou. Um único tiro e um *coup de grâce*.

Ele não viu o primeiro tiro, ele o ouviu. "Um estampido seco, como uma bombinha." Aquilo chamou sua atenção. "O homem que olhava o relógio deixou-o cair, depois ficou de pé, como se tivesse sido insultado. Ele oscilou por um momento, depois caiu, levando a cadeira com ele. Seu pé se moveu uma vez, depois que ele estava inerte. O homem de terno azul inclinou-se sobre ele, mirou a pistola e atirou outra vez. Depois, foi embora."

*Monsieur* Coupin não gritou, perseguiu, ou fez qualquer outra coisa. Ficou onde estava, imóvel. Porque, ele explicou: "Eu não podia acreditar no que tinha visto." E duvidou de si mesmo quando o assassino "simplesmente foi embora. Ele não correu. Não se apressou. Era como, era como se ele não tivesse feito absolutamente nada".

Havia outras testemunhas. Uma descreveu um homem de sobretudo, outra disse que havia dois homens, uma terceira contou que houve uma discussão entre o assassino e a vítima. Mas quase todas elas estavam mais afastadas da cena do que *monsieur* Coupin. A exceção era um casal, que passeava de braços dados no gramado. Os detetives vigiaram o parque por vários dias, mas o casal não reapareceu e, apesar do apelo publicado nos jornais, eles não contataram com a Prefeitura.

— Extraordinário — disse o conde Polanyi. Ele se referia ao *waffle* macio, dobrado de forma cônica, com uma bola de sorvete de baunilha no topo. — Podemos ir comendo enquanto andamos.

Morath tinha se encontrado com o tio no zoológico, onde um *glacier* perto do restaurante tinha oferecido o sorvete e o *waffle*. Fazia muito calor; Polanyi vestia um terno de seda e usava um chapéu de palha. Passaram pela lhama, pelo camelo, o zoológico fedia sob o sol da tarde.

— Você leu os jornais lá, Nicholas?

Morath disse que sim.

— Os jornais de Paris?

— Às vezes o *Figaro*, quando eles têm.

Polanyi parou um momento e deu uma lambida cautelosa no sorvete, segurando o lenço por baixo do *waffle*, para que não pingasse nos sapatos.

— Muita política, enquanto você esteve fora. A maioria sobre a Tchecoslováquia.

— Li alguma coisa.

— Parece 1914, os acontecimentos surpreendendo os políticos. O que aconteceu foi isto: Hitler levou dez divisões para a fronteira tcheca. À noite. Mas eles o pegaram fazendo isso. Os tchecos se mobilizaram — ao contrário dos austríacos, que se sentaram e esperaram acontecer — e os diplomatas franceses e ingleses ficaram furiosos. *Isso significa guerra!* No fim, ele recuou.

— Por enquanto.

— É verdade, ele não vai desistir, odeia os tchecos. Chamaos de "uma raça miserável de pigmeus sem cultura". De modo que ele vai encontrar um jeito. E vai nos puxar com ele, se puder. E os poloneses. Da maneira como ele vai pintar isso, seremos, simplesmente, três nações resolvendo problemas territoriais com uma quarta.

— O mesmo negócio de sempre.

— É.

— Bem, de lá de onde estou vindo, ninguém tem dúvidas sobre o futuro. A guerra vem aí, vamos todos morrer, só existe esta noite...

Polanyi franziu as sobrancelhas.

— A mim parece uma grande tolerância, esse tipo de coisa. — Ele parou por um momento, tomou um pouco do sorvete. — A propósito, você teve sorte em encontrar uma companhia para o meu amigo?

— Ainda não.

— Já que você está trabalhando nisso, ocorreu-me que os pombinhos vão precisar de um ninho. Muito secreto, claro, muito discreto.

Morath pensou um pouco.

— Vai ter de estar no nome de alguém — disse Polanyi.

— No meu?

— Não. Por que não pede ao nosso amigo Szubl?

— Szubl e Mitten.

Polanyi riu.

— É.

Os dois homens compartilhavam um quarto e a vida dura dos refugiados há tanto tempo que ninguém se lembrava mais.

— Vou perguntar a eles — disse Morath.

Andaram um pouco, passando pelas jaulas e pelos jardins. Podiam ouvir o apito do trem na Gare d'Austerlitz. Polanyi terminou o sorvete.

— Tenho pensado — disse Morath — no que aconteceu com o homem que eu trouxe para Paris.

Polanyi encolheu os ombros.

— Eu faço questão de não saber coisas como essas.

Morath escreveu uma mensagem para Szubl e Mitten e convidou-os para almoçar. Um restaurante lionês, ele decidiu, onde um *grand déjeuner* o alimenta por semanas. Os dois homens eram reconhecidamente pobres. Alguns anos antes correu o boato de que apenas um deles podia sair à noite, pois tinham somente um terno cinza-escuro.

Morath chegou cedo, Wolfi Szubl estava esperando por ele. Um homem corpulento, em torno dos cinqüenta anos, com o rosto comprido e sombrio, os olhos vermelhos e as costas curvadas pelos anos de carregar mostruários de roupas para as instituições de senhoras por todas as cidades de *Mitteleuropa*. Szubl era uma mistura de nacionalidades — ele nunca dizia exatamente quais. Herbert Mitten era um judeu da Transilvânia, nascido em Cluj, quando ainda fazia parte da Hungria. Seus documentos, e suas vidas, eram como folhas mortas do antigo império, flutuando por anos sem rumo para cima e para baixo nas ruas de dúzias de cidades. Até que em 1930 uma boa alma teve pena deles e concedeu-lhes o visto para que pudessem viver em Paris.

Morath pediu aperitivos e conversou com Szubl até que Mitten voltasse do W.C., a pele do rosto corada e brilhante. Bom Deus, pensou Morath, ele não tinha se *barbeado* lá, tinha?

— Ah, Morath — disse ele, estendendo a mão macia e dando um sorriso teatral. Um ator profissional, Mitten tinha representado, em oito idiomas nos filmes de cinco países, sempre o mesmo papel, mais bem definido pela sua mais recente aparição como Mr. Pickwick numa versão húngara de *The Pickwick Papers*. Mitten tinha a aparência de uma caricatura do século XIX, larga no meio e afilada nas pontas, com um cabelo espetado como a peruca de um palhaço.

Eles fizeram o pedido. Abundante. Era um restaurante familiar — terrinas de porcelana grossa, pratos pesados. Lingüiça picante no óleo, fatias de batatas fritas na manteiga, frangos gordos assados, salada de *haricots blancs* e saladas com pedaços de *bacon*. Queijo Mont d'or. E morangos. Morath mal podia ver a toalha. Gastou dinheiro com o vinho — Borgonhas 1926, fazendo com que o *patron* de cara vermelha sorrisse e se curvasse.

O passeio depois, nas ruas escuras e estreitas que iam do $5^{ème}$ Arrondissement em direção ao rio.

— Um apartamento — disse Morath — para um caso de amor clandestino.

Szubl pensou um pouco.

— Um amante que não quer alugar seu próprio apartamento.

— Muito romântico — disse Mitten.

— Muito clandestino, de qualquer forma — disse Szubl.

— Eles são importantes? — perguntou Mitten.

— Cautelosos — disse Morath. — E ricos.

— Ah.

Eles esperaram. Morath disse:

— Dois mil francos por mês pelo ninho de amor. Quinhentos para vocês. Um de vocês assina o recibo. Se eles precisarem de uma empregada, você arranja. O *concierge* conhece você, só você, o amigo dos amantes.

Szubl riu.

— Por quinhentos francos, temos de acreditar nisso?

— Por quinhentos francos, você acredita, não acredita?

— Nicholas — disse Mitten —, as pessoas como nós não saem impunes se espionam.

— Não é espionagem.

— Você nos colocou contra a parede.

Morath sacudiu a cabeça.

— Então, se Deus quiser, é apenas um assalto a banco.
— Caso de amor — disse Morath.
— Seiscentos francos.
— Está certo. Seiscentos. Eu lhe darei o dinheiro para a mobília.
— Mobília!
— Que espécie de caso de amor é este?

Eles foram, para surpresa de Morath, bons naquilo. Muito bons. De alguma forma, em uma semana, conseguiram desenterrar uma seleção de ninhos de amor. Para começar, levaram-no ao centro de prostituição, na área da Avenue Fox, onde as mulheres se exibiam em sofás macios atrás das janelas com cortinas rosa e douradas. No apartamento a que eles o levaram, o *affaire* mais recente evidentemente tinha terminado de modo abrupto, uma lata aberta de caviar e um limão musgoso deixados na pequena geladeira.

Depois mostraram um quarto grande; antes um alojamento de empregados, perto de um *hôtel particulier* no 4$^{ème}$ Arrondissement, onde ninguém jamais ia.

— Seis lances de escada — disse Mitten.
— Mas muito discreto.

E para um verdadeiro caso de amor, pensou Morath, não era a escolha pior. Uma vizinhança tranqüila, popular em 1788, e ruas desertas. Em seguida, um táxi até Saint-Germain-des-Prés, para um ateliê de um pintor, na Rue Guénégaud, com uma linda fatia azul do Sena em uma da janelas.

— Ele pinta, ela serve de modelo — disse Szubl. — E, então, uma tarde, Fragonard!

Morath ficou impressionado.

— É perfeito.
— Para um parisiense, não tenho certeza. Mas se os amantes forem, talvez, *estrangeiros*, bem, como pode ver, é puro MGM.

— *Très chic* — disse Szubl.
— E o dono está na prisão.

A última opção foi, obviamente, um folheto. Talvez um favor a um amigo: outro Szubl, um Mitten diferente, sem dinheiro trazido pelas ondas do mar gaulês. Apenas dois aposentos, ao pé do 9ème Arrondissement, perto da estação do metrô de Chaussée-D'Antin, no meio do caminho da rua lateral — a Rue Mogador — atrás das Galeries Lafayette. As ruas estavam cheias de gente, fazendo compras ou trabalhando nas Galeries. No Natal, as crianças eram trazidas até ali para ver o Père Noël mecânico na vitrine.

O apartamento ficava no terceiro andar de um prédio de apartamentos do século XIX, a fachada escura e encardida, coberta de fuligem. Dentro, paredes marrons, um fogão de duas bocas, o banheiro no corredor, cortinas frouxas amareladas pelo tempo, uma mesa coberta com linóleo verde, um sofá e uma cama estreita com uma página de um calendário húngaro ilustrado pregada na parede acima do travesseiro — *Harvest in Esztergom*.

— Bem, Morath, aqui está!
— É preciso um lápis duro para experimentar essa cama, certo?
— *Ma biche, ma douce*, aquele cobertor do exército! Aquele casaco dobrado servindo de travesseiro! Agora é nosso momento! Tire a roupa... se tiver coragem!
— Quem é o seu amigo?
— Laszlo.
— Um bom nome húngaro.
— Um bom homem húngaro.
— Agradeça a ele por mim. Darei a você algum dinheiro para levá-lo para jantar.
— Então, é o primeiro, certo? O *boudoir* rosa?
— Ou o ateliê. Tenho de pensar.

Saíram do apartamento, desceram as escadas. Morath dirigiu-se para a porta, mas Mitten pegou-o pelo cotovelo.

— Vamos em outra direção.

Morath seguiu-o pela porta do lado oposto à entrada, por um pátio estreito e sombrio, depois até outra porta e desceram por um corredor onde alguns homens e mulheres conversavam e fumavam.

— Que diabo, onde estamos?

— As Galeries Lafayette. Mas não a parte que o público vê. É onde os funcionários vêm fumar. Às vezes é usado para entregas.

Chegaram a outra porta, Szubl abriu-a e encontraram-se na calçada da loja de departamentos, no meio de uma multidão de pessoas bem-vestidas e carregando pacotes.

— Precisa de alguma coisa? — perguntou Szubl.

— Talvez uma gravata.

— *Salops!* — Morath estava sorrindo.

— Laszlo quer dois mil e quinhentos.

Balki ligou para ele uma semana depois.

— Talvez você queira conhecer uma amiga minha.

Morath disse que queria.

— Então, amanhã. No grande café da Rue Rivoli, no Palais Royal Métro. Por volta das quatro. Ela estará usando flores. Você vai saber quem ela é.

— Quatro horas.

— O nome dela é Silvana.

— Obrigado, Boris — disse Morath.

— De nada — disse Balki, com a voz cortante. — Estou à disposição.

O café era um campo excepcionalmente neutro: turistas, poetas, ladrões, qualquer pessoa podia ir lá. Num dia de mormaço em julho, Silvana usava uma roupa preta, um pequeno buquê preso à lapela. Costas retas, joelhos juntos, as pernas inclinadas juntas para um lado, fisionomia de pedra.

Morath tinha muito boas maneiras, nem uma única vez na vida ficara sentado quando uma mulher se aproximava de uma mesa. E um coração muito bom; as pessoas percebiam isso imediatamente. Mesmo assim, a conversa entre eles não foi fácil. Ele estava contente em conhecê-la, disse, e continuou mais um pouco, a voz calma, fria e muito mais comunicativa do que as palavras que estava dizendo. *Sei como a vida pode ser dura. Nós todos fazemos o melhor que podemos. Não há nada a temer.*

Ela era, de certo modo, atraente — foi a frase que lhe ocorreu, logo que a viu. Cerca de trinta e cinco anos, cabelos lisos, cor de bronze, que caíam limpos em torno de seu rosto, nariz arrebitado, lábios grossos e uma pele oliva ligeiramente oleosa. Não era particularmente glamourosa, mas arisca, aquele tipo de visual. Seios grandes, salientes num suéter apertado, cintura fina, quadris não muito largos. De algum lugar do Mediterrâneo, presumiu Morath. Seria ela marselhesa? Talvez grega ou italiana. Mas fria, pensou. Von Schleben realmente faria amor com ela? Por ele, não faria, mas era impossível saber do que as outras pessoas gostavam na cama.

— Bem, então — disse ele. — Um aperitivo? Um cinzano... seria bom? Com *glaçons*... beberemos como os americanos.

Ela tirou um cigarro Gauloise Bleu do maço e bateu a ponta na unha do polegar. Ele acendeu um fósforo para ela, que cobriu com a sua mão a mão dele e soprou a chama.

— Obrigada — disse ela.

Tragou forte e tossiu.

Os drinques chegaram, não havia gelo. Olhando por cima do ombro de Silvana, ele notou que um homem baixo e bem-arrumado, sentado na mesa do canto, estava olhando para ela. Tinha cabelos ralos esticados e usava uma gravata-borboleta que fazia com que ele se parecesse com — Morath tentou se lembrar — o comediante americano Buster Keaton. Seus olhos se encontraram com os de Morath, depois voltaram a ler a revista.

— Meu amigo é alemão — disse Morath. — Um cavalheiro. Da nobreza.

Ela concordou

— Sim, Balki me disse.

— Ele gostaria que você se encontrasse com ele para jantar amanhã à noite, no Pré Catalan. Às oito e trinta. Claro, ele vai enviar seu carro para buscá-la.

— Está certo. Estou num hotel na Rue Georgette, em Montparnasse. — Ela fez uma pausa. — Seremos só nós dois?

— Não. Será um grande jantar, eu acho.

— Onde foi que você disse?

— Pré Catalan. No Bois de Boulogne. É muito *fin-de-siècle*. Champanhe, dança até o amanhecer.

Silvana estava divertida.

— Oh! — disse ela. Morath explicou sobre Szubl e Mitten, o apartamento, o dinheiro. Silvana parecia vagamente desligada, olhando para a fumaça que saía da ponta do cigarro. Tomaram outro cinzano. Silvana contou que era romena, de Sinaia. Tinha vindo para Paris no inverno de 1936 com "um homem que ganhava a vida jogando cartas". — Espero que ele esteja morto — disse ela, depois sorriu. — Claro, com ele nunca se sabe. — Um amigo tinha lhe arranjado um emprego numa loja, num *confiserie*, mas não durou muito. Então, sem dinheiro, tinha trabalhado na chapelaria do Balalaika. Sacudiu a cabeça, pesarosa. — *Quelle catastrophe*. — Ela riu, exalando a fumaça do Gauloise. — Não podia fazer aquilo absolutamente, e o pobre Boris levou a culpa.

Anoitecia, estava frio e escuro sob as arcadas que cobriam a Rue de Rivoli. O café estava apinhado de gente e muito barulhento. Um músico de rua apareceu e começou a tocar a concertina.

— Acho que vou embora — disse Silvana.

Levantaram-se e apertaram-se as mãos, então ela tirou a corrente que prendia a bicicleta a um poste de luz na esquina, montou, acenou para Morath e saiu pedalando no tráfego.

Morath pediu um uísque.

Uma velha se aproximou vendendo jornais. Morath comprou o *Paris Soir* para ver o programa dos cinemas; ia passar a noite sozinho. As manchetes eram grossas e pretas: O GOVERNO DECLARA COMPROMISSO DE DEFENDER TCHECOSLOVÁQUIA "INDISCUTÍVEL E SAGRADO".

O homem parecido com Buster Keaton saiu do café, lançando um olhar para Morath. Morath pensou, por um minuto, que ele o cumprimentara. Mas, se isso aconteceu, foi muito sutil ou, o que era mais provável, foi apenas imaginação.

*Juillet, Juillet.* O sol esquentava a cidade e o cheiro dos açougues pairava como fumaça no ar parado.

Morath retirou-se para a Agence Courtmain, não era a primeira vez que ele procurava refúgio ali. Fugindo do verão, fugindo do tio Janos e sua política, fugindo de Cara, ultimamente consumida pela mania de férias. O sagrado *mois d'Août* se aproximava; ou a pessoa ia para o campo ou se escondia em seu apartamento e não atendia o telefone. O que preocupava Cara, no momento, era se eles deviam ir para a casa da baronesa Frei, na Normandia, ou para a casa de Francesca e seu namorado, em Sussex? Não era a mesma coisa, absolutamente, e alguém tinha de fazer as compras.

Na Agence Courtmain, eles tinham grandes ventiladores pretos que espalhavam o calor, e, às vezes, uma brisa vinda do rio abria caminho na Avenue Matignon e entrava pela janela. Morath sentou-se com Courtmain no escritório da chefe de redação, olhando para uma lata de chocolate.

— Eles têm uma plantação na África, na fronteira sul da Costa do Ouro — disse a chefe de redação. Seu nome era Mary Day, mãe francesa e pai irlandês. Tinha mais ou menos a idade de Morath e nunca se casara. Uma linha dos mexericos era que ela era religiosa, tinha sido freira, enquanto a outra linha especulava que ela fazia um dinheiro extra escrevendo livros eróticos, sob um pseudônimo.

Morath perguntou sobre o proprietário.

— É uma grande família provinciana da região de Bordeaux. Tratamos com o gerente geral.

— Parisiense?

— Das colônias — disse Courtmain. — *Pied-noir*, com costeletas.

A lata tinha um rótulo vermelho escrito em letras pretas "CASTIGNAC" na parte de cima. Embaixo, *Cacao Fin*. Morath abriu a tampa, tocou com um dedo o pó e provou. Amargo, mas não desagradável. Repetiu o gesto.

— É considerado muito puro — disse Mary Day. — É vendido para *chocolatiers* aqui, em Turim e Viena.

— O que eles querem que a gente faça?

— Que venda mais chocolate — disse Courtmain.

— Bem, novo *layout* — disse Mary Day. — Pôsteres para padarias e mercearias. E ele nos disse que agora, com a guerra se insinuando, eles querem vender para a Espanha.

— Os espanhóis gostam de chocolate?

Ela inclinou-se para frente, para dizer "claro", então percebeu que não sabia.

— Não têm o suficiente — disse Courtmain. *Eles fazem nesta agência.*

Morath ergueu a lata contra a janela. Lá fora, o céu estava branco e havia pombos arrulhando no beiral.

— O rótulo não está ruim.

Havia uma faixa enfeitada com folhas de hera entrelaçadas em volta da borda, nada mais.

Courtmain riu.

— É perfeito — disse ele. — Venderemos de volta para eles em dez anos.

Mary Day pegou várias folhas de papel *couché* de uma pasta e prendeu-as na parede.

— Vamos dá-los a Cassandre — disse ela. A. M. Cassandre tinha feito o *layout* para a imagem do popular "Dubo/Dubon/Dubonnet" em três painéis.

— Cassandre interiores — disse Courtmain.

O *layout* era suntuoso, sugerindo os trópicos. Fundos em ocres renascentistas e amarelos cromo, com as figuras — a maioria de tigres e palmeiras — num vão de vermelhos venezianos.

— Bonito — disse Morath, impressionado.

Courtmain concordou.

— É pena o nome — disse ele. Fez um rótulo no ar com o polegar e o indicador. — *Palmier* — sugeriu, significando "palmeiras". — *Cacao fin!*

— *Tigre?* — Morath.

Mary Day deu um sorriso malicioso.

— *Tigresa* — disse ela.

Courtmain concordou. Pegou um lápis de desenho de um estojo na mesa e ficou de um lado dos desenhos.

— Esse é o nome — disse ele. — Com esta árvore. — Uma árvore delicadamente curvada, com três copas. — E esse tigre. — Uma visão frontal. O animal sentado sobre as patas traseiras, mostrando um peito largo e branco.

Morath ficou animado.

— Você acha que eles vão aceitar?

— Nem em mil anos.

Ele estava na casa de Cara quando o telefone tocou, às três e trinta da madrugada. Rolou na cama e conseguiu tirar o fone do gancho.

— Alô?

— É o Wolfi — sussurrou Szubl.

— O que é que há?

— É melhor você ir ao apartamento. Há um grande problema.

— Já vou para lá — disse Morath, desligando o telefone.

*O que vestir?*

— Nicky?

Ele já tinha vestido uma camisa e estava tentando dar o nó na gravata.

— Tenho de sair.

— *Agora?*

— Sim.

— O que está acontecendo?

— Um amigo está com problemas.

Depois de um silêncio.

— Oh!

Ele abotoou as calças, enfiou um casaco, forçou os pés nos sapatos enquanto alisava o cabelo com as mãos.

— Que amigo?

— Um húngaro, Cara. Ninguém que você conheça.

Já estava saindo pela porta.

As ruas estavam desertas. Andou depressa em direção ao metrô de Pont D'Alma. Os trens tinham parado de circular três horas antes, mas havia um táxi parado na entrada.

— Rue Mogador — disse Morath para o motorista. — Virando a esquina das Galeries.

A porta da rua tinha sido deixada aberta. Morath parou ao pé da escada e perscrutou na penumbra. Trinta segundos, nada aconteceu, então, quando ele começou a subir a escada, ouviu o clique de uma porta sendo fechada acima dele. *Tentando não fazer barulho.* Ele esperou outra vez e então voltou a subir.

No primeiro patamar, parou:

— Szubl? — disse ele em voz baixa, não um murmúrio, alto o bastante apenas para ser ouvido no andar de cima.

Não houve resposta.

Prendeu a respiração. Pensou ouvir um ronco leve, um rangido, depois outro. Era normal em um prédio às quatro da manhã. Recomeçou a subir, lentamente, parando um pouco em cada degrau. Na metade da subida, tocou em algo pegajoso na parede. O que era *aquilo*? Estava muito escuro para ver. Ele praguejou e esfregou os dedos nas calças.

No segundo andar, foi até o fim do corredor e parou em frente à porta. O cheiro não era forte, ainda não, mas Morath tinha lutado na guerra e sabia exatamente o que era aquilo. *A mulher.* Seu coração parou. Ele sabia que aquilo ia acontecer. De alguma forma, misteriosamente, ele sabia. E ele acertaria contas com quem tivesse feito aquilo. Von Schleben, qualquer outro, não importava. Seu sangue estava fervendo; disse a si mesmo para acalmar-se.

*Ou, talvez, Szubl.* Não, por que alguém iria se incomodar?

Empurrou a porta com o indicador. Ela se abriu. Ele pôde ver o sofá, a cama, um armário do qual não se lembrava. Sentiu o cheiro de tinta junto com o outro cheiro, mais forte agora, o odor queimado e agridoce do disparo de uma arma num aposento pequeno.

Quando entrou, viu a mesa coberta com uma toalha de linóleo. Num canto, um homem estava sentado numa cadeira, as pernas abertas, a cabeça virada para trás, os braços soltos dos lados.

Morath acendeu um fósforo. Botas e calças do uniforme de um oficial alemão. O homem estava usando uma camisa branca e suspensórios, a túnica, cuidadosamente colocada no encosto da cadeira, agora presa no lugar pela cabeça. Um rosto cinzento, inchado, um olho aberto e o outro fechado. A expressão, ele tinha visto aquilo antes, era de sofrimento misturado com irritação. O buraco na testa era pequeno; o sangue, que se via no rosto e escorrido no braço, tinha secado e ficado marrom. Morath ajoelhouse, a pistola Walther tinha caído no chão, embaixo da mão. Na mesa, a carteira. Um bilhete? Não, não que ele pudesse ver.

O fósforo começou a queimar seus dedos, Morath apagou-o e acendeu outro. Abriu a carteira: uma fotografia de uma esposa e crianças crescidas, vários documentos de identidade da Wehrmacht. Ali estava Oberst — coronel — Albert Stieffen, adido do comando geral alemão, no quartel de Stahlheim, que tinha vindo a Paris e se suicidado na cozinha do ninho de amor de Von Schleben.

Uma leve batida na porta, Morath olhou para a pistola, deixou-a onde estava.
— Sim?
Szubl entrou na sala. Estava suando, o rosto vermelho.
— Cristo! — disse ele.
— Onde você estava?
— Perto da Gare St-Lazare. Usei o telefone e fiquei do outro lado da rua olhando você entrar.
— O que aconteceu?
Szubl abriu os braços, *só Deus sabe*.
— Um homem ligou, cerca de duas e meia da manhã. Disse-me para vir até aqui e cuidar das coisas.
— Cuidar das coisas.
— Sim. Um alemão, falando alemão.
— O que significa que, como aconteceu aqui, então o problema é nosso.
— Algo assim.
Ficaram em silêncio. Szubl sacudiu a cabeça, lenta e ponderadamente. Morath suspirou, um som de exasperação, correu os dedos pelos cabelos, praguejou em húngaro — em grande parte, algo relacionado ao destino, a porcos nojentos e ao sangue dos santos — e acendeu um cigarro.
— Está certo — disse mais para si mesmo do que para Szubl. — Então, agora, isso desaparece.
Szubl pareceu preocupado:
— Vai custar caro, esse tipo de coisa.
Morath riu e fez um gesto afastando o problema.

— Não se preocupe com isso — disse ele.
— É mesmo? Bem, então você tem sorte. Eu tenho um amigo.
— *Flic*? Agente funerário?
— Melhor. O homem da recepção do Grand Hotel.
— Quem é ele?
— Um de nós. De Debrecen, há muito tempo. Ele foi prisioneiro de guerra num campo francês em 1917, de alguma forma conseguiu chegar ao hospital local. Para resumir, casou-se com a enfermeira. Depois da guerra, se radicou em Paris e trabalhou em hotéis. Então, há cerca de um ano, ele me conta uma história. Parece que havia um maestro de orquestra sinfônica, uma celebridade, hospedado numa suíte de luxo. Uma noite, talvez às duas da manhã, o telefone da recepção toca. É o maestro, ele está frenético. Meu amigo corre lá em cima, o cara tinha um marinheiro no quarto, o marinheiro tinha morrido.
— Estranho.
— Sim, muito estranho. De qualquer forma, deram fim nele.
Morath pensou um pouco.
— Volte a St-Lazare — disse ele. — Chame seu amigo.
Szubl voltou-se para sair.
— Sinto muito colocá-lo nessa situação, Wolfi. É Polanyi e seus...
Szubl encolheu os ombros, ajeitou o chapéu.
— Não culpe seu tio por espionagem, Nicholas. É como culpar uma raposa por matar uma galinha.
De Morath, um sorriso azedo, Szubl não estava errado. *Embora*, pensou, *culpar não fosse o que geralmente era feito com uma raposa*. As escadas rangeram quando Szubl desceu, Morath olhou-o pela janela. A madrugada estava cinzenta e úmida, Szubl caminhava penosamente, a cabeça baixa, os ombros caídos.

O homem da recepção era alto e bonito, *vistoso*, com um bigode da cavalaria. Ele chegou às cinco e trinta, usando um uniforme vermelho com botões dourados.

— Sentindo-se melhor? — perguntou ao cadáver.

— Dois mil francos — disse Morath. — Combinado?

— Podia ser mais, quando tiver sido feito, mas confio em Wolfi para isso. — Por um momento, olhou para o oficial morto. — Nosso amigo aqui está bêbado — disse ele para Morath. — Vamos passar seus braços pelos nossos ombros e descer as escadas. Ia pedir-lhe para cantar, mas algo me diz que não fará isso. Bem, há um táxi na porta, o motorista está esperando. Vamos colocá-lo no banco de trás, eu me sento ao lado do motorista e isso é tudo. Encontre uma maneira de se livrar do casaco, da arma e da carteira. Se fosse eu, queimaria os documentos.

Depois, Morath e o homem da recepção tiveram de carregar Stieffen pelas escadas, a pantomima representada apenas da porta de entrada até o táxi, e mal tiveram tempo de terminar o trabalho.

Um carro azul — depois ele lembrou que era um Peugeot grande — parou no meio-fio em frente a ele. Lentamente, o vidro da janela de trás foi abaixado e o homenzinho com gravata-borboleta olhou para ele.

— Obrigado — disse ele. O vidro da janela foi levantado e o carro se afastou, seguindo o táxi. Morath ficou olhando enquanto eles se afastavam, depois voltou para o apartamento, onde Szubl, só de cuecas, esfregava o chão e assobiava uma ária de Mozart.

Polanyi se superou, pensou Morath, quando escolheu o lugar para se encontrarem. Um barzinho sem nome no quarteirão conhecido como a *grande truanderie*, o palácio dos ladrões, enterrado no labirinto de ruas em volta de Montorgueil. Morath lembrou-se de algo que Emile Courtmain tinha dito uma vez: "A essência do almoço está na escolha do restaurante. Tudo mais, comer, beber, falar, não significa muita coisa."

Polanyi sentou-se ali, parecendo muito pesaroso e maltratado pelos deuses.

— Não vou pedir desculpas — disse ele.

— Você sabe quem ele era, o coronel Stieffen?
— Não tenho idéia. E nem por que aconteceu. Tem a ver com honra, Nicholas; se fosse apostar, apostaria nisso. Ele coloca a carteira em cima da mesa, com a intenção de mostrar quem era, e faz isso num apartamento secreto, mostrando ser ali que ele falhou.
— Falhou em quê?
Polanyi sacudiu a cabeça.
Eles estavam sentados numa das três mesas da sala. A mulher gorda no balcão gritou:
— Vamos, caras, me avisem quando estiverem prontos para outra.
— Faremos isso — disse Polanyi.
— Quem é o homem de gravata-borboleta?
— Ele é chamado de Dr. Lapp.
— Dr. Lapp?
— Um nome. Certamente, há outros. Ele é um oficial na Abwehr.
— Ah, bom, isso explica. Eu me tornei um espião alemão. Vamos ficar para almoçar?
Polanyi bebeu um gole de vinho. Ele parecia, pensou Morath, um homem indo trabalhar.
— Eles vão se livrar dele, Nicholas. É perigoso para mim lhe dizer isso e perigoso para você saber, mas esse coronel Stieffen abriu uma porta e agora eu tenho, contra a minha melhor intenção, *acredite-me*, que deixar você entrar.
— Livrar-se de quem?
— Hitler.
Não houve resposta.
— Se eles falharem, teremos uma guerra que fará a última parecer uma festa. A verdade é que se você não tivesse me ligado eu ligaria para você. Creio que é hora de você pensar seriamente em tirar sua mãe e sua irmã da Hungria.
A guerra tinha sua vida própria, como um imenso boato que abre seu caminho através dos jornais, dos cafés e dos mercados.

Mas, de alguma forma, na voz de Polanyi, a guerra era um fato, e Morath, pela primeira vez, acreditou naquilo.

Polanyi inclinou-se para frente e falou em voz baixa:

— Hitler vai chegar a um *acordo*, como ele diz, com os tchecos. A Wehrmacht vai invadir, provavelmente no outono... a época tradicional, quando a safra foi colhida e os homens do campo se tornam soldados. A Rússia garante defender a Tchecoslováquia se a França o fizer. Os russos vão marchar pela Polônia, com ou sem a permissão dos poloneses, mas ela vai nos invadir. Você sabe o que isso significa, a cavalaria mongol, a Cheka, e todo o resto. A França e a Inglaterra vão invadir a Alemanha por meio da Bélgica... não é diferente de 1914. Tendo em vista a estrutura dos tratados na Europa, as alianças, isso é exatamente o que vai acontecer. A Alemanha vai bombardear as cidades, cinco mil mortes todas as noites. A não ser que usem gás fosgênio, então, serão mais. A Inglaterra vai bloquear os portos e a Europa central vai morrer de fome. Os incêndios e a fome vão continuar até que o Exército Vermelho atravesse a fronteira alemã e destrua o *Reich*. Eles vão parar ali? "Deus vive na França", como os alemães gostam de dizer, talvez Stalin queira ir lá para vê-Lo.

Morath procurou contestá-lo. Mas não houve jeito.

— É isso que me preocupa, é isso que devia preocupá-lo, mas parece significar muito pouco para o OKW, o Oberkommando da Wehrmacht, o exército do Estado-Maior. Aquelas pessoas... as que trabalham com os mapas, com a logística, com a inteligência... têm sido sempre acusadas pelos comandos operacionais de pensar mais do que deviam, mas, desta vez, eles estão certos. Se Hitler atacar a Tchecoslováquia, o que é fácil para a Alemanha desde o *Anschluss*, eles cercam os tchecos por três lados, a Inglaterra, a França e a Rússia entram na guerra. A Alemanha vai ser destruída. Porém, mais importante, para o OKW, o *exército* vai ser destruído. Tudo pelo que eles trabalharam, desde que a tinta secou nos tratados em 1918, vai ser destroçado. Tudo. Eles não podem deixar que isso aconteça. E eles sabem, com Hitler protegido pela SS, que apenas o exército tem força para depô-lo.

Morath pensou um pouco.

— De certa forma — disse ele —, esta é a melhor coisa que poderia acontecer.

— Se acontecer, sim.

— O que pode dar errado?

— A Rússia só luta se a França o fizer. A França e a Inglaterra só vão lutar se a Alemanha invadir e os tchecos resistirem. Hitler só pode ser deposto por começar uma guerra que não pode vencer.

— Os tchecos vão lutar?

— Eles têm trinta e cinco divisões, cerca de trezentos e cinqüenta mil homens e uma linha defensiva de fortificações ao longo da fronteira dos Sudetos. Dizem que é boa, tão boa quanto a Linha Maginot. E, claro, a Boemia e a Morávia são cercadas pelas montanhas Shumava. Para os tanques alemães, as passagens serão difíceis, principalmente se forem defendidas. Assim, algumas pessoas no OKW estão fazendo contatos com os ingleses e os franceses, exigindo que se mantenham firmes. Não dar a Hitler o que ele quer; fazer com que ele tenha de lutar. Então, quando ele lutar, o OKW vai cuidar dele.

— "Fazendo contatos", você disse.

Polanyi sorriu:

— Você sabe como isso é feito, Nicholas, não é um herói solitário, rastejando pelo deserto, tentando salvar o mundo. São várias pessoas, várias abordagens, vários métodos. Conexões. Relacionamentos. E, quando as pessoas do OKW precisam de um lugar calmo para conversar, longe de Berlim, longe da Gestapo, eles têm um apartamento na Rue Mogador, onde aquele patife Von Schleben se encontra com a namorada romena. Você sabe, pode até ser um lugar para encontrar um colega estrangeiro, vindo de Londres para passar um dia.

— Um cenário montado por seus amigos húngaros.

— Sim, por que não?

— Igual ao homem que trouxemos para Paris.

— Também para Von Schleben. Ele tem muitos interesses, muitos projetos.

— Tais como...

Polanyi encolheu os ombros.

— Ele não explicou, Nicholas. Não insisti.

— E o coronel Stieffen? — Agora estavam completando a volta do carrossel no ponto em que tinham começado. Morath talvez desse uma outra volta, ele não tinha certeza.

— Pergunte ao Dr. Lapp — disse Polanyi. — Se acha que precisa saber.

Morath, confuso, olhou para o tio.

— Se acontecer de você se encontrar com ele, quero dizer.

Nas manhãs de sábado, Cara e Nicky andavam a cavalo no Bois de Boulogne no Chemin des Vieux Chênes, em volta do Lac Inférieur. Cavalgavam grandes cavalos castanhos, castrados; o suor branco e espumoso por cima dos arreios no calor de pleno verão. Montavam muito bem, vindos, cada um, de um país onde cavalgar fazia parte da vida, como o casamento ou a religião. Às vezes Morath achava a trilha um pouco monótona — ele tinha galopado por entre postos de metralhadoras e pulado com o cavalo sobre arame farpado —, mas aquela sensação lhe trazia uma paz que não encontrava de outra maneira.

Eles cumprimentaram outros casais, todo mundo elegante em seus culotes e botas feitas a mão, e trotavam num ritmo bom e firme à sombra dos carvalhos.

— Recebi uma carta de Francesca — disse Cara. — Ela diz que a casa em Sussex é linda, mas pequena.

— Se você preferir algo maior, iremos para a casa da baronesa.

— É isso que você gostaria, não é, Nicky?

— Bem — disse Morath. Ele não se importava, realmente, mas fingia para agradar Cara. — Talvez a Normandia seja melhor. As noites são frescas e eu gosto de nadar no mar.

— Ótimo. Vou escrever esta tarde. Podemos ver Francesca quando ela vier no outono. Para comprar roupas.

Boris Balki ligou e pediu que ele fosse ao *nightclub*. O Balalaika estava fechado para as férias de agosto, as mesas cobertas com lençóis velhos. Não havia cerveja para beber, então Balki abriu uma garrafa de vinho.

— Ninguém vai perder a oportunidade — disse ele. — Portanto, você deve estar partindo em breve.

— Em poucos dias. A grande migração.

— Para onde você vai?

— Normandia. Perto de Deauville.

— Deve ser ótimo.

— É agradável.

— Gosto quando fechamos — disse Balki. — Temos de pintar, consertar algumas coisas, mas pelo menos não temos de contar piadas. — Tirou do bolso um papel ordinário cheio de caracteres cirílicos. — É de um amigo meu, em Budapeste. Ele escreve da rua Matyas.

— Não tem muita coisa lá, só uma cadeia.

A resposta de Balki foi um sorriso irônico.

— Ah.

— Ele é um velho amigo, de Odessa. Pensei, talvez, se alguém conhecesse alguém...

— Matyas é a pior... em Budapeste, pelo menos.

— Ele diz isso, tanto quanto consegue fazer passar pela censura.

— Está lá há quanto tempo?

— Quarenta meses.

— Bastante tempo. O que ele fez?

— Ações.
— Húngaras?
— Russas. Ações de ferrovias. O tipo 1916.
— Alguém *compra*?

Balki concordou, depois, contra a vontade, começou a rir.

— Pobre Rashkow. Ele é pequeno. "Olhe para mim", costumava dizer. "Se eu tentar assaltar alguém, eles me enfiam numa gaveta." Então ele vende coisas. Às vezes jóias, às vezes quadros, até manuscritos. Tolstoi! Seu romance inacabado! Mas, ultimamente, são ações de ferrovias.

Ambos riram.

— É por isso que eu gosto dele — disse Balki.
— Elas não estão *valendo* nada, não é?
— Bem, diria Rashkow, não valem *agora*. Mas pense no futuro. "Eu vendo esperança", costumava dizer. "Esperança para o amanhã. Pense como isso é importante, esperança para o amanhã."
— Boris — disse Morath —, não sei se posso ajudar.
— Bem, de qualquer forma, você vai tentar. — O "afinal, eu ajudei você" não foi dito, mas não foi difícil ouvir.
— Certamente.
— Antes de viajar?
— Mesmo que eu não possa fazer isso, não vou esperar até setembro. Eles têm telefones em Deauville.
— Semyon Rashkow. — Balki levantou a carta para a luz e apertou os olhos. Morath percebeu que ele precisava de óculos. — Número 3352-18.
— Só por curiosidade, quem escreveu o romance inacabado de Tolstoi?

Balki riu.

— Não era ruim, Morath. Realmente, não era.

Era o último lugar em que ele queria estar, no escritório do coronel Sombor, no último andar da missão diplomática húngara. Sombor estava sentado ereto à sua escrivaninha, lendo um dossiê, usando um lápis para guiar seus olhos pelas linhas datilografadas. Morath olhou pela janela aberta. Lá embaixo, no jardim, um servente, um velho de uniforme e boné cinzentos, limpava o cascalho com um ancinho. O som era áspero no silêncio do pátio.

Ele tinha de ajudar, sentia que tinha de ajudar. Balki não era um *barman* afável; Balki era ele — Morath — no país errado, no ano errado, forçado a viver uma vida errada. Um homem que odiava ter de ser agradecido por um emprego que odiava.

Morath tinha tentado primeiro seu tio, mas disseram que ele não estava em Paris, depois ligou para Sombor no escritório. "Claro, venha amanhã de manhã." Sombor era o homem que podia ajudar, então Morath foi vê-lo, sabendo que cada passo do caminho era um erro. Sombor tinha um título, algo inócuo, mas ele trabalhava para a polícia secreta e todo mundo sabia disso. Havia um espião oficial na missão diplomática, o major Fekaj, o adido militar, e havia Sombor.

— Não o vejo há muito tempo — queixou-se ele para Morath, fechando o dossiê. Morath achou difícil olhar para ele. Era um daqueles homens cujo cabelo parecia um chapéu — um chapéu polido e lustroso — e, com suas sobrancelhas pontudas e caídas, ele lembrava um tenor maquiado para representar o diabo numa ópera cômica.

— Meu tio me mantém ocupado.

Sombor reconheceu a posição de Polanyi com um gesto cordial. Morath, sem dúvida, queria que fosse cordial.

— Sim, eu acredito — disse Sombor. — Também, estou certo, esta cidade é maravilhosa. E suas oportunidades.

— Isso também.

Sombor tocou os lábios com a língua. Inclinou-se para a frente e abaixou a voz:

— Somos agradecidos, claro.

De um homem que tinha sido forçado, em 1937, a remover da sua parede um retrato de Julius Gombos — Gombos era reconhecido amplamente como o inventor das filosofias de Adolf Hitler —, não era necessariamente o que Morath queria ouvir.

— Obrigado por dizer isso. — *Agradecido pelo quê?*

— Não é o tipo de coisa que você possa permitir — disse Sombor.

Morath concordou. Que diabo Polanyi tinha contado àquele homem? E por quê? Para o seu próprio bem? De Morath? Alguma outra razão? O que ele sabia era que aquela conversa, se dependesse dele, não ia ser franca e aberta.

— Alguém que me fez um favor, que nos fez um favor — Morath sorriu e Sombor também —, precisa de um favor agora.

— Favores...

— Bem, o que se pode fazer?

— É claro. — Um silêncio de protesto, interrompido por Sombor. — Então, qual é exatamente a espécie de favor de que estamos falando?

— Um velho amigo. Preso em Matyas.

— Por quê?

— Vender ações sem valor.

— *Beszivargok?* — Infiltrador. O que significava, para Sombor e outros, judeu. Morath pensou um pouco. Rashkow?

— Acho que não — disse ele. — Não, com esse nome.

— Qual é?

— Rashkow.

Sombor pegou um bloco com papel branco, desatarraxou a tampa da caneta e escreveu cuidadosamente o nome no papel.

O *Mês no Campo* foi muito movimentado, os preparativos na Avenue Bourdonnais prosseguiram com muita agitação. Tinham escrito para a baronesa, depois telefonado, depois telefonado outra vez. O MG de Cara tinha sido lavado, polido, abastecido com água, óleo e gasolina, os assentos esfregados com sabão, o painel de nogueira polido até um brilho suave. A cesta de piquenique foi pedida no Pantagruel, depois no Delbard e então no Fauchon. Morath gostava de fatias de língua com molho de galantina? Não? Por que não? A pequena mesa dobrável foi comprada, depois devolvida à loja, substituída por uma manta verde, depois por um cobertor de lã marrom com riscas cinzentas, que também podia ser usado na praia. Cara trouxe para casa um maiô pequeno, depois um menor e outro ainda menor; a costura do último arrebentou quando Morath, o arrancou. E ela devia estar muito satisfeita, pensou Morath, que ele não tivesse deixado marcas das dentadas do maiô — leve-o de volta a *mademoiselle* Ninette, na Rue Saint-Honoré.

Sábado de manhã, Morath tinha uma longa lista de compras, cuidadosamente guardada como um pretexto para fugir da arrumação de malas de Cara. Ele foi à Courtmain, ao banco, à *tabac*, à livraria, onde comprou O *vale dos assassinos*, de Freya Stark, e A*deus às armas*, de Hemingway, ambos em tradução francesa. Ele já tinha um romance de Gyula Krudy. Krudy era, na essência, o Proust húngaro — "Outono e Budapeste nasceram da mesma mãe" — e Morath sempre gostou dele. Na verdade, as casas da baronesa eram entupidas de livros até o teto, e Morath sabia que se apaixonaria por alguma exótica obra-prima perdida e jamais viraria uma página de tudo aquilo que estava levando.

Quando voltou à Avenue Bourdonnais, descobriu que tinha havido uma tempestade de *lingeries*, sapatos e papel cor-de-rosa amassado. Na mesa da cozinha, estava um vaso com uma dúzia de rosas amarelas.

— Não são suas, são, Nicky?
— Não.
— Eu achei que não.
— Há algum cartão?
— Sim, mas está escrito em húngaro, não consigo ler.

Morath podia ler. Um única palavra escrita com tinta preta em um cartão da loja. *Desculpas.*

Eram três e trinta quando o telefone de Cara tocou e uma voz de homem perguntou-lhe, muito educadamente, se seria muito trabalho para ele ir até a banca de jornal na estação do metrô de Pont d'Alma.
— Vou comprar o jornal — disse para Cara.
— O quê? Agora? Pelo amor de Deus, Nicky, eu...
— Volto num minuto.
O Dr. Lapp estava num Mercedes preto. Seu terno era azul, a gravata-borboleta verde, seu rosto tão triste quanto o de Buster Keaton. Não havia nada, realmente, para conversar, ele disse.
Aquilo era um privilégio, não um sacrifício.

Ainda assim, Morath se sentiu péssimo. Talvez se ele tivesse sido capaz de dizer alguma coisa, de explicar, talvez não houvesse sido tão ruim.
— *Messieurs et Mesdames.*
O chefe do trem tinha aberto a porta do vagão e o barulho ritmado das rodas nos trilhos subitamente aumentou. Morath pousou o livro de Freya Stark nos joelhos.
O chefe do trem tinha nas mãos a lista de passageiros da primeira classe.
— *Sieurs et' dames*, o vagão-restaurante abrirá em trinta minutos, podem fazer a reserva para o primeiro ou segundo turno.
Ele circulou pelo compartimento: homem de negócios, mulher de meia-idade, mãe e filhinho — talvez ingleses — e depois Morath.
— Segundo, por favor — disse Morath.
— E o nome?
— *Monsieur* Morath.
— Está certo, senhor.

— Pode me dizer a que horas chegaremos a Praga?
— O horário diz quatro e meia, *monsieur*, mas, claro, nos dias de hoje...

2 de agosto de 1938. Marienbad, Thecoslováquia.
Seis e vinte da noite. Morath desceu a escada de mármore e atravessou o saguão. Os grandes hotéis das cidades balneárias eram todos do mesmo tipo e o Europa não era diferente — longos corredores, candelabros e, por toda parte, mogno. Tapetes puídos, respeitabilidade puída, os primeiros refeitos, a última uma leve mas detectável presença no ar, como o cheiro da cozinha.

Duas mulheres sentadas em cadeiras de couro sorriram para ele, uma era viúva e a outra era a filha solteira, ele imaginou, à caça de marido em Marienbad. Morath estava no Europa havia apenas uma noite e um dia, e elas tinham flertado com ele duas vezes. Eram bonitas e bem nutridas. *Bom apetite*, pensou ele, *de todos os tipos*. Não era raro naquela parte do mundo. Os tchecos sentiam que a vida lhes devia um pouco de prazer; eles abraçaram alegremente as virtudes protestantes, mas alegremente, também, se abraçavam uns aos outros. Se um pedido de casamento não chegasse para mãe e filha, rolar numa cama de hotel que rangia talvez não fosse a pior coisa do mundo.

Morath saiu pela porta, para uma agradável alameda iluminada por lâmpadas a gás. Havia montanhas à distância, os contornos escuros na claridade fraca. Ele andou por um longo tempo, olhando o relógio de cinco em cinco minutos. Uma vez ele fora a Evian-les-Bains, levado pela antecessora de Cara, tentar um tratamento — ser lambuzado de lama por garotas sorridentes, lama que depois era tirada com esguichos de mangueira por uma mulher severa que usava uma rede no cabelo. Medicina vitoriana. Erotismo vitoriano? *Alguma coisa* vitoriana.

Ele chegou ao fim da cidade, uma densa floresta negra de pinheiros, que, acima da rua, subia pela encosta do morro. Lá embaixo, as lâmpadas a gás brilhavam. Havia várias orquestras tocando e ele podia ouvir os violinos, quando o vento soprava na sua direção. Era muito romântico. Através das árvores, via o trem de brinquedo que subia a montanha para a estação chamada Marianske Lazne. Marienbad, nos dias austro-húngaros. Era difícil pensar de maneira diferente. O vento mudou de direção, os violinos distantes flutuaram até ele. Junto com um leve cheiro de canhões, de munição de artilharia.

Agora eram 7:10. Havia velas nas mesas da sala de chá na rua Otava. Morath consultou o cardápio numa moldura dourada presa perto da porta. Lá dentro, um oficial do exército tcheco olhou-o por um momento depois se levantou da sua cadeira, deixando um doce folheado intocado no prato. Para se levantar, o oficial usou uma bengala, uma boa bengala, Morath viu, com a ponta do metal e a empunhadura de marfim. Ele era quase da mesma idade de Morath, com um rosto de soldado e uma barba muito bem tratada, loura, cinza e vermelha.

Trocaram um aperto de mão na rua.

— Coronel Novotny — disse o oficial, com um movimento de cabeça que podia ser um cumprimento ou uma curvatura.

— Morath.

Uma troca de amenidades. Somos como dois oficiais provincianos, pensou Morath, se encontrando nos dias nostálgicos do velho império.

Novotny tinha um carro do exército: um Opel mais barato, algo como um táxi parisiense, pintado de verde-oliva.

— Vamos subir até Kreslice — disse ele. — A cerca de quarenta quilômetros daqui.

Morath abriu a porta do carona. No assento, havia uma pistola automática no coldre num cinto de couro.

— Oh, coloque isso no chão — disse Novotny. — Estamos nos Sudetos aqui... é melhor ter algo no carro.

Eles viajaram pelas estradas da montanha, que iam ficando mais escuras à medida que subiam; os fachos dos faróis animados com os insetos. Novotny deu uma olhada pelo pára-brisa, a passagem estreita de terra se contorcia em curvas que desapareciam na noite. Duas vezes tiveram de colocar galhos debaixo das rodas, e quando cruzavam pontes sobre as corredeiras das montanhas, construídas para carroças e gado, Morath saltava e ia na frente do carro com uma lanterna. Passaram, por apenas uma casa, uma cabana de lenhador. No topo, algo passou correndo por eles; puderam ouvi-lo, rastejando embaixo das moitas.

— Uma vez trouxe minha cadela aqui — disse Novotny. — Ela ficou maluca. Ficou agitada dentro do carro, andando no banco, arranhando os vidros das janelas com as patas.

— Que raça é?

— *Pointer*.

— Eu já tive cães dessa raça... mal podem esperar para trabalhar.

— É isso mesmo. Ela chorou porque não a deixei sair do carro. Mas eu já vi ursos aqui em cima, e veados. Javali. Os camponeses dizem que são linces... matam seus animais.

Novotny diminuiu muito a marcha e fez uma curva. Morath podia ouvir o barulho do rio, muito abaixo deles.

— Uma pena, realmente — disse Novotny. — Quando começamos a lutar aqui, bem, você sabe o que acontece ao jogo.

— Eu sei. Estava nos Cárpatos, no "quinze".

— É aqui, claro, onde os queremos.

— Nas montanhas?

— Sim. Nós os observamos se mobilizando, em maio. Muito educativo. Tanques, caminhões, carros, motocicletas. Grandes caminhões-tanques de gasolina. Não é segredo o que pretendem fazer — leia o livro de Guderian e o de Rommel. Tudo motorizado; isto é, tudo moderno. Depois da primeira onda, claro, é tudo cavalos e artilharia, como todo mundo. Então, a lógica é, acabe com eles nas montanhas ou os faça descer para os vales.

— Carga de fogo.
— Sim. Com morteiros. E metralhadoras nas encostas.
— Quando vai começar?
— No outono. Nós os seguramos dois meses, depois começa a nevar. — A estrada à frente estava cheia de sulcos de carroças. Quando ficaram mais profundos, Novotny trocou a marcha para uma primeira que rangia. — O que você fazia, na última vez?
— Os hussardos. Décimo Sexto Batalhão, no Segundo Exército.
— Magiar.
— É.
— Eu estava no Sétimo. Primeiro sob as ordens de Pflanzer; depois, de Baltin.
— Lá na Moldávia.
— Para começar. Finalmente — sou oficial da artilharia — eles me mandaram para a Polônia Russa. Lemberg e Przemsyl.
— As fortes.
— Vinte e oito meses — disse Novotny. — Nós os perdemos, depois os retomamos.

Morath nunca tinha lutado ao lado dos tchecos. O exército austríaco falava dez idiomas, tcheco, eslovaco, croata, sérvio, esloveno, ruteno, polonês, italiano, húngaro e alemão, e, normalmente, era dividido em regimentos pela nacionalidade. Mas a história dos soldados que defenderam os fortes era bem conhecida. Duas vezes haviam sido cercados e isolados, mas os cento e cinqüenta mil homens nos fortins e nas casamatas resistiram durante meses, enquanto os russos mortos se empilhavam sob suas armas.

Já passava muito das nove quando alcançaram o quartel de Kreslice, um conjunto de prédios baixos e compridos no estilo imperial, construídos de arenito cor de mel tão ao gosto dos arquitetos do imperador da Áustria Franz Josef.

— Talvez possamos conseguir algo para jantar — disse Novotny, esperançoso. Mas havia um banquete para Morath no rancho dos oficiais. Ganso assado, repolho vermelho com vinagre, cerveja de uma pequena cervejaria em Pilsen e um general na cabeceira da mesa.

— À amizade entre nossos países!

— À amizade.

Muitos oficiais tinham barba, o estilo entre os artilheiros, e muitos tinham servido no *front* oriental em 1914. Morath viu as medalhas. O mais condecorado de todos era o general: baixo, gordo e zangado. E bastante bêbado, pensou Morath, com um rosto vermelho e uma voz alta.

— Está ficando cada vez mais difícil ler o diabo dos jornais — disse ele. — No inverno, eles não podiam gostar de nós o bastante, principalmente os franceses. Tchecoslováquia... nova esperança! Democracia liberal... exemplo para a Europa. Masaryk e Benes — estadistas há séculos! Então, algo aconteceu. Em julho, eu acho, lá estava Halifax, na Câmara Alta, falando sobre "devoção não prática para altos propósitos". "Oh, merda", nós dissemos, "agora olha o que aconteceu."

— E continua — disse Novotny. — O pequeno minueto.

O general tomou um grande gole de cerveja e limpou a boca com um guardanapo de linho.

— Isso o encoraja, claro. O *Reichsführer*. O exército é a única coisa de que ele gosta, mas ele se cansou de vê-lo marchar. Agora ele quer vê-lo lutar. Mas está vindo para a vizinhança errada.

— Porque vamos revidar.

— Vamos dar um pontapé, com uma boa bota tcheca, bem no seu traseiro austríaco, é isso que vamos fazer. Essa *Wehrmacht*, temos os filmes de suas manobras, foi feita para rolar pelas planícies da Europa. São os poloneses que devem se preocupar, e os russos. Aqui, vamos lutar nas montanhas. Como os suíços e os espanhóis. Ele pode nos abater, é maior do que nós, não há jeito de mudar isso, mas vai ter de dar tudo que tem. Quando ele fizer isso, vai deixar a Linha Siegfried bem aberta, e os franceses podem marchar com um batalhão de garçons.

— Se tiverem coragem. — Houve uma risada em volta da mesa.

Os olhos do general brilharam. Como a cadela *pointer* de Novotny, ele mal podia esperar para entrar no jogo.

— Sim, se tiverem coragem... *alguma coisa* saiu errada com eles. — Fez uma pausa por um momento, depois se inclinou para Morath. — E a Hungria? É tudo planície, como a Polônia. Vocês nem têm um rio.

— Só Deus sabe — disse Morath. — Mal temos um exército. No momento, dependemos de ser mais espertos do que eles.

— Mais espertos — disse o general. Pensou um pouco; aquilo não parecia muito. — Mais do que todos eles?

— Hitler matou os mais espertos, ou expulsou-os do país. Assim, no momento, é o que temos.

— Bem, então, que Deus olhe por vocês — disse o general.

Eles lhe deram um quarto só para ele — em cima dos estábulos, os cavalos, inquietos, ficavam embaixo —, uma cama dura e uma garrafa de aguardente de ameixa. Pelo menos, pensou, não mandaram junto "a filha do dono dos estábulos". Tomou um pouco da aguardente, mas não conseguiu dormir. Eram as trovoadas que o mantinham acordado, de uma tempestade que nunca desabava, mas não saía do lugar. Ele olhou pela janela uma vez ou outra, mas o céu estava estrelado. Então percebeu que os tchecos estavam trabalhando à noite. Ele podia sentir no chão. Não eram trovoadas, mas dinamite, as explosões rolando de um lado para outro pelos vales altos. Eram os engenheiros que o mantinham acordado, explodindo as encostas das montanhas para construir fortificações.

Duas e meia. Três. Em vez de dormir, ele fumava. Tinha sentido, desde sua chegada ao alojamento, uma certa corrente familiar subjacente. *Juntos vivemos, juntos morremos, e ninguém se importa com a forma como isso acontece.* Não sentia isso havia muito tempo. Não que gostasse daquilo, mas pensar sobre aquilo o mantinha acordado.

Logo após a aurora já estavam de volta às estradas das montanhas, daquela vez em um carro blindado, acompanhados pelo general e por um civil pálido e frágil, vestido num terno azul-escuro, bem sinistro, de óculos escuros e pouca conversa. *Um espião,* pensou Morath. Pelo menos, um espião de cinema.

A estrada tinha sido aberta recentemente, a floresta derrubada com máquinas de terraplenagem e explosivos, depois nivelada com troncos de árvores serrados nas partes mais baixas. Quebrava as costas, mas o carro não atolava. Para tornar as coisas piores, o carro blindado rodava como se tivesse molas de ferro.

— É melhor manter a boca fechada — disse Novotny. Depois acrescentou: — Sem ofensa.

Morath só viu o forte quando já estavam quase em cima dele: muros de cimento, com fendas para os disparos, construído no interior da encosta da montanha, e os fortes independentes escondidos nas reentrâncias naturais do terreno. O general, naturalmente orgulhoso do trabalho, disse:

— Eles estão bem camuflados.

Morath mostrou que estava impressionado.

O espião sorriu, satisfeito com a reação.

Lá dentro, o cheiro agridoce do cimento recente e da terra úmida.

Quando desciam os infindáveis lances de escadas, Novotny disse:

— Eles têm elevadores na Linha Maginot. Para as pessoas, elevadores. Mas aqui, apenas para a munição. — Uma coluna tinha sido entalhada na pedra, Morath pôde ver, com uma plataforma de aço com cabos que podiam ser operados com eletricidade ou manualmente, com manivelas.

O alemão do espião era horrível.

— Muitos fortes são explodidos por seus próprios paióis de pólvora. Isso não precisa acontecer.

Novotny foi acompanhado por um grupo de oficiais que dirigiam o forte. Enquanto caminhavam pelo comprido corredor o general esticou a mão e Morath ficou para trás do grupo.

— Você gosta do meu engenheiro?

— Quem é ele?

— Um perito em fortificações, um artista, melhor dizendo. Da Savóia. Eles têm construído essas coisas desde a Renascença... tradição de Leonardo, tudo isso.

— Ele é italiano?

O general abriu as mãos.

— Francês no passaporte, italiano na cultura, embora se diga saboiano, e judeu de nascimento. — A Savóia, uma região montanhosa entre a França e a Itália, tinha conseguido manter sua independência até 1860. — Eles sempre permitiram que os judeus servissem como oficiais — disse o general. — Este era major. Agora trabalha para mim.

No fundo da câmara de cimento, com um pé-direito de um metro e oitenta, um vão se abria acima de um vale da floresta. Os oficiais ficaram afastados, mãos cruzadas nas costas, quando o general, o espião e Morath se aproximaram do vão.

— Ache um rio — disse o espião.

Levou tempo. Um céu pálido de verão, depois uma faixa de mata fechada, as verdes encostas das montanhas e um vale estreito com uma subida para onde o forte fora construído. Finalmente, Morath viu a fita azul que corria através dos pinheiros.

— Achou?

— Sim.

— Segure aqui.

Ele entregou a Morath um chumaço de algodão. Dois soldados içaram um canhão de 105 milímetros até a abertura e o carregaram. Morath enfiou pedaços de algodão nos ouvidos e cobriu-os com as mãos. Todos fizeram o mesmo. Finalmente, o general pronunciou a palavra "Pronto?", Morath concordou e o chão tremeu, enquanto uma língua de fogo saltava do cano do canhão. Mesmo com o algodão, o estrondo foi ensurdecedor.

Para baixo, um clarão e um redemoinho de fumaça cinzenta. No rio, pensou Morath, embora não pudesse ver o que realmente tinha acontecido. Outros canhões começaram a atirar, alguns de um nível abaixo deles, alguns dos fortes, e nuvens de fumaça flutuaram sobre a encosta. O general entregou-lhe um binóculo. Agora ele podia ver jatos de rajadas no ar, as árvores arrancadas da terra ou partidas ao meio. Havia, de fato, uma pequena estrada que descia até o rio. Quando estava olhando, uma nuvem de traçantes laranjas que entrou em seu campo de visão e lançou uma chuva de gotas sujas na estrada.

O espião apontou para seus ouvidos. Morath tirou o algodão; o lugar ainda estava abalado.

— Você vê? — disse o espião.

— Sim.

— Todas as linhas se cruzaram, e os fortes cobriram cada uma; portanto, uma tentativa de ataque será muito dispendiosa. — Tirou do bolso de dentro do casaco algumas folhas de papel e um lápis com uma ponta fina. — Por favor — disse ele —, faça o melhor que puder.

— Não posso lhe dar cópias, claro — disse o general —, mas deixaremos que faça um esboço.

O espião sorriu.

— Meu pai sempre quis ensinar desenho aos espiões. "São horríveis", dizia.

Eles o deixaram trabalhando; só Novotny ficou para trás.

— Bem, agora você conheceu o nosso perito.

— Ele parece um pouco estranho, talvez.

— Sim. Ele é um pouco estranho. Mas é um gênio. Também sabe geologia, mineralogia. — Novotny sacudiu a cabeça. — Parece que há mais, só que nós não descobrimos.

Morath desenhou. Ele não era muito bom naquilo. Concentrou-se em mostrar como o forte e seus postos independentes de artilharia se encaixavam na encosta da montanha. Seria difícil bombardeá-los, percebeu. Até um Stuka teria de voar diretamente sobre eles, com metralhadoras atirando no minuto em que aparecesse na crista da montanha.

— Desenhe a sala — disse Novotny. — Não se esqueça do elevador para as bombas.

Seu dia mal tinha começado. Eles o levaram para outros fortes. Num deles, que dava vista para uma estrada pavimentada que ia de Desdren para o sul, o espião pegou uma vareta e desenhou semicírculos na poeira do chão para mostrar campos de tiro sobrepostos. Morath rastejou para dentro de um abrigo para canhões, para dois homens colocados juntos com metralhadoras que atingiam os milharais, viu armadilhas para tanques cavadas na terra e outras com blocos de concreto, "dentes de dragão", enrolados em grandes emaranhados de arame farpado. Olhou através das lentes de longa distância acopladas aos rifles Steyr e atirou com uma ZGB 33, a metralhadora tcheca fabricada em Brno — usada como modelo para o British Bren, Brno/ Enfield —, assassinando oito travesseiros de penas reunidos para um ataque no fim de um campo de trigo.

— Bom tiro — disse Novotny.

Morath recarregou; o pente curvo da arma foi travado com um ruído metálico.

— Quando falar sobre a sua viagem às montanhas — disse Novotny —, não se esqueça de dizer que a Europa estaria melhor se Adolf não tivesse o controle das fábricas de armas tchecas.

Morath concordou.

— Claro — disse ele —, se isto viesse a acontecer, imagino que os trabalhadores aqui estariam... propensos a errar.

Mas o seu sorriso conspiratório não foi devolvido.

— Aqui entre nós — disse Novotny —, se formos traídos por aqueles que se dizem nossos amigos, talvez não devamos ser tão apressados em pôr nossa vida a seu serviço. Esse tipo de negócio é sórdido, Morath. Há sempre interrogatórios, sempre represálias... só se pode criar um movimento de resistência quando as pessoas não dão importância à própria vida.

Novotny levou-o de volta ao Europa, naquela noite. Um anoitecer agradável de verão, um bando de andorinhas fazendo evoluções no céu acima dos hotéis. No saguão, mãe e filha sorriram para ele, mais acolhedoras do que nunca. *Quem saberia?* Numa cadeira de couro, um homem de costeletas e roupas de montanhista lia o *Volkischer Beobachter.* POLÍCIA TCHECA QUEIMA FAZENDAS NOS SUDETOS, dizia a manchete. DÚZIAS DE FERIDOS. Animais confiscados. Cachorros alvejados. Três jovens desaparecidas.

O Dr. Lapp, usando um chapéu de palha colocado numa posição garbosa, esperava por ele no quarto, abanando-se com o cardápio do serviço de copa nos quartos do hotel.

— Não o ouvi bater — disse Morath.

— Na verdade, eu não bati — disse Dr. Lapp, levemente divertido. — Claro, ficarei feliz de me desculpar, se desejar.

— Não se incomode.

O Dr. Lapp olhou pela janela. As lâmpadas da rua estavam acesas, os casais passeavam, aproveitando o ar da montanha.

— Sabe, não posso suportar essas pessoas, os tchecos.

Morath pendurou o casaco e começou a desatar o nó da gravata. Ele não queria que houvesse uma guerra na Europa, mas ele ia tomar um banho.

— Eles não têm cultura — disse o Dr. Lapp.

— Eles acham que têm.

— O quê, Smetana? Talvez você goste de Dvörák. Bom Deus.

Morath tirou a gravata, pendurou-a num cabide, sentou-se na beira da cama e acendeu um Chesterfield.

— Devo mencionar — disse Dr. Lapp — que vi o conde Polanyi há pouco tempo e que ele lhe mandou lembranças. Ele disse que há algum tempo você estava pensando em tirar férias na Inglaterra. É verdade?

— Sim.

O Dr. Lapp assentiu.

— Você ainda pode ir?

Morath pensou em Cara. .

— Talvez — disse ele. — Talvez não.

— Entendo. Bem, se puder, deve ir.

— Vou tentar — disse Morath.

— Eles estão enfraquecendo, os ingleses. O *Times* de Londres desta manhã diz que o governo devia garantir "autodeterminação" aos alemães dos Sudetos, "mesmo que isso pudesse significar a secessão da Tchecoslováquia". Suponho que isso venha do escritório de Chamberlain. Sabemos que ele se encontrou com correspondentes americanos no almoço na casa de *lady* Astor há algumas semanas e disse a eles que a Inglaterra achava que os Sudetos deviam ser devolvidos à Alemanha. No interesse da paz mundial, você compreende. O seu problema real é que ele não confia nos franceses, não confia nos russos e tem medo, politicamente, da possibilidade de que a Inglaterra tenha de lutar sozinha.

— Ele não confia nos franceses?

O Dr. Lapp deu um sorriso frio, delicado e muito rápido.

Já estava quase escuro. Sentaram-se em silêncio por um longo tempo. Finalmente, o Dr. Lapp levantou-se.

— Há algo que quero que você veja — disse ele. — Vou enviar amanhã, se não se importar.

Fechou a porta, silenciosamente, atrás de si. Morath deixou o quarto às escuras. Foi para o banheiro e abriu a água. Havia uma mancha mineral verde brilhante embaixo da torneira. *Bom para a saúde.* Como se aquilo fosse verdade, pensou. A água corria lentamente, e Morath esperou, com paciência, ouvindo as explosões distantes.

Ele pediu uma chamada para Paris de manhã cedo, a telefonista ligou para o seu quarto uma hora mais tarde.

— Linha congestionada, senhor — desculpou-se ela. — Não é comum em agosto.

Em Paris, uma voz elegante:

— Bom dia, aqui é a Cartier.

Polanyi gostava de dizer que o grande erro dos poetas era que eles nunca cantavam o poder do dinheiro nos casos entre homens e mulheres. "Em relação a isso, até agora fomos deixados à mercê de cínicos, garçons, romancistas ou tias lúbricas." Divertido quando ele disse isso, mas não tão divertido na vida real. Morath preferia não ter de fazer aquela ligação, mas não podia pensar em mais nada. A outra possibilidade era mandar flores, e flores não seriam suficientes.

Ele encontrou-se dizendo à vendedora quase tudo.

— Eu compreendo — disse ela. Pensou um pouco e acrescentou: — Nós acabamos de fazer um novo modelo, um bracelete, que deve ficar perfeito na madame. Um pouco exótico, esmeraldas engastadas em prata e ônix preto, mas muito pessoal. E não é, absolutamente, algo comum. Acha que ela gostaria disso?

— Sim.

— Ela seria a primeira a tê-lo em Paris... é um novo estilo para nós. Será que ela vai gostar?

Ele sabia que ela gostaria. A vendedora explicou que o tamanho era facilmente ajustável, de modo que o bracelete poderia ser enviado por um mensageiro da Cartier, para a residência.

— E, finalmente, senhor — agora, havia um tom diferente na sua voz, ela falava, por um momento, com o coração —, o cartão.

— Escreva só "Com amor, Nicky".

Depois, entrou em contato com um funcionário do Crédit Lyonnais. Uma ordem de pagamento seria enviada à Cartier naquela tarde.

Novotny chegou às onze e trabalharam quase o dia inteiro, passando a maior parte do tempo no carro, dirigindo para leste nas fronteiras do norte da Morávia e da Boêmia. Mais fortificações, mais arame farpado, mais artilharia apontada para a Alemanha.

— O que vai acontecer com tudo isso — perguntou Morath —, se reconhecerem a independência dos Sudetos?

Novotny riu.

— Então ela passa a pertencer a Hitler — disse ele. — Com boas estradas planas indo direto para Praga. Uns cem quilômetros, mais ou menos, duas horas.

À noite eles tinham voltado para oeste, em direção aos batalhões de Kreslice e a um jantar do regimento — um jantar de despedida — com o general presidindo.

— Talvez haja discurso — disse Novotny.

Ele parou por um instante, perscrutando a escuridão para achar o caminho. Eles chacoalharam pela crista da montanha, então Novotny foi apertando os freios numa ladeira do outro lado.

— Decin — disse ele.

Um cacho de luzes nas árvores. Aquela era, pensou Morath, uma das últimas demonstrações: as forças tchecas podiam se mover para leste e oeste sem retornar às estradas do vale. Tinham melhorado as trilhas do velho povoado, usadas mais por vacas e bodes. Sob a luz dos faróis dianteiros ele podia ver que os buracos tinham sido tapados com pedras pequenas e achatadas.

— E, então, depois do discurso do general... — disse Novotny.
— Sim? — *Oh, não, ele recusaria.*
— Talvez você considerasse...?

Morath ficou cego. Uma explosão de luz amarela, depois a escuridão, com a imagem deslumbrante de uma estrela flamejante. Apertou os olhos com as mãos, mas aquilo não diminuía. Algo havia explodido no ar em frente ao seu rosto, se afastando, zunindo, para dentro das árvores. Novotny gritou — aparentemente em tcheco. Morath não entendeu. Abriu a porta com um empurrão, depois puxou Novotny, que parecia estar petrificado no lugar. Quando agarrou sua manga, houve um zunido de duas balas, metal no metal, e outra bala traçante, esta última do outro lado do pára-brisa. Morath pôde ouvir a metralhadora, lançando rajadas disciplinadas de cinco tiros. Quando sentiu o cheiro de gasolina, puxou Novotny com toda a força, arrastando-o pelo banco do passageiro para fora do carro.

Colados no chão, ele esfregou os olhos quando a estrela começou a empalidecer.

— Você está enxergando? — Novotny tinha voltado ao alemão.
— Um pouco.

Da frente do carro, um barulho alto quando o motor foi atingido, seguido pelo cheiro forte do vapor do radiador.

— Cristo! — disse Morath. Ele começou a rastejar para fora da estrada, puxando Novotny. Abriu caminho por entre um emaranhado de parreiras e galhos, um espinho o espetou na testa. Agora já enxergava as formas cinzentas das árvores e da floresta. Respirou fundo. Uma retina queimada significava cegueira para o resto da vida e Morath sabia disso. — E você, como está? — perguntou.

— Melhor. — Novotny tocou na linha do cabelo com o dedo indicador. — A coisa realmente me queimou — disse ele.

O homem com a metralhadora não desistia do carro. Ele pespontou, friamente, o vidro da janela, depois explodiu os pneus na diagonal. Morath podia ouvir tiros à distância, e uma luz laranja brilhou numa nuvem acima da cidade.

— É a invasão? — perguntou Morath.

Novotny bufou com ironia.

— São os alemães oprimidos dos Sudetos. Pedindo por justiça e igualdade.

Morath ficou ajoelhado.

— Estaremos melhor em Decin.

— Não posso — disse Novotny. — Sem a bengala.

Morath rastejou até o carro, abriu a porta de trás, esticou-se no assento e pegou a bengala e a pistola. Novotny ficou satisfeito de ter as duas. Levantou-se, pegou a coronha da pistola, abriu o coldre com os dentes e jogou o cinto por cima do ombro quando a pistola ficou solta.

— Agora, deixe que venham — disse ele, rindo de si mesmo e de todo aquele negócio estúpido.

Eles andaram através da mata. Novotny mancando e respirando com dificuldade, mas mantendo o ritmo de Morath. Com o que aconteceu, foi uma sorte ele estar de uniforme. Um miliciano de dezesseis anos com uma metralhadora quase os abateu quando chegaram a Decin.

Na ida para o posto policial, andaram pelos becos com os muros furados e rachados por tiros de armas leves.

— Sabia que ia haver problema aqui — disse Morath. — Marchas e tumultos, vê-se nos cinejornais. Mas nada como isso.

Novotny deu um sorriso amargo.

— Estas são as unidades de comando, armadas e treinadas pela SS. Não se vê isso nos cinejornais.

O beco terminou numa rua transversal. Morath e Novotny encolheram-se contra uma parede de estuque. À esquerda deles, do outro lado de uma avenida larga, o colégio da cidade estava em chamas, as centelhas vermelhas explodindo para o céu escuro. Havia dois corpos iluminados pela luz do fogo, os rostos comprimidos num ângulo entre a rua e a beira da calçada. Um deles tinha um pé descalço.

— Vai na frente — disse Morath. Havia um toque de nobreza naquilo... "O primeiro a atravessar a rua" era um axioma sagrado sob o fogo. A artilharia inimiga vê o primeiro e acerta o segundo.

— Obrigado, de qualquer forma — disse Novotny. — Vamos juntos.

Mesmo assim Morath pegou o lado de onde vinham os tiros, correu num gesto de bravata até o meio do caminho, agarrou Novotny pela cintura e os dois galoparam para atravessar — uma corrida de três pernas —, rindo como loucos enquanto os tiros passavam por eles.

Levaram vinte minutos para alcançar o posto policial, onde uma bandeira tcheca, em farrapos, estava pendurada acima das janelas fechadas.

— Que merda! — disse o chefe de polícia de Decin. — Essa droga de povo continua a *atirar* na bandeira.

Uma cena estranha no posto. Policiais, alguns de folga quando o ataque começou — um deles atirava com um rifle pela janela com um guardanapo esquecido preso ao cinto —, uns poucos soldados, cidadãos locais. No canto, deitado numa mesa, segurando uma compressa sobre um ferimento na cabeça, estava um homem alto e magro, com um colarinho alto e de fraque. Uma das lentes dos seus óculos estava partida ao meio.

— Nosso professor de latim — explicou o chefe de polícia. — Eles o atacaram. Invadiram a escola, começaram a atirar os livros em tcheco na rua, tocaram fogo, começaram a *cantar*, vocês sabem, e incendiaram a escola. Depois, marcharam pela vizinhança cantando "Ensinem nossas crianças em alemão", enquanto um cinegrafista filmava da capota de um carro. Nós não fizemos nada. Estamos sob ordens aqui, não deixem que eles os provoquem. Assim, ficamos lá e sorrimos, sem provocação, chamamos uma enfermeira para cuidar do professor de latim e tudo ficou maravilhoso. Mas, claro, *eles* estavam com ordens de nos provocar; portanto, foram lá e atiraram num policial. Ele revidou, todo mundo correu, e agora estamos assim.

— Vocês avisaram ao exército pelo rádio? — perguntou Novotny.

O policial assentiu.

— Estão vindo. Em carros blindados. Mas eles têm quatro ou cinco para enfrentar, então, podem demorar.

— Vocês têm armas para nós — disse Morath. Não era uma pergunta.

Antes que o chefe de polícia respondesse, Novotny falou com ele rapidamente em tcheco. Então, mais tarde, ele explicou, enquanto eles iam para a parte segura da cidade:

— Desculpe — disse ele. — Mas eles me matariam se eu deixasse que algo acontecesse com você.

Mas a parte segura da cidade não era tão segura assim. No final de uma rua sinuosa encontraram o cavalo e a carroça do leiteiro, que jazia de bruços com o rosto virado contras as pedras da rua, seu casaco pelo avesso arremessado sobre sua cabeça. O cavalo de antolhos, parado pacientemente com sua carga de latões de leite, olhou na direção deles quando passaram.

O chefe de polícia os tinha enviado para uma monstruosidade de três andares, talvez a casa mais suntuosa em Decin, numa avenida larga sombreada por tílias. O prédio era vigiado por dois policiais que usavam capacetes no estilo francês e estavam armados com rifles. Eles seguiram um deles até um salão cheio de coisas no último andar, as paredes repletas de velhos retratos de pessoas muito gordas com roupas muito caras. Quando Morath e Novotny entraram, um funcionário vinha subindo ofegante a escada, carregando dois arquivos de contabilidade; um escriturário e uma secretária vinham logo atrás, carregando mais dois. Ainda arfando, ele parou exausto, curvou-se polidamente, depois girou nos calcanhares e continuou apressado.

— Isso é ordem do prefeito — disse o policial. — Os alemães continuam tentando incendiar a prefeitura, assim ele manda os arquivos dos impostos para cá.

— Continuam tentando?

O policial assentiu, com a cara fechada.

— É a terceira vez desde março.

Da janela do salão, Morath olhou para Decin. Segundo o policial, as unidades alemãs dominavam vários prédios — garagens, pequenas oficinas no lado norte da cidade — e a estação ferroviária. Morath os viu uma ou duas vezes, quando trocavam de posição: contornos sem forma em capacetes pontiagudos e casacos, abaixados, correndo colados à parede. Uma vez tive uma visão clara de um metralhador e seu ajudante, iluminados por um instante pelo brilho da lâmpada da rua, um carregando uma arma Maxim, o outro com um tripé e pentes de balas. Depois eles desapareceram na escuridão entre os prédios públicos desertos, do outro lado do *boulevard*.

Meia-noite. O matraquear de pequenas armas de fogo intensificou-se. Então, as luzes da cidade se apagaram e, poucos minutos depois, veio uma chamada pelo rádio e Novotny e o policial mais velho voltaram ao posto. O outro policial subiu, tirou o capacete e sentou-se no sofá. Ele era moço, Morath percebeu, não tinha mais de vinte anos.

— Os carros blindados devem chegar logo — disse ele.

Morath olhou para a rua. Era difícil enxergar, a noite quente, enevoada, escurecida pela fumaça dos prédios incendiados. O tiroteio distante diminuiu, depois parou, substituído por um silêncio pesado. Morath olhou para o relógio. Duas e vinte. Cara devia estar dormindo agora, na Avenue Bourdonnais, a não ser que tivesse ido a algum lugar. O bracelete devia ter chegado naquela tarde. Estranho, como aquilo parecia distante. *Não tão distante.*

Lembrou-se dos bares na praia do Mediterrâneo, do quebra-mar, das pessoas dizendo: "Oito e meia em Juan-les-Pins, nove e meia em Praga."

Um ronco baixo e distante soou, Morath ouviu, como se fosse de máquinas pesadas. O policial levantou-se. Estava sensivelmente aliviado — Morath não tinha percebido como ele estava aflito.

— Agora vamos ver — disse ele, correndo os dedos pelo topete do cabelo cor de trigo. — Agora vamos ver.

Dois dos carros blindados subiram pelo *boulevard*, a não mais do que quinze quilômetros por hora. Um deles mudou de rumo e dirigiu-se para o lado norte da cidade, o outro ficou no meio da rua, a torre girando lentamente, enquanto o atirador procurava um alvo. Alguém, alguém não muito esperto, pensou Morath, atirou. A resposta foi uma rajada da torre do canhão, uma labareda e um estrondo que rolou pelas ruas vazias.

— Idiota.

— Um atirador de tocaia — disse o policial. — Ele tenta acertar o ponto central da torre.

Os dois ficaram na janela. Quando o carro blindado andou para frente, houve um segundo tiro.

— Você viu isso?

Morath sacudiu a cabeça.

— Às vezes a gente consegue. — Agora, muito excitado, ele murmurava. Ajoelhou-se em frente à janela, apoiou o rifle no parapeito e mirou com o cano da arma.

O carro blindado desapareceu. Do outro lado da cidade, um sério conflito — o som de um canhão e de uma metralhadora. Morath, saindo da janela, pensou ter visto movimentos rápidos de luz da boca de uma arma. Algo explodiu, e um carro blindado passou velozmente em direção à luta. E algo estava incendiando. Muito lentamente, os contornos dos prédios escurecidos ficaram nítidos, tingidos pela luz laranja. Lá embaixo, na cozinha, um rompante zangado de estática do rádio. O policial praguejou baixinho, a meia-voz, enquanto corria para atendê-lo.

Quatro da manhã. O policial roncava no sofá e Morath vigiava. O policial tinha se desculpado por estar tão cansado.

— Passamos dois dias na rua — disse ele. — Lutando contra eles com insígnias e escudos.

Morath fumava para ficar acordado, afastando-se da janela quando acendia um fósforo, escondendo a ponta do cigarro com a mão. A certa hora, para sua surpresa, um trem de carga atravessou a cidade. Ele pôde escutá-lo ainda ao longe. Não parou, o resfolegar da locomotiva moveu-se do leste para o oeste, e ele o ouviu até que o som morreu à distância.

Uma silhueta.

Morath ficou atento, apagou o cigarro no chão, agarrou o rifle no canto e apoiou-o no parapeito da janela.

Estaria lá? Ele achou que não. Um fantasma, uma assombração — *a mesma assombração que vimos na Galícia*. Até de madrugada.

Mas não. Não dessa vez.

Uma forma, de joelhos, colada à parede de um prédio, do outro lado do *boulevard*, imóvel. Levantou-se, deu alguns passos, parou outra vez. Segurava algo na mão, pensou Morath.

Ele tocou no ferrolho do rifle para se certificar de que estava travado, depois descansou o dedo levemente, no gatilho. Quando olhou novamente, perdeu a silhueta de vista, até que ela se moveu outra vez. Então, ele mirou quando ela se levantou, correu e se ajoelhou. Levantou, correu.

Mirou, disparou.

O policial deu um grito e rolou para fora do sofá.

— O que aconteceu? — disse ele, ofegante. — Eles estão aqui?

Morath encolheu os ombros.

— Vi alguma coisa.

— Onde está? — O policial ajoelhou-se ao seu lado. Morath olhou, não havia nada lá.

Mas estava lá uma hora depois, na luz cinzenta, quando eles atravessaram o *boulevard*.

— Um olheiro! — disse o policial. — Para orientar o franco-atirador.

Talvez. Não era mais do que um menino, tinha sido abatido pelas costas e caído na entrada do porão. Morrera ali, no meio da escada, os braços abertos para amortecer a queda, um sanduíche embrulhado num jornal lançado na calçada.

Ao amanhecer, eles foram até o posto policial, mas ele não estava mais lá. O que restava era uma bomba explodida, vigas queimadas, fumaça saindo do interior carbonizado. Uma ponta do prédio tinha sido explodida — uma granada de mão, pensou Morath, ou uma bomba caseira. Não havia como saber, ninguém tinha sobrevivido para contar a história. Ele ficou por ali um pouco, conversando com os bombeiros enquanto eles procuravam algo para fazer. Então, um capitão do exército apareceu e levou-os de volta para o hotel.

— Não foi somente Novotny — disse ele. — Perdemos mais três; eles chegaram de bicicleta de um posto de observação quando ouviram o chamado pelo rádio. Lá estavam o chefe de polícia, vários oficiais, a milícia. No fim, soltaram os bêbados das celas e deram-lhes rifles. — Ele sacudiu a cabeça, zangado e pesaroso. — Alguém disse que eles tentaram se render, quando o prédio foi incendiado, mas os alemães não deixaram. — Ficou em silêncio por um tempo. — Eu não sei. Isso pode não ser verdade — disse ele. — Ou, talvez, não tenha importância.

De volta ao Europa, havia um ramo de palma-de-santa-rita no jarro de prata em cima da mesa do saguão. No quarto, Morath não conseguiu dormir mais que uma hora. Depois, pediu café e bolinhos, deixou a maior parte na bandeja e ligou para a estação ferroviária. "Claro que estão funcionando", disseram-lhe. Quando desligou o telefone, houve uma batida na porta.

— Toalhas limpas, senhor.

Morath abriu a porta e o Dr. Lapp sentou-se na cadeira vazia.

— Bem, onde estão as minhas toalhas?

— Sabe, certa vez eu *fiz isso*. Há algum tempo. Num uniforme de camareira, empurrando um carrinho.

— Deve ter havido... pelo menos um sorriso.

— Não, realmente não. O homem que atendeu à porta era da cor de cinzas de madeira queimada.

Morath começou a fazer a mala, pondo cuecas e meias dentro da valise.

— A propósito — disse o Dr. Lapp —, você se encontrou com as duas mulheres que ficavam sentadas no saguão?

— Não.

— Oh? Não encontrou, ah, não se aproveitou?

Um olhar de soslaio. *Eu disse que não.*

— Elas foram presas ontem à noite, foi por isso que perguntei. Neste mesmo quarto, foi o que aconteceu. Foram levadas pelo saguão, algemadas.

Morath ficou imóvel, um par de escovas de prata para os cabelos nas mãos.

— Quem eram elas?

— Alemãs dos Sudetos. Parece que trabalhavam para o Sicherheitsdienst, SD, o serviço de inteligência da SS. Causou uma certa agitação lá embaixo. *Em Marienbad! Bem!* Mas as mulheres pouco se importaram... elas estavam rindo e trocando gracejos. Tudo que os tchecos podem fazer é mantê-las por uma noite no posto de polícia, e eles não ousarão fazer isso.

Morath enfiou as escovas nas alças de um estojo de couro e fechou o zíper.

O Dr. Lapp enfiou a mão no bolso.

— Já que está arrumando as malas... — Ele entregou um envelope de celofane de 3x3cm. Dentro havia o negativo de uma foto, cortado de um filme. Morath segurou contra a luz e viu um documento datilografado, em alemão.

*Uma sentença de morte.* Ele tinha posto os desenhos dos fortes nas montanhas num envelope pardo e escondido na parte de baixo da valise. Ele podia, pensou, se sair bem com aquilo, mesmo que fosse revistado. Podia dizer que era uma propriedade para vender ou um projeto para uma estação de esqui. Mas isto não.

— O que é isto?

— Um memorando sobre o escritório de Oberkommando da Wehrmacht. Do general Ludwig Beck, que acabou de se demitir como chefe do OKW, para o chefe dele, general Von Brauchitsch, o comandante-em-chefe do exército alemão. Diz que Hitler "deve abandonar a intenção de resolver o problema tcheco pela força". Na verdade, ele disse muito mais, em pessoa, sobre se livrar da Gestapo e dos chefes dos partidos nazistas e devolver à Alemanha "a probidade e simplicidade". Depois, em protesto, ele se demitiu. E o seu sucessor, general Halder, acredita nessas coisas muito mais do que Beck.

— Vão me perguntar como obtive isso.

O Dr. Lapp concordou.

— O Abwehr, a inteligência militar, é parte do OKW. Vamos às mesmas reuniões e, à noite, às mesmas festas. — Ele cruzou as pernas, bateu com o salto do sapato e lançou a Morath um olhar que dizia, *claro que você vai saber onde guardar isso.* Inclinou-se sobre a mesa, pegou a faca de manteiga do Hotel Europa na bandeja, segurou-a contra luz e examinou a lâmina, depois a entregou a Morath.

Morath tirou o sapato e começou a mexer no salto. Sentia-se muito cansado e não agüentava mais. Tinha de se esforçar para ser paciente e cuidadoso. Soltou uma ponta do salto e enfiou o negativo ali. Não funcionou; podia ver o espaço facilmente e podia senti-lo quando andava.

O Dr. Lapp encolheu os ombros.

— Improvisação — disse ele, deixando a voz morrer num suspiro.

Morath acabou de arrumar a mala, apertou bem as alças e afivelou-as.

— Não sei quem você vai encontrar para falar, *Herr* Morath, mas quanto mais poderoso for, melhor. Estamos abrindo tantas linhas de comunicação quanto podemos, certamente uma delas vai funcionar. — Pela sua voz, ele não acreditava naquilo, soava como se ele estivesse tentando se convencer de que dois e dois eram cinco. — Tudo que pedimos aos ingleses é que não façam nada. — Ele olhou para Morath. — Isso é pedir muito?

Morath olhou para o relógio, acendeu um cigarro e sentou-se para esperar a hora de sair para o trem. O hotel estava tranqüilo; vozes abafadas no corredor, o som do aspirador que a camareira passava.

— Meu pobre país — disse o Dr. Lapp. Ele procurou no bolso de dentro do casaco, tirou um par de óculos de um estojo de couro, depois uma pequena caixa de metal. — Talvez seja melhor você usar isso.

Morath abriu a caixinha e viu um alfinete de ouro com uma suástica. Ele o prendeu no bolso de cima do paletó e foi se olhar no espelho do banheiro.

— Use isso quando chegar à fronteira da Alemanha — disse o Dr. Lapp, segurando a maçaneta da porta. — Por favor, lembre-se de tirá-lo antes de entrar na França.

— As duas mulheres — disse Morath. — Elas estavam me vigiando?

O Dr. Lapp sacudiu a cabeça lentamente e pareceu triste.

— Só Deus sabe — disse ele. — Eu, não.

17 de agosto. Bromley-on-Ware, Sussex.

Morath esperou no final de uma alameda de cascalho, enquanto o táxi se afastava pela rua. O amigo de Francesca, o advogado

Simon, se aproximou, sorrindo, pelo gramado imaculado. Ele usava *shorts* e sandálias, uma camisa branca com os punhos dobrados, uma jaqueta atirada sobre os ombros, um cachimbo preso nos dentes e um jornal embaixo do braço. Atrás dele, uma casa de tijolos com várias chaminés, um céu azul, uma nuvem branca.

Simon pegou sua valise com uma das mãos e com a outra seu braço e disse:

— Que bom que você veio, Nicholas — em inglês, depois passaram para o francês.

Havia um terraço; as mulheres de vestidos de bolinhas, os homens de cabelo branco, um copo de uísque. Um abraço de Cara, que tinha chegado alguns dias antes, e algumas palavras no ouvido. Ele não estava exatamente perdoado, mas ela estava aliviada por tê-lo de volta, salvo. Além disso, ele viu nos minutos seguintes, ela estava se divertindo muito.

— Como vai, meu nome é Bromley.

*Então, este é o seu povoado, seu castelo e seus súditos.*

— Boa tarde, Sr. Bromley.

— Ei, ei, aquele é Bramble!

— Sr. Bramble?

— Não, não. *Bram*-well. Sim. Hmm.

As costas nuas de Cara estavam azuis ao luar de Sussex.

— Não faça barulho — murmurou ela.

— A cama range... não posso fazer nada.

— *Méchant!* Não podemos fazer esse barulho. Vamos, deite-se de costas.

A margem do rio ficava do outro lado de uma pastagem.

— Cuidado com a bosta das vacas — disse Simon para ele.

Eles estavam sentados num banco embaixo de um grande salgueiro, onde o sol brilhava na água quando saía da sombra da árvore.

— Eu tenho um velho amigo — disse Morath. — Quando ele ouviu que eu vinha à Inglaterra para as férias de agosto, me pediu que trouxesse alguns papéis.

— Oh? — Simon tinha pensado que a "conversa particular" era sobre Cara, mulheres, esse tipo de coisas. — Papéis?

— Papéis confidenciais.

— Oh. — Simon empurrou o cabelo desgrenhado da testa. — Você é um espião então, Nicholas?

— Não. Só uma pessoa que não gosta de Hitler — disse Morath. — Não gosta de Hitlers. — Ele falou com Simon sobre as defesas nas montanhas da Tchecoslováquia e sobre o memorando do general Beck. — Meu amigo acredita — explicou ele — que Hitler não pode ser derrubado a não ser que ele falhe. Se o governo inglês se mantiver firme, ele vai falhar. De uma maneira ou de outra.

Simon pensou um pouco.

— É difícil, você sabe, porque há dois lados do problema. Como toda política, na verdade. De um lado, o lado que quer dar os Sudetos a Hitler, está Nevile Henderson, o embaixador na Alemanha. Muito pró-Alemanha — pró-nazismo, dizem, e muito antitcheco. Mas Chamberlain *o escuta*. Então, do outro lado, há pessoas como Vansittart, o conselheiro da secretaria do Exterior, que estaria mais no campo de Churchill. Então, a pergunta é, com quem devemos falar? Para mim, você vê, Vansittart é o herói e Henderson, o vilão. — Um *homme néfaste*, Simon o chamava. Um homem que faz o mal. — Mas, então — continuou Simon —, se eu encontrar um amigo que possa falar com Vansittart, afinal, você não estará simplesmente afinando?

Morath achava que Simon estava com quase trinta anos, mas que às vezes ele se divertia muito sendo mais jovem, sendo terrivelmente tolo. Agora, no entanto, ele subitamente parecia mais velho, muito mais velho.

Simon olhou para as águas tranqüilas.

— Então — disse ele. — O que fazer?

Morath não sabia. A serenidade do campo, o próprio campo, era como os ares da primavera; fazia com que o continente e suas intrigas parecessem muito tolos, brutais e distantes.

No final, Simon pegou o telefone e trocou umas palavras com um amigo de um amigo.

Que apareceu naquela mesma tarde para um drinque. No terraço, onde só tinha a família espanhola, eles tropeçaram numa combinação do inglês hesitante de Morath e o francês universitário do amigo-de-um-amigo. Mas, ainda assim, conseguiram. Morath explicou as defesas, entregou o telegrama e passou a mensagem do Dr. Lapp, tão intensamente quanto podia.

Foi melhor no dia seguinte, quando o amigo-de-um-amigo, muito bem-vestido e das fileiras do exército, trouxe consigo um gnomo sorridente que falava húngaro, húngaro de Budapeste.

— Sempre podemos usar um amigo em Paris — disseram eles.

Morath aceitou com um sorriso.

Eles não foram rudes, depois disso. Inquisitivos. Como *ele* havia se envolvido com aquilo? Ele era, simplesmente, um oficial na VK-VI, o serviço de inteligência húngaro? Ele tinha encontrado *alemães?* Mas isso não era da conta deles, e ele não lhes disse e — no fim foi salvo pela mãe de Simon, que chegou no terraço, conversou, riu e flertou até que eles foram embora.

Agosto de 1938, todos diziam que era o verão anterior à guerra. À noite, o rádio chiava e as cigarras cantavam. Os tchecos mobilizados, a frota inglesa mobilizada, Benes ofereceu a Henlein e aos Sudetos tudo que cada um deles podia imaginar — começando com a autonomia completa e partindo daí. Mas não foi o bastante. Na Inglaterra, máscaras de gás foram distribuídas e trincheiras antiaéreas foram cavadas nos parques de Londres. "Mas o que acontecerá com você, Nicholas?", perguntou-lhe a mãe de Simon à mesa do almoço.

Ele pensou sobre aquilo. Mais do que queria. Supunha que seria chamado de volta para o dever, teria de se apresentar nos quartéis do regimento em Budapeste, entre os rechonchudos corretores de valores e advogados carecas, e seria mandado para lutar ao lado da Wehrmacht.

Ele descobriu Cara, certa noite, usando o bracelete da Cartier, deitada de bruços na cama, chorando no travesseiro. "Vou dizer ao meu pai", murmurou ela, "que temos de vender as *estancias*, porque vou comprar uma casa em Lugano."

Na hora dos drinques, no dia seguinte, ele foi *atacado* — era a única palavra para aquilo — por um vizinho de uniforme do exército, feroz e vermelho de raiva. O homem tinha um sotaque completamente incompreensível, suas palavras desapareciam num bigode preto e grosso, e Morath deu um passo para trás, sem idéia do que fazer. Foi Simom quem o salvou, puxando-o rapidamente, desculpando-se porque ele tinha de se encontrar com o tio de Perth. Eles foram muito, quase violentamente, bondosos com ele na casa de Sussex. Numa tarde chuvosa, quando todos, menos Morath e Cara, jogavam bridge, eles mergulharam fundo num baú e descobriram um quebra-cabeça desbotado. *A derrota da armada espanhola.*

As notícias:

No dia 26 o rádio transmitiu a visita do almirante ao *Reich*, em Kiel, aparentemente como o último comandante-em-chefe da marinha austro-húngara, para batizar um novo encouraçado alemão, o *Prinz Eugen*, e ter, disse a BBC, "consultas privadas com o chanceler Hitler". Ninguém na sala olhou para Morath; todos os olhos acharam alguma coisa infinitamente mais interessante.

O que a BBC não disse, o conde Polanyi disse, três semanas depois, quando se encontraram em Paris. Tudo havia sido organizado para que Hitler pudesse dizer a Horthy o seguinte: "Se você quer tomar parte na refeição, tem de ajudar na cozinha."

Foram necessários dois carros para levá-los à estação, as empregadas e o jardineiro ficaram na porta quando eles foram embora. O dia 31 de agosto estava, claro, um dia diabolicamente perfeito. O céu cor de giz azul, nuvens de livro infantil, com as bordas cinzeladas, o trenzinho de outros tempos. Simom apertou a mão dele e disse:

— Vamos esperar o melhor, certo?

Morath concordou.

Cara enxugava os olhos com um lenço e ficou abraçada com Francesca até o trem partir. E a mãe de Simon prendeu as mãos de Morath nas suas. Ela tinha olhos cinzentos serenos e encarou-o longamente.

— Estou muito feliz por você ter podido vir — disse ela. — E queremos que volte, Nicholas. Você vai tentar, não vai?

Nicholas prometeu que sim e apertou as mãos dela.

O trem noturno para Budapeste

PARIS NAQUELE SETEMBRO ESTAVA TENSA E SOMBRIA, À BEIra da guerra, mais sombria do que Morath já tinha visto. O *retour*, o retorno à rotina diária depois das férias de agosto, era, habitualmente, um momento doce na vida parisiense, mas não naquele outono. Eles voltaram aos escritórios, às festas, aos casos de amor, mas Hitler estava gritando para eles em todas as bancas de jornais e eles não gostavam daquilo. No café da manhã de Morath, o garçom disse:

— Deixe que venham e atirem suas bombas, estou cansado de esperar.

Eles não suportavam a idéia de uma outra guerra; jamais haviam se recuperado da última. O homem que voltou para casa vindo das trincheiras e fez amor com sua mulher no dia em que a guerra acabou, em 1918, tinha agora um filho de dezenove anos, bem na idade para o exército. No dia 6 de setembro, os jornais especulavam se o problema dos Sudetos valia mesmo uma guerra. No dia seguinte, o editorial do *Times* de Londres apoiou a separação.

Na Alemanha, a parada anual do partido nazista em Nuremberg começou no dia 6 e terminaria no dia 12, com desfile de tochas, donzelas ginastas, e o *grand finale*, um discurso no colossal Hall dos Cinqüenta Mil, onde o *Führer* prometeu revelar o que tinha em mente para os tchecos.

No dia 10, a rádio parisiense transmitiu a declaração de Roosevelt de que era "cem por cento errado" presumir que os Estados Unidos se juntariam à Inglaterra e à França numa guerra na Tchecoslováquia. No dia 11, o proprietário de uma papelaria na Rue Richelieu mostrou a Morath seu velho revólver Lebel, da Grande Guerra.

— Bem, aqui está a *minha* resposta — disse ele. Que resposta? Suicídio? Atirar em um turista alemão? Atirar de tocaia na Wehrmacht?

— Ele nos tem onde ele nos quer — disse Polanyi, no almoço no *quai de la Tournelle*. — Você viu no cinema a notícia da chegada de Horthy na estação de Kiel? — Morath não tinha visto. — Eu apareço rapidamente, por cima do ombro do conde Csaky. — Então, ele descreveu como tinham oferecido à Hungria a devolução dos territórios disputados se ela concordasse em marchar sobre a Eslováquia quando Hitler atacasse os tchecos. — Horthy declinou. Argumentando que nós mal tínhamos um exército, armas e balas — disse Polanyi, depois continuou repetindo a observação de Hitler sobre a refeição e a cozinha.

Eles estavam comendo *blanquette de veau* numa mesa no terraço de um restaurante normando. Polanyi esperou que dois jovens passassem.

— Assim, naturalmente — disse ele —, algumas unidades estão sendo chamadas para o serviço. Mas eu me certifiquei de que você não fosse incluído. — Ele passou um garfo cheio de batatas fritas num prato de maionese, então parou antes de pô-lo na boca. — Espero ter feito a coisa certa.

Morath não deu resposta.

— Por que desperdiçar sua vida nos quartéis? — disse Polanyi. — E, além disso, eu preciso de você comigo.

Oito e trinta da manhã de 14 de setembro — Chamberlain tinha voado até Berchtesgaden para uma consulta com Hitler —, o telefone tocou no apartamento de Morath. Era Cara, com uma voz que ele nunca havia escutado.

— Espero que você venha aqui se despedir de mim — disse ela.

Ele começou a dizer "O que...?", mas ela desligou, irritada.

Vinte minutos depois, ele estava lá. A porta estava aberta, e ele entrou. Dois homens de jaleco azul guardavam as roupas de Cara nas gavetas de um imenso baú de navio, que já tinha um dos lados cheio com seus vestidos pendurados em pequenos cabides. Um terceiro homem, maior que os outros, estava parado olhando para os outros, os braços cruzados no peito. Um chofer ou um guarda-costas, pensou Morath, com uma cara fechada e paletó sem gola. Quando Morath entrou, ele deu um passo em sua direção e descruzou os braços.

Cara estava sentada na beira da cama, tendo nos joelhos o nu de Picasso na sua moldura dourada.

— *Monsieur* Morath — disse ela, com uma voz inexpressiva —, permita-me apresentar-lhe o meu pai, *Señor* Dionello.

Um homem baixo, sentado na cadeira do quarto, levantou-se. Ele tinha um bigode preto e branco, usava um terno com o paletó traspassado e um chapéu do estilo borsalino.

— *Señor* — disse ele, tocando o chapéu, e apertaram-se as mãos.

Estava claro para Morath que ele não estava satisfeito de encontrar o amante de quarenta e quatro anos de sua filha, um amante húngaro, um amante parisiense, mas que ele concordaria em não fazer uma cena se Morath não fizesse.

Morath procurou os olhos de Cara — *o que você quer que eu faça?* Família era família, mas ele não iria deixar que ela fosse levada contra sua vontade.

Ela sacudiu a cabeça e fechou os olhos. Foi sutil, um pequeno, frágil gesto de renúncia, mas ela lhe disse o que ele precisava saber.

Seu coração parou; ele a tinha perdido.

O *Señor* Dionello falou com ela rapidamente em espanhol, sua voz era bondosa.

— É a guerra, Nicky — disse Cara. — Meu pai expressa suas desculpas, mas diz que minha mãe e minha avó estão doentes de preocupação de que eu seja ferida.

O *Señor* Dionello sorriu tristemente para Morath enquanto Cara falava, na sua expressão um pedido de compreensão, um pedido para que ele não fosse forçado a usar o poder e o dinheiro para tirá-lo do caminho.

— Meu pai está hospedado no Meurice. Vou ficar lá com ele por alguns dias, até a partida do navio.

Morath concordou com o *Señor* Dionello, esforçando-se por ser tão simpático quanto possível.

O *Señor* Dionello falou outra vez e sorriu para Morath.

— Meu pai ficaria satisfeito se você fosse jantar conosco no hotel. — Ela hesitou, depois disse: — Significa muito para ele.

Morath declinou. Cara traduziu e depois disse:

— *Un momentito, por favor.*

Quando saíram para o corredor, o *Señor* Dionello fez um gesto e o guarda-costas ficou onde estava.

No corredor, Cara agarrou sua camisa com os pulsos e soluçou, silenciosamente, com o rosto apoiado no peito dele. Depois o empurrou, enxugou as lágrimas com a mão, deu dois passos em direção à porta, olhou para ele pela última vez e voltou a entrar no apartamento.

No dia 21 de setembro, Chamberlain tentou outra vez. Voou para Bad Godesberg e ofereceu a Hitler o que ele disse que queria. Os Sudetos, com a aprovação francesa e inglesa, se tornaria uma possessão alemã. Mas o *Führer* não agiu como Chamberlain pensava que agiria. Uma vez que tinha obtido o que queria, ele queria mais. Agora era a ocupação militar, no dia 1º de outubro.

Senão, a guerra.

Assim, no dia 29, Chamberlain voou de volta à Alemanha,

desta para Munique, e concordou com a ocupação. O exército tcheco abandonou suas fortificações e desceu das montanhas.

18 de outubro.
Morath olhou pela janela do trem e viu um pequeno povoado desaparecer da vista. Seria Szentovar? Talvez. Ou seria um outro lugar. Cem quilômetros e cem anos longe de Budapeste, onde os camponeses ainda esfregavam alho nas portas dos estábulos para evitar que os vampiros ordenhassem as vacas à noite.

Na estrada, uma carroça de ciganos. O condutor olhou para cima, para a janela de Morath, quando o trem passava. Prosperamente gordo, com três queixos e olhos espertos, talvez um *primas*, o líder de um clã. Segurava as rédeas frouxamente, virou-se e disse qualquer coisa para as mulheres na carroça atrás dele. Morath não viu o rosto delas, apenas as cores vermelha e amarela de suas roupas, à medida que o trem se afastava com estardalhaço.

Outubro foi um mês morto, pensou. A política brutal exauria-se nos jornais. Os franceses relaxaram, congratulando-se por terem feito a coisa certa, a coisa *inteligente*, uma vez na sua vida de sonhos. Morath fumava muito e olhava pela janela quando acordou, de manhã.

Ele estava surpreso com o seu coração partido. Sempre tinha dito a si mesmo que o caso de amor com Cara era um coisa temporária que se prolongara. Mas agora que ela se fora, ele sentia falta do que presumira ser seu e sofria pelo que ela perdera. "Quando morei em Paris...", ela diria para os amigos em Buenos Aires.

O conde Polanyi não se incomodava com seu estado de espírito e fez com que Morath soubesse disso:

— Fomos todos atirados fora do cavalo — disse ele. — A coisa a fazer é voltar para a sela. — Como isso não funcionou, ele foi mais duro: — Não é hora de sentir pena de si mesmo. Precisa de algo para fazer? Volte para Budapeste e salve a vida de sua mãe.

Keleti Palyuadvar. A estação ferroviária do *leste*, onde, sendo a Hungria, todos os trens importantes chegavam do oeste. Havia táxis nas ruas, mas Morath decidiu andar — no fim da tarde de um dia de outono, o que mais? *É o seu nariz que lhe diz que está em casa*, pensou. Café queimado e pó de carvão. Tabaco turco e fruta podre, loção pós-barba das barbearias, ralos e pedras úmidas, frango grelhado. E mais; desconhecido, inimaginável. Um respirar profundo, outra vez — Morath inspirou sua infância, seu país, a volta do exílio.

Andou por muito tempo pelos becos de pedras, caminhando mais ou menos através da cidade, em direção a uma vila nas colinas do Terceiro Distrito, no lado Buda do Danúbio. Ele andava devagar, parava para olhar as vitrines das lojas. Como sempre, naquela hora do dia, uma ociosidade melancólica, especulativa, pairava sobre a cidade, e Morath andou mais devagar para acompanhar o ritmo. As cinco e trinta, quando o sol bateu nas janelas do prédio de apartamentos da avenida Kazinczy e deixando-as com um brilho dourado, Morath pegou o ônibus elétrico que atravessava a ponte Chain e foi para casa.

Eles só se falaram realmente no dia seguinte. Na sala, os tapetes ainda estavam guardados por causa do verão, por isso quando sua mãe falava havia um leve eco. Ela se sentou, ereta, numa cadeira de espaldar alto em frente das portas duplas envidraçadas, uma silhueta contra a luz do jardim. Esguia e encantadora, como sempre, com cabelos brancos e uma pele pálida e lisa que aparecia no decote em "V" do vestido de seda.

— Você se encontra com Lillian Frei? — perguntou ela.
— Uma vez ou outra. Ela sempre pergunta por você.
— Sinto falta dela. Ela ainda usa as roupas da De Pinna?
— De onde?

— Uma loja na Quinta Avenida, em Nova York.

Morath encolheu os ombros polidamente. Ele não fazia idéia.

— De qualquer forma, dê-lhe um beijo por mim.

Morath bebeu um gole de café.

— Você quer um doce, Nicholas? Posso mandar Malya até o Gundel.

— Não, obrigado.

— Pão com manteiga, então?

— Não, só café.

— Oh, Nicholas, que *Parisian* você é. Tem certeza?

Morath sorriu. Nunca tinha sido capaz de comer qualquer coisa antes do meio-dia.

— Há quanto tempo, *anyuci*, não vai a Paris? — Aquilo era "mãe", muito além da sua preferência. Ela nunca fora "mama".

A mãe suspirou.

— Oh, há muito tempo — disse ela. — Seu pai era vivo e a guerra tinha terminado. Em 1919, está certo?

— Sim.

— Mudou muito? As pessoas dizem que sim.

— Há mais automóveis. Semáforos elétricos. Restaurantes populares nos *boulevards*. Alguns dizem que não é tão bom como era antes.

— Aqui está a mesma coisa.

— *Anyuci*?

— Sim?

— Janos Polanyi acha que, com a situação na Alemanha, você, e talvez Teresa, devia considerar, devia procurar um lugar...

Quando sorria, sua mãe ainda era incrivelmente bonita.

— Você não fez essa viagem até aqui para *isso*, eu espero. Ferenc Molnar mudou-se para Nova York. Está morando no Plaza e dizem que está se sentindo miserável. — Um longo olhar, mãe e filho. — Não vou deixar minha casa, Nicholas. — *E como você não sabia disso?*

Foram ao cinema à tarde. Uma comédia inglesa, dublada em húngaro, dos anos 1920. Tinha um cruzeiro num navio, *nightclubs* com chão brilhante, um vilão chamando "Randy", um herói com um cabelo envernizado chamado "Tony", uma loura com cabelos em cachinhos por quem eles brigavam chamada "Veronica", que soava muito mal em húngaro.

A mãe de Morath adorou — ele deu uma olhada e viu seus olhos brilharem como os de uma criança. Ela ria de todas as piadas e comia caramelos de um saquinho. Durante uma seqüência de música e dança no *nightclub*, ela cantarolou baixinho:

> *Akor mikor, Lambeth utodon*
> *Bar melyek este, bar melyek napon,*
> *Ugy találnád hogy mi mind is*
> *Sétalják a Lambeth Walk. Oi!*

> *Minden kis Lambeth leany*
> *Az ö kis, Lambeth parjäval*
> *Ugy találnád hogy ök*
> *Sétalják a Lambeth Walk. Oi!*

Depois, foram ao salão de chá do Hotel Gellert e pediram mel de acácia e creme com bolo tostado.

Três e meia da manhã. Nos jardins peripatéticos com portões de ferro do bairro das Villas, algumas pessoas tinham rouxinóis. Além disso, ele podia ouvir o vento nas folhas de outono, um estalo nas persianas, uma fonte vizinha, uma trovoada distante, norte, pensou, nas montanhas.

Ainda assim, era difícil dormir. Morath estava na sua velha cama e lia Freya Stark. Aquela era a terceira vez que ele começava a ler o livro, uma narrativa de viagem, aventuras nos vales agrestes das montanhas da Pérsia.

Ele sempre ficava acordado até tarde naquela casa, o próprio filho de seu pai. Ele costumava ouvi-lo, às vezes, quando andava pela sala de estar. Freqüentemente ele tocava discos na vitrola, enquanto trabalhava no escritório, enfiando selos dentro de envelopes transparentes com pinças de prata.

Eles não eram ricos, mas seu pai nunca trabalhou por dinheiro. Tinha sido um dos grandes filatelistas da Hungria, muito forte tanto em selos europeus do século XIX quanto nos das colônias. Morath supunha que seu pai tinha negociado nos mercados internacionais, talvez tivesse feito algum dinheiro daquela forma. Também naquela época, antes da guerra, ninguém tinha de trabalhar realmente. Pelo menos, ninguém que eles conhecessem.

Mas, depois do Trianon, tudo mudou. Famílias perderam a renda que tinham de propriedades rurais. Ainda assim, a maioria conseguia viver. Apenas tinham de aprender a improvisar. Tornou-se moda dizer: "Eu queria ter condições de manter o estilo de vida que em levo."

Então num dia de junho de 1919, os comunistas mataram seu pai.

Nos espasmos do caos político que se seguiu à perda da guerra, veio a República Soviética da Hungria — um governo nascido de um desespero nacional tão iludido que persuadiu a si mesmo de que Lenin e o Exército Vermelho os salvariam dos seus inimigos, os sérvios e os romenos.

O Soviet era chefiado por um jornalista húngaro chamado Bela Kun, que, enquanto servia no exército austro-húngaro, tinha desertado para os russos durante a guerra. Kun, seu capanga Szamuelly e quarenta e cinco comissários começaram um governo de 133 dias e mataram, queimaram e enforcaram ao longo de seu caminho de norte a sul da Hungria. Então eles foram expulsos do país — pela fronteira e, finalmente, para Lubianka — por um exército romeno que ocupou Budapeste, ficaram andando sem rumo nos campos e passaram dias fazendo saques incoerentes até que foram enxotados de novo pela fronteira por um exército húngaro comandado por Miklos Horthy. A contra-revolução, então, fez nascer o Terror Branco, que matou, queimou e enforcou durante sua jornada através da Hungria, prestando particular atenção aos judeus, uma vez que os judeus eram bolcheviques (ou banqueiros) e que Kun e vários de seus camaradas eram judeus.

Foi um dos bandos errantes de Kun que matou o pai de Morath. Ele tinha ido, num fim de semana, para a casa de campo ao pé dos montes Cárpatos. A milícia comunista entrou na propriedade ao escurecer, exigiu as jóias para o povo oprimido, depois deixou o nariz do gerente da fazenda ensangüentado, jogou o pai de Morath em um cocho, pegou três álbuns de selos — comemorativos de Luxemburgo de 1910 —, todo o dinheiro que conseguiu, muitas camisas e um lampião. Perseguiram as empregadas dentro da mata, mas não conseguiram pegá-las, e, num canto da cozinha, atearam fogo, que fez um buraco na parede da copa e se espalhou.

O pai de Morath se enxugou, acalmou as empregadas, colocou uma colher fria no pescoço do velho Tibor para parar de sangrar, depois serviu-se um copo de aguardente de ameixa e sentou-se na sua cadeira favorita, onde, segurando os óculos dobrados numa das mãos, ele morreu.

Morath foi jantar na casa da irmã. Uma vila nova, também no Terceiro Distrito, mas mais para cima, no novo quarteirão elegante conhecido como Colina das Rosas. Sua irmã, num vestido curto e botas de feltro vermelhas com pequenas aplicações espelhadas — oh, Cara —, deu-lhe um abraço sensual e um beijo quente nos lábios.

— Estou tão feliz em vê-lo, Nicholas. Estou mesmo. — Ela não o largou até que a empregada entrou na sala.

Aquilo não era novidade. Ela era três anos mais velha que Morath. Quando ele tinha nove anos, ela tinha doze, gostava de pentear seu cabelo, se enfiava em sua cama durante uma tempestade assustadora, sempre sabia quando ele estava triste e era compassiva com ele.

— Teresa — disse ele. — Meu único amor. — Ambos riram.

Morath olhou em volta. Havia mobília demais na casa de Duchazy, muito cara e muito nova. Como sua irmã podia ter se casado com aquele idiota do Duchazy estava além da sua compreensão. Eles tinham quatro filhos, incluindo um Nicholas de dez anos — a cópia exata do idiota do Duchazy.

Mas Teresa tinha se casado com ele e seus dias de preocupação com dinheiro há muito haviam terminado. A família Duchazy era proprietária de quatro moinhos de farinha; trinta anos antes, tinha mais moinhos em Budapeste do que em qualquer outra cidade do mundo. A mãe de Morath, que antipatizava com Duchazy mais do que Morath, referia-se a ele na intimidade como "o moleiro".

Não o moleiro típico. Ele deu um passo largo em direção a Morath e abraçou-o, um homem musculoso com uma desagradável postura empertigada, um bigode bem-tratado e olhos verdes estranhos e pálidos. Bem, então, como estava Paris? Ainda no ramo da publicidade? Ainda solteiro? Que vida! As crianças foram trazidas, mostradas e levadas embora. Duchazy serviu uísque e mandou acender a lareira.

A conversa divagou aqui e ali. A família Duchazy não era exatamente *nyilas*, mas estava bastante perto disso. Teresa avisou-o com um olhar, mais de uma vez, quando ele entrava numa área sensível. Quase no fim do segundo uísque, Duchazy tinha colocado uma segunda tora de carvalho no fogo, que queimava alegremente na borda de ladrilhos amarelos recentemente instalados.

— Janos Polanyi acha que mamãe deve sair de Budapeste — disse Morath.

— Por quê? — Duchazy aborreceu-se.

— Guerra — disse Morath.

Teresa encolheu os ombros:

— Ela não vai.

— Talvez ela fosse, se vocês sugerissem.

— Mas não faremos isso — disse Duchazy. — Somos patriotas. Além disso, acho que isso vai continuar desse jeito por um longo tempo. — Ele se referia à diplomacia, às marchas e lutas nas ruas... o tipo de coisa que tinham visto nos Sudetos. — Hitler tenciona dominar os Bálcãs — continuou ele. — Alguém vai conseguir, é melhor que seja ele. E quer sossego na Hungria e no sul daqui... é o celeiro, e os campos de óleo. Não acho que os ingleses vão ousar lutar contra ele, mas, se isso acontecer, ele vai precisar do trigo e do óleo. De qualquer forma, se formos espertos, vamos ficar em suas boas graças, porque as fronteiras vão ser mudadas.

— Já mudaram — disse Teresa.

Era verdade. A Hungria, tendo apoiado a ocupação dos Sudetos, estava para ser recompensada com a volta de alguns dos seus territórios ao norte, principalmente na Eslováquia, onde a população era 85% magiar.

— O irmão de Laszlo está lutando na Rutênia — disse Teresa.

Morath achou estranho. Duchazy lançou um olhar para a mulher que dizia *você foi indiscreta*.

— Verdade? — disse Morath.

Duchazy deu de ombros.

— Nada é segredo por aqui. — Ele se referia, pensou Morath, à casa, a Budapeste, à própria nação.

— Na Rutênia?

— Perto de Uzhorod. Estamos nisso com os poloneses. Eles têm tropas irregulares, ao norte, e nós temos a Rongyos Garda. A Guarda Esfarrapada.

— O que é *isso*?

— Os homens da Arrow Cross, os garotos das esquinas e o que tiver, chefiados por alguns oficiais do exército em roupas civis. Eles estão lutando contra a Sich, a milícia ucraniana. A próxima coisa serão os húngaros a exigirem o fim da instabilidade e nós mandarmos o exército regular. Isso costumava ser a Hungria, afinal de contas, por que deveria pertencer aos tchecos?

*Chacais*, pensou Morath. Agora que a presa estava garantida, eles arrancavam um pedaço para eles.

— O mundo está mudando — disse Duchazy. Seus olhos brilhavam. — E já era tempo.

O jantar foi delicioso. Carpa temperada com cebolas, repolho recheado com carne de porco e um Médoc das terras de Duchazy perto de Eger.

Depois do jantar, Teresa deixou os homens sozinhos, e Morath e Duchazy sentaram-se perto do fogo. Acenderam charutos e por um tempo fumaram num silêncio amistoso.

— Há uma coisa que eu queria lhe perguntar — disse Duchazy.

— Sim?

— Alguns de nós nos juntamos para apoiar Szalassy. Posso inscrever seu nome para uma contribuição? — Szalassy era um dos líderes da Arrow Cross.

— Obrigado por me perguntar, mas, no momento, não — disse Morath.

— Mmm. Bem, prometi a algumas pessoas que perguntaria.

— Não tem importância.

— Você se encontra com o coronel Sombor, na missão diplomática?

— Vou lá muito pouco.

— Oh. Ele perguntou por você. Pensei que, talvez, fossem amigos.

Terça-feira. Já à noitinha, Morath tomou o bonde elétrico para o Distrito de Kobanya, onde os muros se levantavam muito acima dos trilhos em ambos os lados da rua. Havia uma cerração enfumaçada quando a noite chegou, e uma leve chuva salpicava a superfície do rio. Uma jovem sentou-se à sua frente. Ela tinha o brilho aquoso de algumas moças húngaras e cabelos compridos que lhe voaram no rosto quando o bonde fez uma curva. Ela o arrumou de volta com uma das mãos e olhou para Morath. O bonde parou em frente a uma fábrica de cerveja e a moça saltou junto com uma multidão de trabalhadores. Alguns a conheciam, a chamaram pelo nome, e um deles ajudou-a a descer dos estribos altos.

O abatedouro era na próxima parada, onde numa tabuleta de metal presa à parede de tijolos estava escrito "Gersoviczy". Quando Morath desceu do bonde, o ar cheirava a amônia e seus olhos se encheram de água. Era um percurso longo até a entrada que levava ao escritório, passando por docas de carga com as portas abertas onde ele pôde ver carcaças vermelhas penduradas em ganchos e açougueiros com aventais de couro. Um deles apoiou um martelo de forja na serragem, a cabeça de ferro achatada nas duas pontas, enquanto tirava um minuto para fumar um cigarro.

— O escritório?

— Lá em cima. Continue a andar até ver o rio.

No escritório dos irmãos Gersoviczy havia uma mesa com um telefone, uma máquina de somar, um cofre velho num dos cantos, um cabide atrás da porta. Os irmãos esperavam por ele. Usavam chapéus-melão pretos, ternos pesados e gravatas prateadas e tinham os *peots* e barbas longas dos judeus ortodoxos. Na parede havia um calendário hebraico com um figura de um rabino soprando um chifre de carneiro. Em cima, estava escrito em húngaro: "Os Irmãos Gersoviczy Desejam a Você um Feliz e Próspero Ano-Novo."

Uma janela escurecida pela fuligem dava vista para o rio, luzes brilhavam no morro na margem distante. Os irmãos, ambos fumando cigarros, olharam para Morath através da obscuridade da sala às escuras.

— Você é Morath *uhr*, não? — Ele usou a forma tradicional de cumprimento, Morath Senhor.

— Sim. O sobrinho do conde Polanyi.

— Por favor, sente-se. Sentimos não poder lhe oferecer nada.

Morath e o irmão mais velho, a barba rajada de prata, sentaram-se em duas cadeiras giratórias de madeira; o irmão mais moço sentou-se na ponta da mesa.

— Sou Szimon Gersoviczy — disse ele. — Este é Herschel. — O irmão mais velho acenou com a cabeça. Szimon falava com um pesado sotaque húngaro. — Nós somos poloneses — explicou ele. — De Tarnopol, há vinte anos. Então, viemos para cá. Metade da Galícia veio para cá, há cem anos. Viemos pela mesma razão, para fugir dos *pogroms*, para ter um pequena oportunidade. E realmente funcionou. Assim, nós ficamos e magiarizamos o nome. Era Gersovicz.

O irmão mais velho terminou o cigarro e apagou-o num cinzeiro de metal.

— Seu tio veio a nós em busca de ajuda, em setembro. Não sei se ele lhe contou.

— Na época, não.

— Bem, ele veio. Através de nosso cunhado, em Paris. Perguntou se iríamos ajudar, ajudar o país. Ele viu os escritos nas paredes, como eles dizem. — Parou um momento. Lá fora, o ruído do motor de um rebocador puxando uma fileira de barcaças para o norte, no rio. — Não *pedimos* nada — continuou ele —, mas agora Polanyi sabe, e você sabe, então...

Szimon foi até o cofre e começou a fazer a combinação. Depois puxou a trava para cima e abriu a porta. Herschel inclinou-se para Morath. Tinha um cheiro forte; de suor, cebola e cigarro.

— Está em pengo — disse ele. — Talvez se a comunidade estivesse envolvida, pudéssemos fazer um pouco mais. Mas o conde quis manter a coisa fechada, então, são só poucas pessoas. Szimon e eu, nossa família, você sabe, uma ou duas outras pessoas, mas, na maioria, somos nós.

Szimon começou a fazer pilhas de pengos em cima da mesa, cada cinqüenta notas presas na ponta. Ele pegava a ponta de cada pilha, molhava o polegar e contava em iídiche enquanto ia passando pelas notas. Herschel riu.

— Por alguma razão — disse ele —, é difícil fazer isso em húngaro.

Morath sacudiu a cabeça.

— Ninguém jamais pensou que se chegaria a isso — disse ele.

— Desculpe, senhor, mas sempre se chega a isso.

— *Zvei hundrit toizend* — disse Szimon.

— Que nome daremos a isso?

— Eu não sei. Comitê da Hungria Livre... alguma coisa assim.

— Em Paris?

— Ou em Londres. Se o país for ocupado, o melhor lugar é o lugar mais perto. O lugar mais perto e seguro.

— Então, você gosta de Nova York?

— Deus me livre.

Szimon acabou de contar, ajeitou as pilhas na ponta da mesa.

— Quatrocentos mil pengos — disse ele. — Mais ou menos a mesma coisa em francos franceses. Ou, no caso de Deus não nos livrar, oitenta mil dólares.

— Me diga uma coisa — disse Herschel. — Você acha que o país vai ser ocupado? Algumas pessoas dizem para vender tudo e cair fora.

— E perder tudo — disse Szimon. Ele deslizou o dinheiro por cima da mesa — notas de mil pengos, mais largas que as notas francesas, com impressões em vermelho e preto de St. Istvan de um lado e um castelo do outro. Morath abriu uma pasta, colocou as pilhas no fundo, colocou o livro de Freya Stark por cima.

— Não temos elásticos? — perguntou Herschel.

Morath apertou as alças da pasta e afivelou-as. Depois, cumprimentou, muito formalmente, cada um dos irmãos.

— Vai com Deus — disse Herschel.

Naquela noite ele encontrou Wolfi Szubl no Arizona, um *nachtlokal* em Szint Josef Alley, na Ilha Margaret. Szubl usava um terno azul-claro e uma gravata florida e cheirava a heliotrópio.

— A gente nunca sabe — disse ele a Morath.
— Wolfi — disse Morath, sacudindo a cabeça dele.
— Há sempre alguém para todo mundo — disse Szubl, depois o levou até uma mesa numa plataforma perto da parede e apertou um botão que os elevou três metros. — Aqui está bom.
— Tiveram de gritar para o garçom pedindo as bebidas. Vodcas polonesas que subiram numa bandeja mecânica.

A orquestra vestia *smoking* branco e tocava as canções de Cole Porter para uma pista de dança lotada, que, às vezes, desaparecia dentro do porão com um coro de gritos e risos dos dançarinos.

Uma mulher nua flutuava num balanço, os cabelos pretos esvoaçantes atrás dela. Sua pose era artística, sublime, uma das mãos descansava despreocupadamente sobre o cabo que descia do teto.

— Ah — disse Szubl.
— Você gosta dela?
Szubl fez uma careta:
— Quem não gostaria?
— Por que "Arizona"? — perguntou Morath.
— O casal proprietário recebeu uma herança inesperada, uma fortuna, de um tio em Viena. Decidiu construir um *nightclub* na Ilha Margaret. Quando eles receberam o telegrama, estavam no Arizona, então...
— Não! É mesmo?
Szubl fez um sinal com a cabeça.
— É — disse ele. — Tucson.

As bebidas chegaram. A moça passou voando outra vez, para outra direção.
— Você vê? Ela nos ignora — disse Szubl.
— Ela só passa voando, nua, presa a cabo. Não faça suposições.
Szubl levantou o copo.
— Ao Comitê da Hungria Livre.
— Que isso nunca exista. — Morath gostava da vodca polo-

nesa, vodca de batata. Tinha um gosto estranho que não entendia muito bem. — Então, como é que você foi?

— Não tão mal. Do Salon Kitty, na rua Szinyei, dois mil e quinhentos pengos. A maior parte de madame Kitty, mas ela quis que soubéssemos que três moças contribuíram. Depois, do sobrinho do recentemente falecido ministro das Finanças, outros mil e quinhentos.

— Só isso? O tio dele roubaria doce de criança.

— Muito tarde, Nicholas. O cassino pegou a maior parte... ele é um candidato ao barco.

Os cidadãos de Budapeste tinham uma tendência ao suicídio, de modo que as autoridades municipais mantinham um barco amarrado embaixo da ponte Ferenc Josef. Um pescador esperava ali com uma vara comprida, pronto para socorrer os "saltadores" notívagos antes de se afogarem.

— E você? — perguntou Szubl.

— Quatrocentos mil dos irmãos Gersoviczy. Parto amanhã para Koloszvar.

— Para caçar?

— Cristo, não tinha pensado nisso.

— Vou ver Voyschinkowsky.

— "O Leão da Bolsa". Ele mora em Paris, o que está fazendo aqui?

— Nostalgia.

— Garçom!

— Senhor?

— Mais dois, por favor.

Uma ruiva alta passou dançando. Soprou um beijo, colocou as mãos debaixo dos seios, balançou-os e levantou uma das sobrancelhas.

— Deixe-me comprá-la para você, Wolfi. A noite inteira, por minha conta.

Eles beberam a vodca, pediram dose dupla. A pista de dança reapareceu. O maestro tinha cabelos pretos brilhantes, um bigodinho e um sorriso beatífico enquanto regia com a batuta.

— *When you begin-n-n-n, the beguine.* — Szubl respirou fundo e suspirou. — Sabe — disse ele —, o que eu realmente gosto é de ver mulher pelada.

— Você gosta?

— Não, Nicholas, não ria de mim, estou falando sério. Quero dizer, eu realmente não gosto de mais nada. Se eu tivesse podido começar isso aos quatorze anos, como a minha vida de trabalho, como a única coisa que eu fiz dia e noite, nunca teria havido uma razão para eu perturbar o mundo de qualquer outra maneira. Mas, claro, eles nunca me deixariam fazer isso. Então agora eu me aperto nos trens, faço ligações telefônicas, jogo cascas de laranja nas latas de lixo, faço mulheres comprarem cintas, peço o troco, isso não pára. E, o pior de tudo, num dia lindo, quando você está feliz e calmo, você sai na rua... e lá estou eu! Realmente, não há um fim para isso. Não vai parar até que eu ocupe o espaço no cemitério que você queria para a sua mãe.

A orquestra tocava o "*Tango du Chat*". Morath lembrou-se da canção, do bar na praia de Juan-les-Pins.

— Diga-me uma coisa — disse ele para Szubl. — Vamos até a rua Szinyei na Kitty. Pedimos um desfile em volta do salão, de todas as meninas da casa. Ou uma brincadeira de pegar. Não, espere, de esconder!

— Nicholas. Sabe, você é um romântico.

Mais tarde, Morath foi ao banheiro, encontrou um velho amigo, conversaram por algum tempo. Quando ele voltou, a mulher de cabelos vermelhos estava sentada no colo de Szubl, brincando com sua gravata e rindo. A voz de Wolfi flutuou para baixo da plataforma.

— Boa noite, Nicholas. Boa noite.

Na estação ferroviária Koloszvar, numa manhã fria e brilhante.

Dois outros húngaros saíram do trem junto com ele. Caçadores, com armas debaixo do braço. O chefe do trem desejou-lhe bom-dia, em húngaro, quando ele desceu do trem. E as duas mulheres que esfregavam o chão da sala de espera da estação zombaram em húngaro e, de fato, riram em húngaro. Um divertido mundo magiar, só que por acaso era a Romênia. Uma vez Koloszvar, agora Cluj. *Nem, nem, soha.*

Viabilizar uma viagem à propriedade do príncipe Hrubal foi terrivelmente complicado. No fim, tinha exigido vários telefonemas medievais, três telegramas, um dos quais, inexplicavelmente, foi para Gales, uma mensagem verbal levada ao castelo pela filha do guarda-caça e uma intervenção pessoal do prefeito do vilarejo. Mas, no fim, funcionou.

Na rua, fora da estação, o chefe dos cavalariços do príncipe Hrubal estava esperando por ele, montado num cavalo baio castrado e segurando as rédeas de uma égua castanha e sura. Aquela foi, pensou Morath, a melhor idéia. Podia-se tentar dirigir um carro, mas se passaria mais tempo cavando do que dirigindo, e a viagem de carruagem acabaria com os seus dentes. De tudo, sobrava andar ou cavalgar, e cavalgar era mais rápido.

Ele montou na sela e prendeu a maleta debaixo do braço. Ele se certificara, em Budapeste, de usar botas para a viagem.

— Vossa excelência, beijo vossas mãos — disse o cavalariço.

— Bom dia para você — disse Morath, e partiram.

A estrada boa em Cluj levou-os a uma estrada ruim fora de Cluj, depois a uma estrada pavimentada há muito tempo, na direção de algum sonhador burocrata sem nome e logo esquecido. Era no norte da Transilvânia, montanhoso e perdido, onde por gerações os húngaros nobres comandaram a vida dos servos romenos. Houve, algumas vezes, *jacqueries*, levantes de camponeses, e a pilhagem e o fogo continuavam até a chegada do exército, rolos de corda pendurados em suas selas. As árvores já estavam lá. Agora, pelo menos por enquanto, a situação estava quieta. Muito quieta. Na paisagem, um castelo arruinado quebrava a linha da crista da montanha, então, era só floresta, às vezes um campo.

Aquilo levou Morath de volta à guerra. Eles não tinham sido diferentes de qualquer dos exércitos que desceram aquelas estradas em manhãs de outono. Ele se lembrava dos fiapos da neblina outonal presos no arame farpado, do som do vento no restolho dos campos de centeio, do rangido dos arreios, dos corvos girando no céu e rindo deles. Às vezes viam os gansos voando para o sul, às vezes, quando chovia de madrugada, eles apenas os ouviam. Mil patas de cavalos soavam nas estradas pavimentadas — sua vinda não era segredo, e os atiradores esperavam por eles. Um sargento, um croata, ajustava o estribo à sombra de um carvalho. Um estalido no ar, um oficial gritou. O sargento colocou a mão sobre o olho, como um homem fazendo um exame oftalmológico. Os cavalos empinaram, galoparam um pouco descendo a estrada e começaram a pastar.

O príncipe Hrubal era dono de florestas e montanhas.

Um empregado atendeu à porta e levou Morath até o salão — cabeças de veados na parede e raquetes de tênis no canto. O príncipe apareceu pouco depois.

— Bem-vindo à minha casa — disse ele. Tinha olhos impiedosos, pretos, rasos e cruéis, cabeça raspada, um bigode turco caído nos cantos, o apelido "Jacky" fora adquirido durante seus dois anos em Cornell, um gosto pelos modelos da moda italiana e uma paixão quase maníaca pela caridade. Seu contador mal conseguia manter-se a par de tudo; fábrica de vassouras para os cegos, orfanatos, asilos para as freiras velhas e, ultimamente, reparos nos telhados dos antigos mosteiros. — Isso é capaz de me ajudar, Nicholas — disse ele, com o pesado braço passado sobre os ombros de Morath. — Tive de vender meus contratos de açúcar em Chicago. Mas, ainda assim, a vida contemplativa deve ser vivida, certo? Se não for por mim ou por você, por *alguém*, certo? Não podemos ter monges molhados.

A baronesa Frei uma vez havia dito a Morath que a vida do príncipe era a história de um aristocrata de sangue procurando tornar-se um aristocrata de coração. "Hrubal é um pouco louco", dissera ela. "E vamos ver se a sua riqueza agüenta com a sua loucura. Mas, seja lá o que acontecer, esta é uma corrida interessante de se ver, não concorda? Pobre homem. Três gerações de ancestrais, tão brutais e sanguinários quanto o dia é longo, assando rebeldes em tronos de ferro e sabe Deus mais o quê, e só uma vida para a redenção."

O príncipe levou Morath para fora.

— Estamos replantando buxo — disse ele, que usava botas altas, calças de veludo cotelê e camisa rústica; um par de luvas de couro de vaca no bolso traseiro da calça. No fim da estrada, dois camponeses esperavam por ele, inclinados sobre suas pás. — E Janos Polanyi — disse Hrubal. — Ele está em boa forma?

— Sempre inventando alguma coisa.

Hrubal riu.

— O Rei de Espadas... é a sua carta no tarô. Um líder, poderoso, mas sombrio e discreto. Seus súditos prosperam, mas lastimam não conhecê-lo. — O príncipe riu outra vez, satisfeito, e bateu no ombro de Morath. — Ele ainda não o matou, eu vejo. Mas não tenha medo, Nicky, ele o matará, ele o matará.

Jantar para doze. Carne de veado da floresta de Hrubal, trutas de seu rio, molho de passas vermelhas e molho de seus figos, uma salada tradicional — alface temperada com toucinho e páprica — e borgonha, Sangue de Boi, das vinhas de Hrubal.

Eles comeram numa pequena sala de jantar, onde as paredes eram forradas de cetim vermelho, afundadas, aqui e ali, em dobras melancólicas e bem marcadas por champanhe, cera e sangue.

— Mas isso dá autenticidade à sala — disse Hrubal. — Último incêndio foi em 1810. Muito tempo, nesta parte do mundo.

O jantar foi servido à luz de duzentas velas. Morath sentiu o suor escorrer pelos lados.

Ele sentou-se perto da cabeceira da mesa, entre Annalisa, a amiga de Roma do príncipe, pálida como um fantasma, com mãos longas e brancas, vista no número da *Vogue* de abril; e a noiva do correspondente da Reuters em Bucareste, Miss Bonington.

— Está uma tristeza agora — disse ela para Morath. — Hitler já é mau, mas seus asseclas locais são piores.

— A Guarda de Ferro.

— Eles estão em toda parte. Com pequenos sacos de terra no pescoço. Terra sagrada, você sabe.

— Venha para Roma — disse Annalisa. — E veja-os se pavoneando, nossos *fascisti*. Homens gorduchinhos, acham que agora é a *vez* deles.

— O que devemos fazer? — disse Miss Bonington, a voz estridente. — Votar?

Annalisa fez um aceno com a mão:

— Ser piores do que eles são, eu acho, aí é que está a tragédia. Eles criaram um mundo ordinário, sujo e vazio, e agora temos o prazer de viver nele.

— Bem, pessoalmente, nunca imaginei...

— *Basta* — disse Annalisa suavemente. — Hrubal está olhando para nós; falar de política na hora da refeição é contra as regras.

Miss Bonington riu:

— O quê, então?

— Amor, poesia, Veneza.

— Meu caro.

Os três voltaram os olhos para a cabeceira da mesa.

— Eu amo a vida aqui — disse Hrubal. — No sábado à tarde, o grande jogo. É assim que eles o chamam... o grande jogo! Quanto a mim, bem, eu era campeão de sabre deles, que mais? E só as nossas namoradas iam assistir às partidas. Mas todos nós íamos assistir ao futebol. Eu tinha uma corneta enorme, para torcer.

— Uma corneta enorme?

— Diabo. Alguém...

— Um megafone, eu acho — disse o homem da Reuteurs.

— Isso mesmo! Obrigado, faz anos que tento me lembrar disso.

Um empregado aproximou-se da mesa e sussurrou no ouvido de Hrubal.

— Sim, muito bem — disse ele.

O quarteto de cordas tinha chegado. Eles foram levados para a sala de jantar e os empregados foram buscar as cadeiras. Os quatro homens sorriram e cumprimentaram, enxugando a chuva dos cabelos e das caixas de seus instrumentos com seus lenços.

Quando todos haviam ido para seus quartos, Morath seguiu Hrubal a um escritório no alto de um torreão meio abandonado, onde o príncipe abriu uma caixa de ferro e contou pacotes de *schillings* austríacos desbotados.

— Estes são muito velhos — disse ele. — Nunca soube direito o que fazer com eles.

Morath converteu os *schillings* em pengos enquanto os guardava na maleta. Seiscentos mil, mais ou menos.

— Diga ao conde Janos — falou Hrubal — que há mais, se ele precisar. Ou, você sabe, Nicholas, qualquer coisa que seja.

Mais tarde, à noite, Morath ouviu uma leve batida e abriu a porta. *Depois da carne de veado da floresta do príncipe Hrubal e das trutas do seu rio, uma empregada da sua cozinha.* Não se falaram. Ela olhou para ele com olhos graves e escuros quando ele fechou a porta, acendeu uma vela na mesinha ao lado da cama e tirou a roupa pela cabeça. Ela tinha um leve bigode, um corpo voluptuoso e usava meias de lã vermelha, que iam até as coxas.

Uma doce manhã, pensou Morath, enquanto cavalgava pelas folhas marrons no chão da floresta. Delicadamente, a égua atravessou um ribeirão forte — algumas polegadas de água rápida e prateada —, depois desceu por uma série de rochas escarpadas. Morath deixou as rédeas soltas, deixando que a égua achasse seu próprio caminho. Um velho cavaleiro magiar que lhe ensinara que um cavalo consegue ir a qualquer lugar que um homem possa ir sem usar as mãos.

Morath manteve seu peso equilibrado, a maleta na sela, forçando um pouco quando a égua via alguma coisa para o café da manhã.

— Modos — murmurou ele. Será que ela falava húngaro? Um cavalo da Transilvânia, devia falar.

Mais acima, o chefe dos cavalariços de Hrubal cavalgava seu baio castrado, Morath parou por um momento e assobiou levemente; o cavalariço virou-se na sela para olhar para ele. Ele achava que tinha ouvido outros cavalos, não muito longe, mas, quando prestou atenção, não havia nada. Ele foi até o empregado e perguntou-lhe sobre isso.

— Não, sua excelência — disse o rapaz. — Acho que estamos sozinhos.

— Caçadores, talvez.

O cavalariço ouviu, depois sacudiu a cabeça.

Continuaram a viagem. Morath observou uma nuvem de neblina quando passava pelo lado da montanha. Olhou o relógio: pouco mais de meio-dia. O cavalariço carregava uma cesta com sanduíches e cerveja. Morath estava com fome, mas decidiu andar por mais uma hora.

Na floresta, em algum lugar acima dele, numa ladeira suave, um cavalo relinchou e parou abruptamente, como se alguém tivesse posto uma mão no seu focinho.

Outra vez, Morath foi até o cavalariço:

— Certamente você ouviu isso.

— Não, sua excelência, não ouvi.

Morath olhou para ele. Ele tinha um rosto duro, com o cabelo e a barba cortados rente, e havia algo na sua voz, sutil, mas que estava ali, que sugeria desafio: *Não estou disposto a ouvir.*

— Você está armado?

O cavalariço tirou um revólver grande debaixo da camisa, depois o guardou. Morath o queria.

— Você sabe como usar isso? — perguntou ele.

— Sim, sua excelência.

— Posso vê-lo por um momento.

— Desculpe-me, sua excelência, mas não posso permitir.

Morath sentiu que ficava vermelho. Ele ia ser morto por causa do dinheiro e ficou muito zangado. Bateu com as rédeas na égua e enfiou os saltos dos lados do animal. Ela disparou, as folhas mortas volteando sob suas patas enquanto ela galopava descendo a ladeira. Morath olhou para trás e viu que o cavalariço o estava seguindo, seu cavalo conseguia segui-lo facilmente. Mas não havia revólver à vista, e Morath deixou que a égua diminuísse a velocidade até andar a passo.

— Você pode ir embora, agora — gritou para o cavalariço. — Vou seguir sozinho. — Ele respirava forte, depois do galope.

— Não posso, sua excelência.

*Por que você não atira em mim e acaba logo com isso?* Morath deixou a égua descer a colina a passo. Alguma coisa fez com que ele olhasse para trás outra vez e ele viu, através das árvores nuas, um cavalo e um cavaleiro, depois um outro, um pouco acima, na rampa. Quando eles perceberam que ele os tinha visto, esconderam-se, mas pareciam não ter pressa. Morath pensou em jogar a maleta fora, mas ele sabia que não adiantaria. Chamou o cavalariço.

— Quem são os seus amigos? — sua voz quase zombando, mas o homem não respondeu.

Poucos minutos depois ele chegou à estrada. Tinha sido construída no tempo dos romanos, os blocos de pedra encovados e rachados pelos séculos de tráfego de cavalos e carroças. Morath pegou a direção de Koloszvar. Quando olhou para a floresta, teve visões ocasionais dos outros homens a cavalo, mantendo o passo com ele. Bem atrás dele, estava o cavalariço no baio castrado.

Quando ouviu o automóvel vindo aos trancos e barrancos, parou e fez um afago no lado do pescoço da égua. Um animal dócil, ela tinha feito o melhor; ele esperava que não atirassem nela. Foi um velho Citroën que surgiu da mata de bétulas do lado da estrada. Havia lama salpicada nas portas e no pára-choque, uma marca marrom sobre o vidro dianteiro onde o motorista tinha tentado limpar a poeira com o único limpador de pára-brisas.

O Citroën parou com um rangido alto dos freios e dois homens desceram, ambos pesados e baixos. Usavam chapéus de palha, ternos escuros e camisas brancas sujas abotoadas no colarinho. *Siguranza*, pensou Morath, polícia secreta romena. Obviamente, esperavam por ele.

— Desça daí — disse o motorista. Era húngaro, mal falado. Morath levou mais tempo para desmontar do que eles esperavam. O homem que estava sentado no banco do carona abriu o casaco, mostrando a Morath o cano de uma pistola automática no coldre de ombro.

— Caso você precise levar um tiro, ficaremos felizes em agradá-lo — disse ele. — Talvez seja uma questão de honra ou algo assim.

— Não se incomode — disse Morath. Ele desmontou e segurou a égua pelo bridão. O motorista se aproximou e pegou a maleta. Alguma coisa nele fez com que a égua ficasse nervosa, ela sacudiu a cabeça e bateu com as patas nas pedras. O motorista destrancou a maleta e deu uma olhada dentro, depois chamou o cavalariço.

— Você pode ir para casa agora, Vilmos. Leve o cavalo dele.

— Sim, sua excelência — disse o empregado. Ele estava muito assustado.

— E mantenha a boca fechada.

Morath ficou olhando-o entrar na floresta, levando a égua pelas rédeas.

Os homens da Siguranza amarraram seus pulsos com uma corda e o obrigaram a entrar no banco de trás, depois fizeram piadas quando o motor engasgou e morreu até que pegou. Falaram mais alguns momentos. Morath não entendia romeno, mas entendeu a palavra "Bistrita", uma pequena cidade ao norte de Koloszvar. Enquanto o carro seguia aos solavancos pela estrada, o passageiro abriu a maleta e repartiu a roupa de baixo de Morath e o estojo de barba. Os dois homens discutiram rapidamente sobre a única camisa de Morath, mas o motorista desistiu quase que imediatamente. O passageiro então se voltou e olhou para Morath. Ele não se barbeava havia muitos dias, e seu rosto estava sombreado de preto e cinzento.

Inclinou-se para trás e deu um tapa no rosto de Morath. Deu outro tapa com mais força. O motorista riu e o passageiro inclinou-se para o lado até que pudesse se ver no retrovisor para ajeitar a aba do chapéu.

Morath não sentiu dor com o tapa, sentiu dor nos pulsos, quando tentou soltar a corda enquanto o homem da Siguranza o esbofeteava. Mais tarde, quando conseguiu se virar e dar uma olhada, viu que estava sangrando.

Bistrita tinha sido parte do Império otomano até 1878, e nada mudara muito. Estradas de terra e limoeiros, casas de estuque pintadas de amarelo e verde-claro, com telhas nas casas melhores. As cruzes católicas estavam montadas nas torres das antigas mesquitas; as mulheres nas ruas mantinham os olhos baixos, assim como os homens.

O Citroën parou em frente à delegacia e eles puxaram Morath pelo cotovelo e o empurraram pela porta. Ele fez questão de não cair. Depois, bateram nele para que descesse as escadas, percorresse um longo corredor e entrasse na cela. Quando cortaram a corda nos pulsos, a faca tirou um pedaço do casaco. Um deles fez uma piada, o outro riu. Depois limparam seus bolsos, tiraram suas botas e meias, o casaco e a gravata, jogaram-no na cela, bateram a porta de ferro, trancaram o cadeado.

Estava escuro como breu na cela, não havia janela, e as paredes deixavam passar o ar frio. Havia um enxergão, um balde e um par de ganchos antigos e enferrujados na parede. Usados para correntes — em 1540 ou na noite anterior. Trouxeram arenque salgado, o que ele sabia que não devia comer — sofreria uma sede intensa —, um pedaço de pão e uma xícara pequena de água. Ele podia ouvir, na sala bem em cima dele, alguém andando de um lado para o outro.

*Heidelberg. Casas de madeiras e argamassa no estilo medieval, a ponte sobre o Neckar.* Quando estava em Eotvos, eles tinham ido lá para as conferências de Schollwagen sobre Aristófanes. E — era fim de fevereiro — só para estar em algum outro lugar. Em um *Weinstube*, Frieda. Cabelos crespos, cadeiras largas, um riso maravilhoso. Ele podia escutá-lo.

Um caso de amor de dois dias, há muito tempo, mas cada minuto dele permanecia na sua lembrança, e uma vez ou outra ele gostava de revivê-lo. Porque ela gostava de fazer amor de todas as maneiras possíveis e vibrava de excitação. Ele tinha dezenove anos, achava que as mulheres faziam tais coisas como um favor, talvez, quando elas amavam você, no seu aniversário, ou você pagava um preço especial às prostitutas.

Houve um baque acima dele. *Um saco de farinha atirado no chão.* Cara não tinha interesse particular em *choses affreuses*. Ela teria feito aquilo, teria feito qualquer coisa para ser sofisticada e chique, era aquilo que excitava Cara. Ela fez isso com Francesca? Ela gostava de provocá-lo dizendo que sim, porque sabia que aquilo interessava a ele. *Outro saco de farinha.* Aquele gritou quando bateu no chão.

*Vão se foder,* falou para eles.

Ele tinha pensado em ver Eva Zameny em Budapeste, sua antiga noiva, que tinha deixado o marido. Jesus, ela era tão bonita. Nenhum outro país fazia mulheres como aquelas. Não tinha muito do que se lembrar com Eva — beijos apaixonados, no vestíbulo da sua casa. Uma vez, ele tinha desabotoado sua blusa. Ela quisera, disse para ele, tornar-se uma freira. Ia à missa duas vezes ao dia porque lhe trazia paz, disse-lhe ela, e não fizeram mais nada.

Casado com Eva, dois filhos, três, quatro. Trabalhar como advogado, passar os dias com testamentos e contratos. Sexta-feira à noite jantar na casa da sua mãe, domingo almoçar na casa da mãe dela. Fazer amor no sábado à noite sob um cobertor de penas no inverno húngaro. No verão, uma cabana no lago Balaton. Ele teria um café favorito, um clube de cavalheiros, um alfaiate. Por que ele não tinha vivido sua vida daquela maneira?

Realmente, por quê?

Ele não estaria num calabouço romeno, se tivesse feito isso. Quem o havia vendido?, perguntou a si mesmo. E será que ele teria — com a graça de Deus — uma chance de acertar aquela conta? Teria sido alguém da casa de Hrubal? Duchazy?

*Pare com isso.* Aqui está Frieda: cabelos crespos, lábios grossos, sorriso doce.

— Má sorte, *monsieur* Morath. Para o senhor e para nós. Só Deus sabe como vamos resolver isso. O que, em nome do céu, o senhor estava pensando?

Aquele também era da Siguranza, pensou Morath, mas muito mais alto. Bem barbeado, perfumado e falava francês muito bem.

O homem descansou os cotovelos na mesa e entrelaçou os dedos. Disse para Morath que ele era culpado de crimes técnicos, sem dúvida, mas quem, realmente, se incomodava? Ele, não. Ainda assim, que diabo ele estava fazendo com todo aquele *dinheiro*? Brincando de político húngaro, da minoria? Na Romênia?

— Teria assassinado alguém? Roubado um banco? Incendiado uma igreja? Não. Você complicou minha vida no sábado de manhã, quando eu deveria jogar golfe com meu sogro. — Sim, era Romênia, *douce décadence, Byzance après Byzance,* tudo isso era muito real. Ainda assim eles tinham leis.

Morath concordou, ele sabia. Mas que lei, exatamente, ele tinha violado?

Acabrunhado, o oficial da Siguranza mal sabia o que dizer — muitas, poucas, antigas, novas, algumas que estamos elaborando agora.

— Vamos falar sobre Paris. Disse a eles para lhe trazerem café e um brioche. — Ele olhou para o relógio. — Eles foram ao café do outro lado da praça.

Bem, ele realmente invejava Morath, e podia admitir isso. Um homem da sua classe e relacionamentos, usufruindo os prazeres daquela cidade maravilhosa. Lá se podiam conhecer, não se incomode em negar, as pessoas mais estimulantes. Generais franceses, emigrados russos, diplomatas. Ele conhecia *Monsieur* X, *Herr* Y, *Señor* Z? Que tal o coronel Alguma coisa, na Embaixada inglesa? Não o conhece? Bem, devia conhecê-lo. Ele é, dizem, um cara divertido.

Não, disse Morath.

Não? Bem, por que não? Morath era o tipo de pessoa que poderia conhecer qualquer um que quisesse. O que poderia ser — oh, era o dinheiro? Não queria ser indelicado, mas as contas realmente se empilhavam. Pessoas desagradáveis enviavam cartas desagradáveis. Estar devendo podia ser uma ocupação de tempo integral.

*Um* hobby *para toda a vida.* Mas Morath não disse nada.

A vida não tinha de ser tão difícil, disse o oficial. Ele próprio, por exemplo, tinha amigos em Paris, homens de negócio, que estavam sempre procurando conselhos e consultas de alguém como Morath.

— E para eles, acredite-me, dinheiro não é problema.

Um policial trouxe uma bandeja com duas xícaras, um bule de café e um brioche grande. Morath arrancou um naco do brioche amarelo e doce.

— Aposto que você tem isso todas as manhãs em casa — disse o oficial.

Morath sorriu.

— Estou viajando, como sabe, com passaporte diplomático húngaro. — O oficial concordou, tirando uma migalha da lapela. — Eles vão querer saber o que aconteceu comigo.

— Sem dúvida. Eles vão nos enviar uma mensagem. Então, vamos enviar outra para eles. Eles vão nos enviar outra mensagem. E assim por diante. Um tipo deliberado de processo, a diplomacia. Bem lento.

Morath pensou um pouco.

— Ainda assim, meus amigos vão ficar preocupados. Eles vão querer ajudar.

O oficial olhou para ele e deixou evidente que tinha um temperamento mau e violento. Morath tinha lhe oferecido um suborno e ele não tinha gostado.

— Temos sido muito educados com você, você sabe. *Até agora.*

— Obrigado pelo café — disse Morath.

O oficial estava amável outra vez.

— Foi um prazer — disse ele. — Não estamos com pressa de trancafiá-lo. Vinte anos numa prisão romena não vão lhe servir de nada. Nem a nós. É melhor colocá-lo a bordo do *Oradea*. Adeus, boa sorte, bons ventos o levem. Mas é você que decide.

Morath mostrou que tinha entendido.

— Talvez eu precise pensar mais um pouco.

— Deve fazer o que for melhor para você — disse o oficial.

— Volto amanhã.

Na sala acima dele os passos nunca paravam. Lá fora, uma tempestade. Ele ouvia os trovões e o barulho da chuva. Um lento lençol de água cobriu o chão, subiu um pouco e depois parou. Morath ficou no catre de palha e olhou para o teto. *Eles não me mataram e levaram o dinheiro.* Para os assassinos da Siguranza que o tinham prendido era uma fortuna, uma vida na Riviera Francesa. Mas ali era a Romênia, "beije a mão que você não pode morder", e eles tinham feito o que lhes disseram para fazer.

Dormiu algumas vezes. O frio o acordava, bem como os sonhos maus. Mesmo quando acordado, sonhos maus.

De manhã, eles o levaram até uma sala no andar de cima, que parecia, pensou, ser o gabinete do chefe de polícia de Bistrita. Havia um calendário na parede, uma paisagem de Constanta na costa do mar Negro. Uma foto numa moldura em cima da mesa, uma mulher sorridente com cabelos e olhos pretos. E uma fotografia oficial, pendurada na parede, do rei Carol, em um uniforme branco do exército com uma faixa e medalhas.

Pela janela, Morath podia ver a vida na praça. Nas barracas do mercado, mulheres comprando pão, carregando cestas de palha com verduras. Em frente da fonte havia um cantor húngaro de rua. Um homem gordo muito engraçado, que cantava como um tenor de ópera, os braços bem abertos. Uma velha canção dos *nachtlokals* de Budapeste:

> Espere por mim, por favor, espere por mim,
> mesmo que as noites sejam longas,
> minha querida, meu único amor,
> oh, por favor, espere por mim.

Quando alguém jogava uma moeda no chapéu amassado, no chão diante dele, o cantor sorria e agradecia, e de alguma forma não perdia o ritmo.

Foi o coronel Sombor quem entrou na sala, fechando a porta atrás de si. Sombor, com os cabelos pretos lustrosos como um chapéu e sobrancelhas caídas, num terno verde e uma gravata com uma coroa de ouro gravada. Os lábios apertados e sério, ele cumprimentou Morath e sacudiu a cabeça — *agora, veja o que você fez*. Sentou-se na cadeira giratória da mesa do chefe de polícia; Morath sentou-se à sua frente.

— Voei direto para cá quando soube o que tinha acontecido. — disse Sombor. — Você está bem?

Morath estava imundo, a barba por fazer e descalço.

— Como você vê.

— Mas eles não *fizeram* nada.

— Não.

Sombor tirou um maço de Chesterfields do bolso e colocou-o sobre a mesa com uma caixa de fósforo em cima. Morath rasgou o papel prateado da tampa, tirou um cigarro, acendeu-o e, agradecido, soltou uma longa baforada.

— Diga-me o que aconteceu.

— Eu estava em Budapeste. Vim para a Romênia para visitar um amigo e eles me prenderam.

— A polícia?

— A Siguranza.

Sombor ficou carrancudo.

— Bem, vou soltá-lo em um ou dois dias, não se preocupe.

— Ficaria muito agradecido.

Sombor sorriu.

— Não podemos deixar que esse tipo de coisa aconteça com nossos amigos. Tem alguma idéia do que estavam procurando?

— Na verdade, não.

Sombor olhou em volta da sala por um momento, depois se levantou, andou até a janela e olhou para a rua.

— Estava querendo falar com você — disse ele.

Morath esperou.

— Este meu emprego — disse Sombor — parece exigir cada dia mais. — Ele voltou-se para Morath. — A Europa está mudando. É um mundo novo, somos parte dele, querendo ou não, e podemos ganhar ou perder, dependendo de como jogarmos nossas cartas. Os tchecos, por exemplo, perderam. Confiaram nas pessoas erradas. Você concorda com isso, eu acho.

— Sim.

— Agora, olhe, Morath, tenho de ser franco com você. Compreendo quem você é e o que você pensa... Kossuth, liberdade civil, democracia, todo esse aconchegante idealismo de sombras do *front*. Talvez eu não concorde, mas quem se importa? Você conhece o velho ditado: "Uma mão lava a outra." Certo?

— Certo.

— Olho o mundo de maneira prática, não tenho tempo para ser filósofo. Tenho o maior respeito pelo conde Polanyi, ele também é um realista, talvez mais do que você saiba. Ele faz o que precisa fazer e você o tem ajudado nisso. Você não é uma virgem, é isso que quero dizer.

Sombor esperou pela resposta.

— E daí? — disse Morath, calmamente.

— Assim como eu vim ajudar você, gostaria que você me ajudasse. Ajudar o seu país. Isso, acredito, não seria contra os seus princípios.

— Absolutamente.

— Você tem de sujar as mãos, meu amigo. Se não for hoje, amanhã, gostando ou não da idéia. Acredite-me, a hora chegou.

— E se eu disser "não"?

Sombor encolheu os ombros:

— Vamos ter de aceitar sua decisão.

Não terminou ali.

Morath deitou na palha molhada e olhou a escuridão. Lá fora um caminhão passou, lentamente, dando a volta na praça. Poucos minutos mais tarde voltou, parando rapidamente diante da estação, depois se afastou.

Sombor tinha continuado com detalhes. Qualquer brilho que tivesse havido nos seus olhos se apagara como uma vela, mas sua voz não mudou. *Tirar você daqui talvez não seja tão fácil. Mas não se preocupe. Faremos o melhor. A prisão em Iasi. A prisão em Sinaia. Forçado a ficar com o nariz contra a parede por setenta e duas horas.*

Para o jantar, trouxeram mais arenque salgado. Ele pegou um pedacinho, só para sentir o gosto. Comeu o pão, bebeu o chá frio. Tinham tirado seus cigarros e os fósforos quando o puseram de volta na cela.

"Voei direto para cá quando soube o que tinha acontecido." Dito bastante casualmente. A missão diplomática em Paris tinha dois aviões Fiesler-Storch, vendidos à Hungria pela Alemanha depois de uma interminável e angustiante negociação e só Deus sabia que favores. *Sou mais importante do que você pensa*, Sombor queria dizer. Eu comando o uso do avião da missão diplomática.

Quando Sombor se levantou para sair, Morath disse:

— Você vai avisar ao conde Polanyi o que aconteceu.

— Naturalmente.

Polanyi jamais saberia. *Nacht und nebel*, a frase de Hitler, noite e nevoeiro. Um homem saía de casa de manhã e jamais era visto outra vez. Morath trabalhou duro, *pense só na próxima hora*, mas o desespero tomou conta do seu coração e ele não conseguiu afastá-lo. Petoffi, o poeta nacional húngaro, disse que os cachorros eram sempre bem-tratados e os lobos ficavam famintos, mas apenas os lobos eram livres. Portanto, ali, naquela cela ou nas outras que viessem, era a liberdade.

Eles chegaram para buscá-lo ao amanhecer.

A porta foi aberta e dois guardas o seguraram por debaixo dos braços e o carregaram pelo corredor e pelas escadas. Havia pouca claridade, mas mesmo assim o brilho fraco feriu seus olhos. Devolveram-lhe as botas, o algemaram nos pulsos e nos tornozelos e o arrastaram até a porta da frente, onde havia um caminhão esperando. Dentro, havia dois outros prisioneiros, um cigano e o outro um russo, talvez, alto, com cabelo branco tosado e lágrimas azuis tatuadas nos cantos dos olhos.

Só as mulheres que varriam a rua o viram partir. Pararam por um momento, suas vassouras, feitas de ramos de bambu marrom, sobre o chão. *Pobre rapazes. Deus os ajude.* Morath nunca se esqueceu daquilo.

O caminhão balançou nas pedras. O cigano deu uma olhada para Morath e fungou. Passaram por uma padaria. Não foi uma viagem longa, talvez uns quinze minutos. Então, estavam na estação de onde os trens partiam, Morath entendeu perfeitamente, para cidades como Iasi ou Sinaia.

Três homens acorrentados e seis policiais. Aquilo era algo que valia a pena ver quando o trem parou em Bistrita. Os passageiros baixaram os vidros das janelas para ver o espetáculo. Um caixeiro-viajante, pela sua aparência, descascava uma laranja e jogava a casca na plataforma. Uma mulher com um chapéu arredondado e sem aba, o véu escuro escondendo seus olhos, as mãos brancas nas janelas. Outros rostos, pálidos à luz da manhã. Um homem disse uma piada, o amigo riu. Uma criança que olhava para Morath com os olhos bem abertos, sabendo que lhe era permitido olhar. Um homem com um sobretudo com gola de veludo, sóbrio, elegante, que acenou para Morath como se o conhecesse.

Então, o caos. Quem eram eles? Por alguns momentos em câmara lenta a pergunta passou pela mente de Morath. Eles vieram de lugar nenhum. Movendo-se muito rápido para ser contados, gritando — seriam russos? Poloneses? O policial do lado de Morath foi atingido. Morath ouviu o impacto, depois um ganido, então ele cambaleou em algum lugar, tateando pelo coldre. Um homem com um chapéu macio surgiu de uma nuvem de vapor soprada pela locomotiva. Uma manhã fria, gelada, ele tinha enrolado uma echarpe em volta do pescoço, prendido as pontas dentro do paletó e virado o colarinho para cima. Observou Morath cuidadosamente, pelo que pareceu um tempo muito longo, depois virou um pouco o revólver para o lado e atirou nos dois barris. Vários passageiros se assustaram; o som, para Morath, foi claro como um sino.

O prisioneiro russo sabia. Talvez demais, pensou Morath mais tarde. Ele se deitou bem esticado na plataforma e cobriu a cabeça com as mãos algemadas. Um prisioneiro com prisão pérpetua, talvez, que sabia que aquele negócio infelizmente não era para ele, seus deuses não eram tão poderosos. O cigano gritou para um homem com um lenço amarrado no rosto, estendeu os pulsos. Liberte-me! Mas o homem empurrou-o para o lado. Ele quase caiu, depois tentou fugir dando pequenos passos, as correntes nos tornozelos arrastando-se no concreto.

Na matança, quase se esqueceram de Morath. Ele ficou sozinho no centro daquilo. Um detetive, pelo menos era um homem de terno segurando um revólver, passou correndo, depois se virou para Morath, a expressão ansiosa, indecisa, a coisa certa tinha de ser feita. Ele hesitou, começou a levantar a pistola, fechou os olhos, mordeu o lábio e sentou-se. Agora ele sabia o que fazer, mas era tarde demais. A pistola moveu-se só uns poucos centímetros, um buraco vermelho abriu-se em sua testa e, lentamente, ele caiu. A poucos metros, o condutor jazia inclinado sobre uma roda do vagão de carvão. Nos seus olhos, um olhar que Morath conhecia. Ele estava morrendo.

Agora, um carro preto se aproximava, muito lentamente, pela plataforma. Era dirigido por um menino, não tinha mais de treze anos, as mãos brancas no volante, a expressão séria, concentrada. Ele parou o carro, enquanto o homem com o chapéu macio agarrava outro homem pela gola do casaco, empurrando-o para a porta de trás do carro. Ele abriu a porta e atirou-o no assento traseiro. No meio de tudo aquilo, gritos e tiros, Morath mal podia acreditar que alguém pudesse ser tão forte.

— Mova-se, burro! — As palavras em alemão, o sotaque eslavo tão forte que Morath levou algum tempo para entender. O homem pegou seu braço como uma garra de aço. Um nariz torto, rosto sombrio, um cigarro apagado nos lábios. — Para o *caminhão*, sim? — disse ele. — *Sim?*

Morath andou o mais depressa que pôde. Atrás dele, um grito em húngaro. Uma mulher, praguejando, enraivecida, gritava, chamando-os de brutos, demônios, infames que deviam deixar este mundo e ir queimar no inferno. O homem ao lado de Morath perdeu toda a paciência — o som de sirenes distantes se aproximando — e arrastou Morath para o caminhão. O motorista desceu e ajudou-o, e ele se atirou no banco da frente, depois conseguiu se endireitar.

O motorista era um velho de barba e uma cicatriz nos lábios. Ele apertou o acelerador com cuidado; o motor pegou, depois morreu outra vez.

— Muito bem — disse ele.

— Húngaro?

O homem sacudiu a cabeça.

— Aprendi na guerra.

Ele pressionou o pedal da embreagem até o fim, enquanto o homem de chapéu macio corria para o caminhão e fazia um gesto violento com o revólver. *Vá. Mexa-se.*

— Sim, sim — disse o motorista, daquela vez em russo. Ele empurrou o câmbio para a frente e, depois de um momento, a marcha engatou. Lançou para Morath um olhar curioso e Morath assentiu.

Eles se afastaram lentamente, para a rua atrás da estação. Um carro da polícia estava estacionado na esquina, com as duas portas abertas. Morath pôde ouvir o trem na estação — o condutor finalmente tinha voltado a si. Um sedã preto chegou em alta velocidade, cantando pneus, atravessou na frente deles, depois, deu-lhes uma fechada e diminuiu. Alguém colocou a mão para fora da janela do motorista e acenou para seguirem adiante. O sedã acelerou, virou rapidamente na esquina seguinte e se afastou.

Saíram rapidamente de Bistrita. A entrada ia se estreitando e logo estavam num trecho de terra. Passaram por fazendas arruinadas e vilarejos, depois entraram na floresta da Transilvânia. Ao anoitecer, apesar do frio das correntes nos pulsos e nos tornozelos, Morath adormeceu. Depois acordou na escuridão. Lá fora, um campo pintado de geada e luar. O velho inclinado sobre a direção apertava os olhos para enxergar a estrada.

— Onde estamos? — perguntou Morath.

Do velho, um eloqüente dar de ombros. Ele pegou um papel marrom no painel e entregou-o a Morath. Linhas cruzadas, desenhadas com lápis rombudo, com anotações em cirílico garatujadas na margem.

— Então, onde estamos?

Morath teve de rir.

O homem imitou-o. Talvez achassem o caminho, talvez não, assim a vida continuou.

O caminhão subiu com dificuldade uma colina alta, as rodas derrapando nos sulcos gelados da estrada. O velho trocando de marcha sem parar.

— Como um trator — disse ele.

À distância, Morath viu um brilho fraco que aparecia e desaparecia entre as árvores. Alguns minutos depois, viu que era uma construção baixa, de pedra, no cruzamento de duas estradas, as janelas iluminadas por lâmpadas a óleo. Uma hospedaria, com uma tabuleta de madeira presa por ganchos acima da porta.

O velho sorriu triunfante, deixou que o caminhão deslizasse sobre as pedras até parar e tocou a buzina. Aquilo fez surgir dois mastins, latindo e correndo para frente e para trás diante das luzes dos faróis, e o dono da hospedaria, usando um avental de couro e carregando uma tocha levantada em uma das mãos.

— Vocês são bem-vindos a esta casa — disse ele em húngaro formal.

Um homem decidido, corpulento e cordial. Levou Morath até o estábulo, prendeu a tocha num aro e, com um martelo e um formão, quebrou as algemas e tirou-as. Enquanto trabalhava, seu rosto tornou-se pesaroso:

— Meu avô também — explicou ele, colocando a corrente sobre uma bigorna. — E o avô dele.

Quando terminou, levou Morath para a cozinha, fez com que se sentasse em frente do fogo e ofereceu-lhe um grande copo de conhaque e finas fatias de fubá frito. Quando Morath acabou de comer, foi levado a um quarto além da cozinha, onde caiu morto de sono.

Quando Morath acordou, o caminhão já tinha ido embora. O dono da hospedaria deu-lhe uma velha jaqueta e um boné com uma pala; mais tarde naquela manhã, ele sentou-se ao lado de um fazendeiro num furgão e entrou no território húngaro, atravessando um campo de feno.

Morath sempre gostara dos novembros de Paris. Chovia, mas os bistrôs eram aconchegantes, o Sena escuro, as lâmpadas douradas, os novos casos de amor da estação ainda novos. O novembro de 1938 começou bastante bem, *tout Paris* em êxtase porque não teria de ir para a guerra. Mas então, a *Kristallnacht*, na noite de 9 de novembro, e na grande quantidade de vidros quebrados dos judeus se podia ler, mais claramente do que qualquer um gostaria, o que estava para vir. Ainda assim, não vinha para *ali*. Deixe que Hitler e Stalin cortem a garganta um do outro, passaram a semana pensando, nós vamos para a Normandia para o fim de semana.

Morath combinou de se encontrar com o tio em algum buraco de *cuisine grandmère* lá em Clichy. Ele tinha passado dez dias em Budapeste, arrecadando dinheiro, ouvindo as pobres desventuras de Szubl com a corista ruiva do coro que ele tinha conhecido na boate. Depois os dois esconderam o dinheiro num violoncelo e tomaram o expresso noturno para Paris. Naquele momento, Morath era um homem com mais de dois milhões de pengos no armário.

Foi óbvio para Morath que o conde Polanyi tinha começado o almoço antes. Ao tentar se sentar, ele esbarrou na mesa do vizinho, quase causando um acidente com a sopa e merecendo um olhar de reprovação da *grandmère*.

— Parece que os deuses estão contra mim hoje — disse ele, com o hálito cheirando a conhaque.

Não eram os deuses. As bolsas debaixo dos olhos tinham aumentado e escurecido de modo alarmante.

Polanyi deu uma olhada no cardápio escrito a giz no quadro-negro.

— *Andouillette* — disse ele.

— Ouvi dizer que esteve viajando — disse Morath.

— Sim, mais uma vez sou um homem com uma casa no campo, o que restou dela.

No dia 2 de novembro, a Comissão de Viena — Hitler — tinha premiado a Hungria, pelo apoio à Alemanha durante a crise dos Sudetos com os distritos magiares do sudeste da Tchecoslováquia. Trinta mil quilômetros quadrados, um milhão de pessoas, a nova fronteira indo de Pozsony/Bratislava até o leste, na Rutênia.

O garçom trouxe uma garrafa de vinho e um prato de *escargot*.

— Tio Janos?

— Sim?

— O quanto você sabe sobre o que aconteceu comigo na Romênia?

Pela expressão de Polanyi, ficou claro que ele não queria falar sobre o assunto.

— Você teve dificuldades. Foram resolvidas.

— Então é isso.

— Nicholas, não fique chateado comigo. Basicamente, você teve sorte. Se eu tivesse deixado o país duas semanas mais cedo, você talvez não tivesse resistido.

— Mas, de alguma forma, você tomou conhecimento do que houve. — Polanyi deu de ombros. — Você soube que Sombor apareceu lá? Na delegacia de Bistrita?

O tio levantou uma sobrancelha, conseguiu pegar um *escargot* na terceira tentativa e comeu-o, respingando manteiga de alho na mesa.

— Humm, o que ele queria?

— A mim.

— Ele conseguiu?

— Não.

— Então, qual é o problema?

— Talvez Sombor seja um problema.

— Sombor é Sombor.

— Ele agiu como se fosse o dono do mundo.

— É mesmo.

— Foi ele o responsável pelo que me aconteceu?

— Olha, essa é uma idéia interessante. O que você faria se fosse ele?

— O que você sugeriria?

— Matá-lo.

— Fala sério?

— Mate-o, Nicholas, ou não estrague meu almoço. Escolha.

Morath serviu-se de um copo de vinho e acendeu um Chesterfield.

— E as pessoas que me salvaram?

— *Très cher*, Nicholas.

— A quem devo agradecer?

— Alguém me devia um favor. Agora, devo um favor a ele.

— Russo? Alemão?

— Esquimó! Meu querido sobrinho, se você vai ser curioso e difícil sobre isso...

— Perdão. Claro que estou agradecido.
— Posso pegar o último *escargot*? Está tão agradecido assim?
— Pelo menos isso.

Polanyi enfiou o pequeno garfo no *escargot* e franziu as sobrancelhas quando ele se soltou da casca. Então, por um momento, ele pareceu muito triste.

— Sou apenas um húngaro velho e gordo Nicholas. Não posso salvar o mundo. Eu gostaria, mas não posso.

Nos últimos dias de novembro, Morath apertou bem o sobretudo e andou apressado pelas ruas de Marais até o café Madine. Estava gelado, pensou Morath. Vazio, como antes, na luz fria da manhã. Um gato dormia no balcão, o *patron* com os óculos na ponta do nariz.

O *patron*, suspeitava Morath, lembrava-se dele. Morath pediu um *café au lait* e, quando foi servido, aqueceu suas mãos sobre a taça.

— Eu já estive aqui antes — disse para o *patron*. — Acho que foi em março.

O *patron* deu-lhe uma olhada. *É mesmo?*

— Encontrei um velho. Não me lembro do nome dele, acho que ele não disse. Naquela época, um amigo meu estava com dificuldades com um passaporte.

O dono concordou. Sim, aquele tipo de coisa realmente acontecia uma vez ou outra.

— É possível. Alguém desse tipo costumava vir aqui de vez em quando.

— Mas agora não vem mais.

— Foi deportado — disse o proprietário. — No verão. Teve um problminha com a polícia. Mas para ele o problminha virou um problemão e eles o mandaram de volta para Viena. Depois disso, não posso dizer nada.

— Sinto muito saber disso — disse Morath.

— Ele também sente muito, sem dúvida.

Morath olhou para baixo, sentiu a altura da parede entre ele e o *patron* e compreendeu que não havia mais nada a ser dito.

— Ele tinha um amigo. Um homem com uma barba tipo Vandyke. Muito educado, eu achei. Nos encontramos no Louvre.

— O Louvre.

— Sim.

O *patron* começou a enxugar um copo com um pano, levantou-o contra a luz e colocou-o de volta na prateleira.

— Está frio, hoje — disse ele.

— Vai nevar esta noite.

— Você acha?

— Pode-se sentir no ar.

— Talvez esteja certo. — Começou a limpar o bar com o pano, levantou a taça de Morath, pegou o gato e colocou-o gentilmente no chão. — Você tem de me deixar limpar, Sascha — disse ele.

Morath esperou, bebendo o café. Uma mulher com um bebê embrulhado num cobertor passou pela rua.

— Aqui é tranqüilo — disse Morath. — Muito agradável.

— Você deveria vir aqui mais vezes, então. — O *patron* deu um leve sorriso.

— Virei. Talvez amanhã.

— Estaremos aqui. Se Deus quiser.

Demorou meia hora, na manhã seguinte. Então, uma mulher — a mulher que tinha apanhado o dinheiro e, Morath lembrou-se, o beijado nos degraus do Louvre — apareceu no café.

— Ele vai vê-lo — disse ela para Morath. — Tente amanhã, às quatro e quinze, na estação do metrô de Jussieu. Se ele não conseguir chegar lá, tente no dia seguinte, às três e quinze. Se isso não funcionar, você vai ter de achar outra maneira.

Na primeira tentativa, ele não estava lá. A estação estava apinhada de gente e se alguém o estava observando para certificar-se de que não havia nenhum detetive por perto, Morath não reparou. No segundo dia, ele esperou quarenta e cinco minutos, depois desistiu. Quando estava subindo as escadas para a rua, o homem surgiu ao seu lado.

Não tão corpulento quanto Morath se lembrava, ainda usava a barba Vandyke e o terno de *tweed*, e algo nele sugeria afinidade com o mundo da cultura comercial. O *marchand*. Estava acompanhado, como antes, de um homem com um rosto pálido, que usava um chapéu colocado em ângulo reto na cabeça raspada.

— Vamos tomar um táxi — disse o *marchand*. — Está muito frio para andar. — Os três entraram no banco de trás de um táxi que estava parado na esquina. — Leve-nos ao Ritz, chofer — disse o *marchand*.

O chofer riu. Ele desceu a Rue Jussieu lentamente e virou na Cuvier.

— Então — disse o *marchand* —, seus amigos ainda têm problemas com passaportes.

— Desta vez, não — disse Morath.

— Oh? Então o que é?

— Gostaria de conhecer alguém que trabalhe com diamantes.

— Você está vendendo?

— Comprando.

— Algum agrado para a namorada?

— É claro. Numa caixa de veludo.

O chofer subiu uma ladeira na Rue Monge. Do céu baixo caíram umas gotas de chuva; na rua, as pessoas abriram os guarda-chuvas.

— Uma compra substancial — disse Morath. — Será melhor alguém que esteja no ramo há muito tempo.

— E que seja discreto.

— Muito. Mas, por favor, compreenda, não há crime, nada disso. Só queremos que seja discreto.

O *marchand* concordou.

— Não pode ser o joalheiro da vizinhança — disse.
— Não.
— Tem de ser em Paris?
Morath pensou um pouco.
— Europa ocidental.
— Então é fácil. Para nós, será uma corrida de táxi e, talvez amanhã, uma viagem de trem. Assim, digamos, cinco mil francos?

Morath enfiou a mão no bolso, contou o dinheiro em notas de cem e guardou o restante.

— Uma coisa tenho de dizer. O mercado de diamantes de refugiados não está bom. Se você comprou em Amsterdã no ano passado e for vender na Costa Rica amanhã, vai ficar muito desapontado. Se acha que mil quilates valem mil quilates, como a moeda num país normal em qualquer parte, e que tudo que tem de fazer é furar o salto do sapato, está enganado. As pessoas acham que é assim, mas não é. Desde Hitler, o mercado de jóias é um bom lugar para se perder a camisa. *F'shtai?*

— Compreendi — disse Morath.
— Ei, quer comprar um Vermeer?

Morath começou a rir.

— Não? Um Hals, então, um pequenino. Cabe na sua maleta. *Bom*, também. Eu lhe garanto. Você não sabe quem eu sou, e acho que nunca soube, mas sei do que estou falando.

— Você está falando sério.
— Sim.
— Precisa de alguém rico.
— Não esta semana.

Morath deu um sorriso de desculpas.

O homem de cara pálida como giz tirou o chapéu e correu a mão pela cabeça. Depois, disse em alemão:

— Pare. Ele tem moral.
— É isso? — disse o *marchand*. — Você não quer tirar vantagem de um homem que é um fugitivo.

O chofer riu.

— Bem, se você algum dia, queira Deus que não, tiver de correr para salvar sua vida, então vai entender. Está além de *valor*, a essa altura. O que você vai dizer é: "Pegue o quadro, dê o dinheiro, obrigado, adeus." Quando você só puder planejar viver até de tarde, você vai compreender.

Por um tempo, houve silêncio no carro. O *marchand* deu um tapinha no joelho de Morath.

— Desculpe-me. O que você precisa hoje é de um nome. Vai ser Shabet. É uma família chassídica, na Antuérpia, no distrito dos diamantes. Há irmãos, filhos, todos os tipos, faça negócio com um e estará fazendo com todos eles.

— Eles são confiáveis?

— Com a sua vida. Eu confiei minha vida a eles, e aqui estou. — O comerciante de arte soletrou o nome, depois disse: — É claro que preciso confirmar seu nome com eles. Como o chamarei?

— André.

— Que seja. Me dê dez dias, porque tenho de enviar alguém até lá. Isso não é negócio que se faça por telefone. E, só por precaução, você e eu precisamos de um sinal de confirmação. Vá ao Madine daqui a dez dias. Se vir a mulher, está acertado.

Morath agradeceu-lhe. Apertaram-se as mãos. O homem de cara pálida tocou no chapéu.

— Boa sorte, senhor — disse em alemão.

O chofer encostou o carro no meio-fio, em frente a uma *charcuterie* com uma pequena estátua de um porco em cima da porta, convidando os fregueses a entrar, com um coice de sua pata.

— *Voilà le Ritz!* — exclamou o chofer.

Emile Courtmain recostou-se na sua cadeira giratória, cruzou as mãos na nuca e olhou para a Avenue Matignon.

— Quando você pensa sobre isso pela primeira vez, parece fácil. Mas quando começa a trabalhar, torna-se muito difícil.

Havia quarenta águas-tintas em volta da sala — penduradas nas paredes, em cima das cadeiras. Vida francesa. Casais de camponeses no campo, ou na entrada das casas de fazenda ou sentados em carroças. Como Millet, talvez, um tipo benigno e otimista de Millet. Depois, havia *papas e mamans* parisienses num passeio de domingo, ao lado de um carrossel, no Arc de Triomphe. Um casal de namorados na ponte do Sena, de mãos dadas, ela com um buquê, ele com a roupa de cortejador, *encarando o futuro*. Um soldado, em casa vindo da frente de batalha, sentado à mesa da cozinha, sua boa esposa colocando uma terrina na sua frente. Aquele não era tão ruim, pensou Morath.

— Muito comedido — disse Courtmain. — O ministro vai querer algo com um pouco mais de impacto.

— Algum texto?

— Uma ou duas palavras. Mary vem se reunir a nós num minuto. Algo como "Num mundo perigoso, a França permanece forte". É para evitar o derrotismo, principalmente depois do que aconteceu em Munique.

— Exibido onde?

— Nos lugares habituais. Metrô, bancas de rua, nos correios.

— Vai ser difícil evitar o derrotismo num correio francês.

Morath sentou-se numa cadeira na frente de Courtmain. Mary Day bateu de leve na moldura da porta aberta.

— Alô, Nicholas — disse ela. Puxou uma cadeira, acendeu um Gitanes e entregou a Courtmain uma folha de papel.

— "A França vencerá" — leu Courtmain. Depois, dirigiu-se a Morath. — Essa não é uma das frases da pobre Mary. — Courtmain deu um sorriso afetuoso. Mary Day tinha o horror das pessoas inteligentes por frases empoladas.

— É do homenzinho do Ministério do Interior — explicou ela. — Ele "teve uma idéia".

— Espero que estejam pagando.

Courtmain fez uma careta. *Não muito.*

— A propaganda vai à guerra... não se pode dizer não a eles.

Mary Day pegou o papel de volta de Courtmain.

— "A França é eterna".

— *Bon Dieu* — disse Courtmain.

— "Nossa França".

— Por que não só "*La France*"? — perguntou Morath.

— Sim — disse Mary Day. — O *Vive* implícito. Essa foi minha primeira tentativa. Eles não deram atenção.

— Muito sutil — disse Courtmain. Olhou para o relógio. — Tenho de estar na RCA às cinco. — Levantou-se, abriu a mala e certificou-se de que tinha tudo de que precisava; depois, ajustou o nó da gravata. — Vejo você amanhã? — disse ele para Morath.

— Às dez horas — respondeu Morath.

— Ótimo — disse Courtmain. Ele gostava de ter Morath por perto e queria que ele soubesse disso. Despediu-se dos dois e saiu.

O que deixou Morath sozinho na sala com Mary Day.

Ele fingiu olhar para os desenhos e tentou pensar em algo inteligente para dizer. Ela olhou para ele, leu suas anotações. Ela era filha de um oficial irlandês da marinha real e de uma artista francesa, Marie D'Aumonville — uma combinação extraordinária, se perguntasse a Morath ou a qualquer pessoa. Sardas suaves na ponte do nariz; cabelos castanhos compridos e soltos e olhos castanhos curiosos. Tinha os seios chatos, era divertida, travessa, distraída, desastrada. "Mary tem um tipo diferente", Courtmain tinha lhe dito um dia. Quando ela tinha dezesseis anos, ele suspeitava, os meninos morreriam por ela, mas tinham medo de convidá-la para ir ao cinema.

Morath percebeu que Mary sabia que ele estava olhando para ela e virou-se para a janela. Um momento depois, ela levantou os olhos e disse:

— Acho que é melhor voltar ao trabalho.

Morath concordou.

— E depois você me convida para um drinque. — Ela começou a juntar os papéis. — Certo?

Morath olhou intrigado: ela quis dizer isso mesmo?

— Com prazer — disse ele, voltando à formalidade. — Às sete?

O sorriso dela foi, como sempre, triste.

— Você não tem de fazer isso, Nicholas. — Ela estava apenas provocando.

— Mas eu quero — disse ele. — No Fouquet, se você quiser.

— Bem — disse ela. — Será ótimo. Ou no café ali na esquina.

— Fouquet — anunciou ele. — Por que não?

Um cômico dar de ombros — não sei por que não.

— Às sete — disse ela, um pouco surpresa com o que tinha feito.

Eles se apressaram na multidão, subindo os Champs Elysées, uns poucos flocos de neve no ar da noite. Ela andava com passos largos, os ombros curvados, as mãos enfiadas nos bolsos do que Morath achou ser um casaco muito estranho, três quartos de comprimento, de lã castanho-avermelhada com grandes botões cobertos com tecido marrom.

O Fouquet estava cheio e barulhento, pulsando de vida, e tiveram de esperar por uma mesa. Mary Day esfregou as mãos para aquecê-las. Morath deu ao garçom dez francos e ele arranjou uma pequena mesa no canto.

— O que gostaria de beber? — perguntou Morath.

Ela pensou um pouco.

— *Garçon*, champanhe!

Ela riu:

— Um vermute, talvez. Martíni *rouge*.

Morath pediu um *gentiane*, Mary Day mudou de idéia e decidiu pedir a mesma coisa.

— Eu gosto disso, só que nunca me lembro de pedir. — Ela ficou um longo tempo observando as pessoas — o teatro parisiense da noite — e, pela sua expressão, ela estava se divertindo. — Escrevi algo sobre este lugar há muito tempo, um artigo para o *Paris Herald*. Restaurantes com salas privadas — o que realmente acontece?

— O que acontece?

— Balzac. Mas não tanto quanto você poderia pensar. Na maioria das vezes, festas de bodas. Aniversários. Primeira Comunhão.

— Você trabalhou para o *Herald?*

— *Freelance.* Qualquer coisa e tudo, contanto que eles pagassem.

— Tal como...

— O festival do vinho de Anjou! A festa ao ministro do Exterior turco, em Lumpingtons!

— Não muito fácil.

— Não é difícil. Você precisa de perseverança, principalmente.

— Alguém no escritório disse que você escrevia livros.

Ela respondeu com uma voz de cara durão dos filmes de gângster americano.

— Então você descobriu isso, não foi?

— Sim, você é uma romancista.

— Mais ou menos. Livros sujos, mas pagavam o aluguel. Cansei do festival de vinho em Anjou, acredite ou não, e alguém me apresentou a um editor inglês, ele tem um escritório no Vendôme. O homem mais bondoso do mundo. Um judeu. Acho que de Birmingham. Ele estava no negócio têxtil, veio para a França para lutar na guerra, descobriu Paris e simplesmente não agüentou voltar para casa. Então começou a publicar livros. Alguns deles famosos, com um certo formato, mas a maioria de capa marrom, se entende o que quero dizer. Um amigo meu os chama de "livros que a pessoa lê só com uma das mãos".

Morath riu.

— Não tão ruins, os melhores deles. Há um chamado *Trópico de Câncer.*

— Eu acho que a mulher com quem eu vivia leu esse livro.

— Bastante picante.

— Ela era.

— Então, talvez tenha lido *Suzette*. Ou a continuação, *Suzette passeia de barco.*

— São seus?

— D. E. Cameron é o que está na capa.

— Como são eles?

— "Ela puxou as tiras que estavam sobre seus ombros brancos e deixou o vestido cair até a sua cintura. O bonito tenente..."

— Sim. O que ele fez?

Mary Day riu e afastou os cabelos para trás.

— Não fez muito. A maior parte é sobre as roupas de baixo.

Os *gentianes* chegaram, com um prato de amêndoas salgadas.

Eles tomaram mais dois. E mais dois depois daqueles. Ela tocou a mão dele com as pontas dos dedos.

Uma hora depois eles tinham tido tudo o queriam do Fouquet e saíram para jantar. Tentaram o Lucas Carton, mas estava lotado, e eles não tinham feito reserva. Então, passearam pela Rue Marboeuf encontraram um lugarzinho que cheirava bem, e pediram sopa, omeletes e Saint Marcellin.

Conversaram sobre o escritório.

— Tenho de viajar de vez em quando — disse Morath —, mas gosto das horas que passo no escritório. Gosto do que fazemos... os clientes, o que eles tentam vender.

— Isso pode tomar conta da sua vida.

— Não é tão ruim.

Ela partiu um pedaço de pão ao meio e colocou alguns pedaços de Saint Marcellin.

— Não quero ser indiscreta, mas você disse "a mulher com quem eu vivia". O que houve com ela?

— Foi embora, teve de partir. Seu pai veio de Buenos Aires e levou-a embora. Ele achou que estaríamos em guerra agora.

Ela comeu o pão e o queijo.

— Sente falta dela?

Morath levou um momento para responder.

— Claro que sinto, tivemos bons momentos juntos.

— Às vezes isso é a coisa mais importante.

Morath concordou.

— Perdi meu amigo no ano passado. Talvez Courtmain tenha lhe contado.

— Ele não contou, só conversamos sobre negócios.

— Foi muito triste. Vivemos juntos por três anos. Não íamos nos casar, não tinha nada a ver com isso. Mas estávamos apaixonados, a maior parte do tempo. Ele era músico, um guitarrista, de uma cidade perto de Chartres. Tinha estudo clássico, mas começou a tocar nos clubes de *jazz* em Montparnasse e se apaixonou pela vida. Bebia muito, fumava ópio com os amigos, nunca ia para cama antes do amanhecer. Então, uma noite, eles o encontraram morto na rua.

— Do ópio?

Ela abriu as mãos, *quem sabe?*

— Sinto muito — disse Morath.

Os olhos dela brilhavam; ela os enxugou com o guardanapo.

Ficaram em silêncio no táxi, enquanto voltavam para o apartamento dela. Ela morava na Rue Guisarde, uma rua tranqüila atrás do 6$^{ème}$ Arrondissement. Ele deu a volta por trás do táxi, abriu a porta e ajudou-a a descer. Parados na porta, ela levantou o rosto para o *bisou* de boa-noite na face, mas foi mais do que isso, depois mais, e continuou por um longo tempo. Tudo muito delicado, os lábios dela secos e macios, sua pele quente sob as mãos dele. Ele esperou na entrada até que a luz do apartamento acendeu, depois desceu a rua, o coração batendo.

Estava muito longe de casa, mas queria andar. *Bom demais para ser verdade*, disse para si mesmo. Porque a luz do sol incidia sobre aquelas coisas e elas se transformavam em poeira. Uma *folie*, diriam os franceses, um erro do coração.

Ele estava muito deprimido desde que voltara para Paris. Os dias em Bistrita, a cela, a estação de trem — aquilo não o largava. Acordava à noite e pensava sobre tudo. Então, resolveu buscar refúgio, distração, na Agence Courtmain. E, então, um romance de escritório. Todos eram meio apaixonados por Mary Day, por que não ele?

As ruas estavam frias e escuras, foi atingido com força pelo vento quando atravessou o Pont Royal. No *boulevard*, um táxi vazio. Morath entrou. Voltar ao apartamento dela?

— Rue Richelieu — disse para o chofer.

Mas na manhã seguinte, à luz do dia, ela estava usando um vestido preto com botões na frente e um cinto, um vestido que a mostrava de uma certa maneira, e, quando seus olhos se encontraram pela primeira vez, ele soube.

Assim, a carta que esperava por ele na caixa de correio naquela noite trouxe-o de volta à terra rapidamente. Préfecture du Police, Quai du Marché Neuf, Paris I$^{ier}$. O *Monsieur* estava impresso na carta-padrão, o *Morath, Nicholas*, escrito a tinta. Deveria se apresentar na *salle 24* da Préfecture em *le 8 Décembre*, entre as *9 et 12 du matin.*

*Veuillez accepter, Monsieur, l'expression de nos sentiments distingués.*

Aquilo acontecia de tempos em tempos. As convocações da Préfecture — um fato na vida de todo estrangeiro, uma frente fria no clima burocrático da cidade. Morath detestava ir lá: as paredes de linóleo verde gasto, o ar sombrio do lugar, as caras dos oficiais de justiça, cada uma com uma mistura particular de tédio e medo.

Sala 24. Aquela não era a sua sala habitual, a boa e velha 38, onde os residentes estrangeiros com leves conexões diplomáticas eram vistos. O que significava *aquilo?*, perguntou a si mesmo, vestindo seu melhor terno azul.

Significava um inspetor sério, com uma cara quadrada e dura e uma postura militar. Muito formal, muito correto e muito perigoso. Ele pediu os documentos de Morath e fez anotações num formulário. Perguntou se tinha havido alguma mudança na sua *situation:* residência, emprego, estado civil. Perguntou se ele havia viajado, recentemente, para a Romênia.

Morath sentiu que estava em terreno perigoso. Sim, no final de outubro.

Exatamente onde, na Romênia?

No distrito de Cluj.

E?

Foi só.

E, por favor, com que propósito?

Para um compromisso social.

Não foi para negócios?

*Non, monsieur l'inspecteur.*

Muito bem, poderia fazer a gentileza de esperar na *réception?*

Morath sentou-se lá, a parte de advogado da sua mente agitando-se. Vinte minutos. Trinta. *Bastardos.*

Então, o inspetor, os documentos de Morath na mão. Obrigado, *monsieur*, não haverá mais perguntas. Por hora. Um longo momento, então:

— *Vos papiers, monsieur.*

Polanyi parecia que não tinha dormido. Rolou os olhos quando ouviu a história. *Senhor, por que eu?* Eles se encontraram naquela tarde, no escritório de uma loja elegante na Rue de la Paix que vendia acessórios para homens. Polanyi falou em húngaro com o dono, vestido com muita elegância e barbeado.

— Podemos usar seu escritório, Kovacs *uhr*, por pouco tempo?

O homem concordou aflito, esfregando as mãos, havia medo nos seus olhos. Morath não gostou daquilo.

— Não creio que eles persistam com isso — disse Polanyi.

— Podem me extraditar para a Romênia?

— Podem, claro, mas não farão isso. Um julgamento, os jornais, não é o que eles querem. Duas coisas que eu sugiro: a primeira, não se preocupe com isso; a segunda, não vá à Romênia. — Morath apagou o cigarro no cinzeiro. — É claro que você está ciente de que as relações entre a França e a Romênia sempre foram importantes para ambos os governos. As empresas francesas têm concessões nos campos de petrolíferos romenos, em Ploesti. Assim, você tem de ser cuidadoso. — Polanyi fez uma pausa, depois disse: — Agora, enquanto estamos aqui, preciso lhe fazer uma pergunta. Tenho uma carta de Hrubal, que quer saber se eu poderia descobrir com você o que aconteceu com Vilmos, o chefe dos seus cavalariços, que não voltou depois de escoltá-lo até a estação de Cluj.

— Obviamente eles o mataram.

— Será? Talvez ele tenha simplesmente fugido.

— É possível. Hrubal sabe que o dinheiro dele desapareceu?

— Não. E jamais saberá. Tive de ir até Voyschinkowsky, que, sem nenhuma explicação real, concordou em fazer valer a oferta. Assim, a contribuição do príncipe Hrubal para o comitê nacional será feita no nome dele.

Morath suspirou.

— Cristo, isso não termina nunca — disse ele.

— São os tempos em que vivemos, Nicholas. Não é um conforto, eu sei, mas foi pior no passado. De qualquer forma, não quero que perca o sono por nada disso. Enquanto eu estiver aqui para protegê-lo, você estará razoavelmente a salvo.

Seguindo as instruções do *marchand*, Morath tinha de ir ao café Madine naquela manhã, mas foi primeiro, ao escritório. Que encontrou silencioso e deserto — era muito cedo. Então, subitamente, um turbilhão de atividade. Mary Day com um estagiário de redator, Mary Day com Léon, o artista, Mary Day falando com Courtmain pela porta aberta. Num suéter branco e angélico ela olhou para ele enquanto ele passava apressado como um homem que tinha algo a fazer. Morath foi para seu escritório, olhou o relógio, saiu e voltou. Finalmente, ela estava sozinha à sua mesa, a cabeça apoiada nas mãos, olhando cinco palavras datilografadas numa folha de papel amarelo.

— Mary — disse ele.

Ela olhou para cima.

— Alô — disse ela. — Onde você esteve?

— Tentei ligar ontem à noite, mas não achei o seu número.

— Oh, isso é uma longa história — disse ela. — O apartamento está, realmente... — Ela olhou em volta. Pessoas por toda parte. — Diabo, estou sem lápis.

Ela se levantou bruscamente, e ele a seguiu ao almoxarifado, um grande armário. Ele fechou a porta atrás deles.

— Aqui está — disse ela, anotando o número de seu telefone.

— Quero encontrar com você.

Ela entregou-lhe um pedaço de papel, depois o beijou. Ele colocou os braços à sua volta e abraçou-a por um momento, sentindo seu perfume.

— Amanhã à noite? — perguntou ela.

Morath fez os cálculos.

— Às dez, eu acho.

— Há um café na esquina da Rue Guisarde. — Ela passou a mão pelo rosto dele, depois pegou um punhado de lápis. — Não posso ser apanhada sendo atacada no almoxarifado — disse ela rindo.

Ele seguiu o balanço de sua saia pelo corredor, ela desapareceu na sala do contador, olhando para trás, para ele, enquanto fechava a porta.

No café Madine, Morath ficou no balcão e tomou o café habitual. Vinte minutos mais tarde — alguém em algum lugar estava olhando, concluiu — a mulher apareceu. Ela ignorou Morath, sentou-se a uma mesa perto da parede e leu a edição de *Le Temps*.

Então, a Antuérpia. Ele foi ver Boris Balki no *nightclub*.

— Ainda nesse negócio? — disse Boris, servindo duas vodcas polonesas.

— Acho que sim — disse Morath.

— Bem, eu devia agradecer-lhe. — Boris levantou o copo num brinde silencioso e bebeu a vodca. — Meu amigo Rashkow saiu da prisão. Eles lhe entregaram suas roupas no meio da noite, levaram-no para o portão dos fundos, deram-lhe um forte pontapé no traseiro e disseram-lhe para não voltar.

— Fico feliz de ter podido ajudar.

— Pobre Rashkow — disse Balki.

— Preciso ir à Antuérpia — disse Morath. — Queria que fosse comigo.

— Antuérpia.

— Vamos precisar de um carro.

Ao amanhecer, Morath bateu os pés para aquecê-los e fechou mais o sobretudo, esperando, num nevoeiro branco, na entrada da estação do metrô do Palais Royal. Um carro esplêndido, pensou Morath. Ele veio subindo lentamente a Rue Saint-Honoré, um Peugeot 201 de dez anos atrás, pintado de verde-floresta escuro e brilhando com polimento e afeto.

Eles se dirigiram para o norte, seguindo fileiras de caminhões, até Saint Denis. Morath orientou Balki por um labirinto de ruas sinuosas até um parque atrás de uma igreja, onde, lutando duro com os engates relutantes, tiraram o assento traseiro.

— Por favor, Morath — disse Balki. — Não estrague nada. Este carro é a vida de alguém. — Ele usava um terno marrom bem passado, camisa branca sem gravata e um boné; um *bartender* em dia de folga.

Morath abriu sua maleta e enfiou grossos pacotes de pengo sob os arames das molas do banco. Balki ficou sério, sacudiu a cabeça quando viu todo aquele dinheiro.

A Routa 2, em direção ao norte e ao leste de Paris, atravessava Soissons e Laon, com as placas indicando Cambrai e Amiens, a planície lisa e cheia de ervas daninhas onde sempre lutaram contra os alemães. Nos vilarejos, a fumaça saía das chaminés, as mulheres abriam as cortinas, olhavam para o céu e punham os travesseiros e cobertores ao ar livre. Havia crianças indo para a escola, os cachorros trotando ao lado delas, os vendedores levantando as portas de aço das lojas, o leiteiro colocando as garrafas na entrada das casas.

Fora da cidade francesa de Bettignies, a polícia belga no posto da fronteira estava ocupada fumando, encostada no galpão, e nem se incomodou de olhar para o Peugeot quando o carro passou.

— A metade foi feita — disse Balki, com alívio na voz.

— Não, é isso aí — disse Morath, quando o galpão desapareceu no retrovisor. — Quando chegarmos à Antuérpia, somos turistas. Provavelmente nem devia apenas ter tomado o trem.

Balki deu de ombros.

— Bem, nunca se sabe.

Saíram da estrada, foram até um campo e colocaram o dinheiro de volta na maleta.

Foi uma viagem lenta através do Brussels. Pararam para comer enguias e *frites* num bar na periferia, depois continuaram ao longo do rio até a Antuérpia. Puderam ouvir um apito à distância enquanto um cargueiro saía do porto. O distrito dos diamantes era na rua Van Eykelai, numa luxuosa vizinhança perto de um parque triangular.

— Vou andar a partir daqui — disse Morath. Balki estacionou, estremecendo quando um pneu raspou no meio-fio.

— Shabet? Duas bancas abaixo — disseram a ele. Tinha encontrado os negociantes de diamantes em Pelikanstraat. As mesas compridas dos corretores, com os escritórios dos lapidadores no andar de cima. O Shabet que ele encontrou tinha uns trinta anos, era careca e preocupado.

— Acho melhor você ver o meu tio — disse ele.

Morath esperou perto da mesa enquanto era feita uma ligação e, dez minutos depois, o tio apareceu.

— Vamos ao meu escritório — disse ele.

Que ficava de volta na rua Van Eykelay, no segundo andar de um imponente e majestoso prédio de pedra cinzenta. Tapetes persas, uma grande estante de mogno cheia de livros antigos, uma mesa com detalhes em baeta verde.

O Shabet mais velho sentou-se à escrivaninha:

— Então, o que posso fazer pelo senhor?

— Um conhecido em Paris me deu o seu nome.

— Paris. Oh, o senhor é *monsieur* André?

— É o nome que pedi para usar.

Shabet olhou para ele. Tinha uns sessenta anos, pensou Morath, com feições bonitas e cabelos brancos, um *yarmulke* de seda branca no topo da cabeça. Um homem satisfeito, rico e confiante com o que sabia a respeito do mundo.

— O tempo em que vivemos — disse ele, perdoando a Morath a pequena decepção. — Seu amigo em Paris enviou alguém para me ver. Seu interesse é, eu creio, investimentos.

— Mais ou menos. O dinheiro está em pengos húngaros, cerca de dois milhões.

— Não se preocupe com forma e qualidade, isso deixe conosco. É simplesmente uma questão de conversão.

— Para diamantes.

Shabet cruzou as mãos sobre a mesa, os polegares juntos.

— As pedras são avaliadas, claro. — Ele sabia que não era tão simples.

— E, uma vez que forem nossas, gostaríamos que fossem vendidas.

— Por nós?

— Por seus associados, talvez famílias associadas, em Nova York. E o dinheiro depositado numa conta nos Estados Unidos.

— Ah.

— E se para economizar as despesas de remessa a firma em Nova York tiver de usar seu próprio inventário, pedras de valor igual, não teremos nada a ver com isso.

— O senhor está pensando em uma carta, eu acho. De nós para eles, e a contabilidade fica por conta da família, é isso?

Morath concordou e entregou a Shabet uma folha de papel creme.

Shabet tirou um *pince-nez* do bolso do paletó e colocou no nariz.

— "United Chemical Supply" — leu. — "Mr. J. S. Horvath, tesoureiro." No Chase National Bank, agência da Park Avenue. — Ele colocou o papel na mesa e guardou o *pince-nez* no bolso.

— *Monsieur* André? Que tipo de dinheiro é esse?

— Dinheiro doado.

— Para espionagem?

— Não.

— Para quê, então?

— Para certos fundos. Para estar disponível em caso de uma emergência nacional.

— Estou fazendo negócio com o governo húngaro?

— Não está. O dinheiro veio de doadores particulares. Não é dinheiro fascista, expropriado, extorquido nem roubado. A política deste dinheiro é o que os jornais chamam de "Front das Sombras". O que quer dizer liberais, legalistas, judeus, intelectuais.

Shabet não estava satisfeito; franziu as sobrancelhas, a expressão de um homem que queria dizer não, mas não podia.

— É uma grande quantidade de dinheiro, senhor.

— Só estamos pedindo esta única transferência.

Shabet olhou para fora da janela, uns poucos flocos de neve flutuavam no ar.

— Bem, é um método muito antigo.

— Medieval.

Shabet concordou.

— E o senhor confia em nós para fazer isso? Não haverá recibo, nada disso.

— Vocês são, eu acredito, uma firma credenciada.

— Eu diria que somos, *monsieur* André. Eu diria que desde 1550. — Shabet pegou a folha de papel, dobrou-a ao meio e guardou-a na gaveta da mesa. — Houve um tempo — disse ele — em que talvez sugeríssemos ao senhor fazer negócio com outra firma. Mas agora... — Não foi necessário terminar a frase, e Shabet não se incomodou com isso. — Muito bem — disse ele. — O senhor está com o dinheiro aí?

Já estava escurecendo quando eles tentaram achar a saída de Antuérpia. Tinham um mapa da cidade, que parecia ter sido desenhado por um anarquista belga bem-humorado, e discutiam enquanto o Peugeot passava pelas ruas estreitas. Morath apontava no mapa e dizia para Balki onde estavam, Balki olhava as placas das ruas e dizia para Morath onde não estavam.

O limpador de pára-brisa rangia de um lado para o outro, enquanto tirava a neve do vidro embaçado. Numa rua, um incêndio; levaram muito tempo para dar marcha a ré. Viraram na esquina seguinte atrás de uma carroça carregada de ferro velho, depois tentaram outra rua, que os levou à estátua de um rei e a um beco sem saída. Balki disse "*Merde*", virou o carro na direção oposta e pegou a primeira rua à esquerda.

Que era, por alguma razão, vagamente familiar a Morath, ele tinha estado ali antes. Então ele viu por que — a loja chamada *Homme du Monde*, a loja de aluguel de *smokings* de madame Golsztahn. Mas não havia manequim na vitrine. Apenas um letreiro escrito a mão que dizia *Fermé*.

— O que é isso? — perguntou Balki.

Morath não respondeu.

Talvez os guardas da fronteira da Bélgica não se importassem com quem entrava ou saía, mas os inspetores da alfândega francesa eram diferentes.

— O relógio, *monsieur*. É, ah, novo?

— Comprei-o em Paris — disse-lhes Balki.

Estava quente na alfândega, um fogão brilhava num canto, e o lugar cheirava a lã molhada das capas dos inspetores *Um russo? E um húngaro? Com visto de residência? Visto de trabalho? O húngaro com um passaporte diplomático? Num carro emprestado?*

Então, exatamente que tipo de *negócio* os tinha obrigado a atravessar a fronteira durante uma tempestade? Acho que teremos de revistar a mala do carro. A chave, *monsieur*, por favor.

Morath começou a calcular o tempo. Para estar no café da Rue Guisarde às dez horas, eles deviam ter saído daquele inferno uma hora antes. Lá fora, um motorista de caminhão tocou a buzina. O trânsito começou a ficar engarrafado enquanto um dos inspetores tentava telefonar para a prefeitura de Paris. Morath podia ouvir a voz da telefonista enquanto ela argumentava com o inspetor, que colocou a mão sobre o fone e disse para seu supervisor:

— Ela diz que caiu uma linha em Lille.

— Nossas chamadas não passam por Lille, ela, entre todos, devia saber disso!

Morath e Balki trocaram um olhar. Mas o chefe se entediou com eles alguns minutos depois e mandou-os continuar a viagem com um gesto imperioso. Se eles insistiam em ser estrangeiros, aquilo certamente não era *sua* culpa.

Na Routa 2, neve.

O Peugeot arrastava-se atrás de uma velha *camionette* Citroën com o nome de um armazém de Soissons escrito na porta de trás. Balki praguejou e tentou ultrapassá-lo, as rodas derraparam e o Peugeot começou a rabear. Balki pisou no freio, Morath viu a cara pálida e furiosa do chofer da *camionette* quando passaram raspando, o Peugeot rodopiou, depois rodou até um campo, as rodas batendo nos sulcos do terreno sob a neve.

O carro parou a poucos metros de uma grande árvore, seu tronco marcado pela imprudência de outros motoristas. Balki e Morath ficaram de pé sob a neve que caía e olharam para o carro. O pneu traseiro direito estava furado.

Dez minutos para a meia-noite, a Rue Guisarde branca e silenciosa sob o murmúrio da neve, as luzes do café, um brilho âmbar, brilhando no fim da rua. Ele a viu imediatamente, o último freguês, parecendo muito triste e abandonada, inclinada sobre um livro e uma xícara de café vazia.

Sentou-se em frente a ela.

— Desculpe-me — disse ele.

— Oh, não tem importância.

— Um pesadelo, nas estradas. Tivemos de trocar um pneu.

Ele pegou as mãos dela.

— Você está molhado — disse ela.

— E com frio.

— Talvez deva ir para casa. Não foi uma noite boa. — Ele não queria ir para casa. — Ou poderia vir para o apartamento. Secar o cabelo, pelo menos.

Ele se levantou. Tirou alguns francos do bolso e colocou na mesa para pagar o café.

Um apartamento muito pequeno, uma sala com uma cama numa alcova e um banheiro. Ele tirou o sobretudo, ela o pendurou no aquecedor. Colocou o casaco no armário e as meias ensopadas sobre uma folha de jornal.

Sentaram-se num rebuscado sofá antigo, um horror vitoriano, o tipo de coisa que depois de subir cinco lances de escadas jamais ia sair dali.

— Querida coisa velha — disse ela afetuosamente, passando a mão no estofado de veludo marrom. — Este sofá aparece muitas vezes nos romances de D. E. Cameron.

— *Campo de honra.*

— Sim. — Ela riu e disse: — Na verdade, tive sorte de encontrar este lugar. Não sou a inquilina legal, é por isso que o meu nome não está na lista telefônica. Pertence a uma mulher chamada Moni.

— Moni?

— Bem, acho que oficialmente ela é Mona, mas se o seu nome é Mona, acho que o único apelido é Moni.

— Baixa e morena? Que gosta de criar problemas?

— É ela. É uma artista de Montreal, vive com a namorada em algum lugar perto da Bastille. Onde a conheceu?

— Juan-les-Pins. Ela era uma das amigas de Cara.

— Oh. Bem, de qualquer forma, ela foi uma dádiva de Deus. Quando Jean-Marie morreu, jurei que ia continuar no outro apartamento, mas não pude suportar. Sinto falta da geladeira, no verão, mas tenho um pequeno fogão portátil e posso ver St. Sulpice.

— É calmo.

— Perdido nas estrelas.

Ela pegou uma garrafa de vinho do parapeito da janela, abriu-a e serviu um copo para ele e um para ela. Ele acendeu um cigarro e ela trouxe um cinzeiro.

— É português — disse ela.

Ele tomou um gole.

— É muito bom.

— Não é ruim, eu diria.

— Nem um pouco.

— Eu gosto.

— Mmm.

— O nome é Garrafeira.

*Cristo, foi um longo caminho até este sofá.*

— O que estava lendo no café?

— Babel.

— Em francês?

— Inglês. Meu pai era irlandês, mas eu aprendi na escola. Minha mãe era francesa, morávamos em Paris e falávamos francês.

— Então, oficialmente, você é francesa.

— Irlandesa. Só estive lá duas vezes, mas quando fiz dezoito anos, tive de escolher uma ou outra. Meus pais queriam que eu fosse irlandesa; alguma coisa que minha mãe queria para o meu pai, eu acho que era isso. De qualquer forma, quem se importa. Cidadã do mundo, certo?

— Você é?

— Não, sou francesa, meu coração é francês; não posso fazer nada. Meu editor pensava que eu escrevia em inglês, mas eu menti sobre isso. Eu escrevo em francês e traduzo.

Morath foi até a janela, olhou para os flocos de neve que caíam sobre os lampiões da rua. E foi assim. Mary Day atravessou o quarto e encostou-se nele. Ele pegou sua mão.

— Você gostou da Irlanda? — A voz dele era suave.

— Era muito bonita — disse ela.

Foi um alívio tudo ter dado certo, na primeira vez, porque só Deus sabe como poderia ter dado errado. A segunda vez foi muito melhor. Ela tinha um corpo esguio, macio e sedoso. Ficou um pouco tímida no princípio, mas depois não. A cama era estreita para duas pessoas, mas ela dormiu nos seus braços a noite inteira, de modo que isso não teve importância.

Noite de Natal. Uma tradição de longa data, a festa de Natal da baronesa Frei. Mary Day estava tensa no táxi, tinham brigado por causa da festa. Ele tinha de ir, mas não queria deixá-la sozinha em casa na véspera de Natal.

— É uma coisa nova para você — dissera ele. — Uma noite húngara.

— Com quem vou conversar?

— Mary, *ma douce*, não existem húngaros que só falam húngaro. As pessoas na festa vão falar francês, talvez inglês. E se por acaso você for apresentada a alguém e vocês não consigam trocar uma única palavra compreensível, bem, e daí? Um sorriso de desculpas, e você escapa para o bufê.

Afinal, ela foi. Vestida com algo preto — e meio estranho, como tudo que usava —, mas parecendo ainda mais atraente do que o habitual. Ficou encantada, claro, com a entrada de Villon e com a casa. E com o empregado que se curvou quando eles entraram e rapidamente pegou seus casacos.

— Nicholas? — murmurou ela.

— Sim?

— Aquele era um lacaio autêntico, Nicholas. — Olhou em volta. Os candelabros, a prata, o presépio em cima da lareira, os homens, as mulheres. Numa outra sala, um quarteto de cordas.

A baronesa Frei ficou satisfeita em vê-lo acompanhado e, obviamente, aprovou a escolha.

— Você deve vir me visitar outro dia, quando poderemos conversar — disse ela para Mary Day. Que ficou de braço dado com Morath por apenas dez minutos até que um barão a levou.

Morath, taça de champanhe na mão, encontrou-se conversando com um homem apresentado como Bolthos, um oficial da missão diplomática húngara. Muito refinado, com as têmporas grisalhas, parecendo, pensou Morath, com um quadro antigo de um diplomata de 1910. Bolthos queria falar sobre política.

— Hitler está furioso com eles — disse ele sobre os romenos. — Calinescu, o ministro do Interior, fez um trabalho rápido com a Guarda de Ferro. Com a aprovação do rei, naturalmente. Eles mataram Codreanu e quatorze dos seus tenentes. "Mortos quando tentavam escapar", segundo dizem.

— Talvez tenhamos algo a aprender com eles.

— Foi um aviso, eu acho. Mantenha seu lixo desgraçado longe do nosso país, Adolf.

Morath concordou.

— Se nos juntássemos à Polônia, à Romênia, até mesmo à Sérvia, e o enfrentássemos, realmente poderíamos sobreviver a isso.

— Sim, o Intermarium. E concordo com você, principalmente se a França nos ajudar.

Os franceses tinham assinado um tratado de amizade com Berlim duas semanas antes, Munique confirmou.

— E será que vai ajudar? — perguntou Morath.

Bolthos bebeu um pouco de champanhe.

— No último minuto, talvez, depois que tivermos perdido a esperança. Os franceses levam muito tempo para fazer a coisa certa.

— Os poloneses não vão ter nenhuma Munique — disse Morath.

— Não, eles vão lutar.

— E Horthy?

— Vai se esquivar, como sempre. No final, no entanto, isso talvez não seja o suficiente. Então, vamos todos para o caldeirão.

A esposa estonteante de Bolthos juntou-se a eles, toda cabelos platinados e brincos de brilhantes:

— Espero que não os tenha apanhado falando de política — disse ela, fazendo uma cara zangada. — É *Natal*, queridos, não é tempo de duelos.

— Ao seu dispor, senhor. — Morath bateu os calcanhares e se curvou.

— Está vendo? — disse madame Bolthos. — Agora você vai ter de se levantar de madrugada, o que é bem-feito.

— Depressa! — disse uma jovem. — É Kolovitzky!
— Onde?
— No salão de baile.

Morath seguiu-a enquanto ela cortava caminho pela multidão.

— Eu a conheço?

A mulher olhou por cima do ombro e riu.

No salão, o eminente violoncelista Bela Kolovitzky estava de pé na plataforma e agradecia à multidão reunida. Seus companheiros do quarteto de cordas acompanharam a multidão. Kolovitzky colocou um lenço entre o pescoço e o ombro e acomodou-se em volta do instrumento. Ele tinha alcançado fama e sucesso em Budapeste, então, em 1933, fora para Hollywood.

— "Flight of the Bumblebee!" — gritou alguém, fazendo uma brincadeira.

Kolovitzky tocou uns acordes discordante, depois olhou para os pés.

— Alguma outra coisa?

Então começou a tocar uma melodia lenta, profunda, vagamente familiar.

— Isso é de *Enchanted Holiday* — disse ele. A música ficou mais triste. — Agora Hedy Lamarr olha para o navio a vapor. —

E, pensativo: — Ela vê Charles Boyer na murada... ele está procurando por ela... na multidão... ela começa a levantar a mão... pára no meio... abaixa o braço... não, eles não podem jamais ficar juntos... agora o navio apita — ele faz um som no violoncelo —, Charles Boyer está frenético... onde está ela?
— Que música é essa? — perguntou uma mulher. Eu quase a conheço.
Kolovitzky deu de ombros.
— Algo entre Tchaikovsky e Brahms. Brahmsky, nós dizemos. — Ele começou a falar com um cômico sotaque húngaro. — Tem de ser zão terno, ro-*man*-tic, zenti-*men*tal. Zão lindo que faz... Sam Goldwyn chorar... e faz... Kolovitzky... rico.

Morath passeou pela festa, procurando por Mary Day. Encontrou-a na biblioteca, sentada ao lado da lareira. Estava inclinada para frente na poltrona, o polegar marcando a página do livro, e ouvia atentamente um homenzinho grisalho sentado numa cadeira de couro, a mão descansando no punho de uma bengala que era uma cabeça de carneiro de prata. Aos pés de Mary Day estava um *viszla*, apático com o afago contínuo que ela fazia no seu pêlo sedoso, levando-o a um estado de semiconsciência.
— Então, do topo daquela colina — disse o homem de cabelos grisalhos — pode-se avistar o Paternon.

Morath sentou-se numa cadeira de espaldar alto perto de uma porta francesa, comendo um bolo que estava num prato equilibrado nos joelhos. A baronesa Frei sentou-se perto dele, as costas curvadas num vestido de seda, o rosto, como sempre, luminoso. *Pode-se dizer,* pensou Morath, *que ela é a mulher mais bonita da Europa.*
— E sua mãe, Nicholas, o que ela disse?
— Ela não vai partir.
— Vou escrever para ela — disse a baronesa, com firmeza.

— Por favor — disse ele. — Mas duvido que mude de idéia.
— Teimosa! Sempre foi.
— Pouco antes de eu vir embora, ela disse que poderia conviver com os alemães, se fosse obrigada, mas que se o país fosse ocupado pelo russos, que eu deveria encontrar uma maneira de tirá-la de lá. "Então", disse mamãe, "eu vou para Paris."

Ele encontrou Mary Day e levou-a para o jardim de inverno; folhas mortas forravam as cadeiras de ferro e a mesa, galhos sem rosa subiam pelas treliças. O ar gelado tornava o céu negro e as estrelas brancas e brilhantes. Quando ela começou a tremer, Morath ficou atrás dela e a envolveu em seus braços.
— Eu te amo, Nicholas — disse ela.

# Intermarium

## 11 DE MARÇO DE 1939.

*Amen*. O mundo em caos, metade dos exércitos mobilizados na Europa, diplomatas em constante movimento, surgindo aqui e ali como macacos de lata nas galerias de tiros. Muito parecidos mesmo, pensou Morath, como macacos de lata nas galerias de tiros.

Atravessando a ponte Royal no caminho para o almoço, atrasado, sem pressa, ele parou e debruçou-se na murada de pedra. O rio corria cheio e pesado, com a cor de ardósia brilhante, sua superfície encrespada pelo vento de março e pelas correntes da primavera. No céu, a oeste, as nuvens deslizavam vindo do canal dos portos. *Os últimos dias de Peixes*, pensou ele, sonhos e mistérios, o equinócio em dez dias. Quando chovia no meio da noite, eles acordavam e faziam amor.

Olhou para o relógio, Polanyi estaria esperando por ele, havia algum jeito de evitar isto? Dali o Sena corria para o norte, para Rouen, para a Normandia, para o mar. *Escapar*.

Não, almoçar.

Trinta minutos depois, a Brasserie Heininger. Uma escada de mármore branco que subia até uma sala com banquetas de pelúcia vermelha, cupidos pintados, cortinas com puxadores dourados. Garçons com costeletas corriam de um lado para o outro, carregando bandejas de prata com *langoustes* rosadas. Morath ficou aliviado. Não mais Prévert, "a beleza das coisas sinistras", o conde Von Polanyi de Nemeszvar tinha, aparentemente, levantado das profundezas, tentado pela comida suntuosa e uma carta da lista de vinhos encadernada em couro.

Polanyi cumprimentou-o formalmente em húngaro e levantou-se para apertar sua mão.

— Desculpe chegar atrasado.

Uma garrafa de Echézeaux foi aberta na mesa, um garçom apressou-se em servir uma taça para Morath. Ele tomou um gole e olhou para o espelho acima da banqueta. Polanyi seguiu-lhe o olhar.

— Não olhe agora, mas tem um buraco de bala no espelho atrás de você — disse Morath.

— Sim. A fatídica Mesa Quatorze, este lugar tem história.

— É mesmo?

— Há dois anos, eu acho. O chefe dos garçons foi assassinado quando estava sentado na privada do banheiro das senhoras.

— Bem, ele não vai fazer *isso* de novo.

— Com uma metralhadora, dizem. Algo a ver com a política búlgara.

— Oh. E em sua memória...

— Sim. Além disso, contam uma história de que uma espécie de espiã inglesa costumava reunir pessoas à sua volta aqui.

— Nesta mesma mesa? — O garçom voltou, Polanyi pediu mexilhões e um *choucroute royale*. — O que é "*royale*"? — perguntou Morath.

— Eles cozinham o chucrute em champanhe em vez de cerveja.

— Você sente o gosto do champanhe? No chucrute?

— Uma ilusão. Mas as pessoas gostam da idéia.

Morath pediu *suprêmes de volaille*, peito de frango com creme, o prato mais simples que havia.

— Você soube do que aconteceu no Ministério da Força Aérea francesa? — perguntou Polanyi.

— O que foi agora?

— Bem, primeiro eles contrataram um fabricante de móveis para construir aviões de caça.

— O cunhado de alguém.

— Provavelmente. Depois decidiram guardar seus papéis secretos num local de teste fora de Paris. Guardaram os papéis num túnel aerodinâmico em desuso. Só que eles se esqueceram de avisar aos técnicos, que ligaram o aparelho, e os papéis se espalharam pela vizinhança.

Morath sacudiu a cabeça; houve um tempo em que aquilo teria sido engraçado.

— Eles vão ter Adolf no palácio Elysée, se não tomarem cuidado.

— Não enquanto vivermos — disse Polanyi, acabando o vinho e reabastecendo o copo. — Achamos que Adolf está quase cometendo um erro.

— Qual?

— Polônia. Ultimamente, tem gritado sobre Danzing, "é alemã, sempre foi alemã, sempre será alemã". A sua estação de rádio diz aos alemães da cidade "mantenham uma lista dos seus inimigos, em breve o exército alemão os ajudará a puni-los". Então, o que deve acontecer agora é um pacto, entre os poloneses, os romenos e nós... os iugoslavos podem participar, se quiserem. O Intermarium, como é conhecido, as terras entre os mares, o Báltico e Adriático. Juntos, somos fortes. A Polônia tem o maior exército em terra da Europa, e podemos negar a Hitler o trigo e o petróleo da Romênia. Se conseguirmos fazer Hitler recuar, tirar sua máscara, isto será o seu fim. — Polanyi viu que Morath estava cético. — Eu sei, eu sei — disse ele. — Ódios antigos, disputas territoriais e tudo o mais. Mas, se não fizermos alguma coisa, vamos acabar como os tchecos.

O almoço foi servido, o garçom anunciando cada prato quando o colocava sobre a mesa.

— E o que Horthy pensa sobre isso?

— Ele apóia. Talvez você saiba dos antecedentes dos acontecimentos políticos de fevereiro, talvez não saiba. Oficialmente,

Imredy renunciou e o conde Teleki tornou-se o primeiro-ministro. Na verdade, Horthy soube que um jornal de Budapeste estava para publicar provas, obtidas na Tchecoslováquia, de que o Dr. Bela Imredy, o raivoso anti-semita, era judeu. Tinha, pelo menos, um bisavô judeu. Assim, Imredy não pulou, ele foi empurrado. E quando ele renunciou, Horthy substituiu-o por Teleki, um geógrafo de destaque internacional e um liberal. O que significa que Horthy apóia, pelo menos, alguma resistência aos objetivos alemães como a melhor maneira de manter a Hungria fora de outra guerra.

— Com a Grã-Bretanha e a França. E, mais cedo ou mais tarde, os Estados Unidos. Temos certeza de que venceremos essa.

— Você se esqueceu da Rússia — disse Polanyi. — Como está o seu frango?

— Muito bom.

Polanyi levou um momento para empilhar no garfo, usando uma faca, um pouco de chucrute sobre um pedaço de salsicha e acrescentou uma pitada de mostarda.

— Você não conhece a Polônia, não é, Nicholas?

— Não.

— A zona rural é linda. E as montanhas, o Tatra, sublime. Principalmente nesta época do ano.

— Dizem que é.

— Nicholas!

— Sim?

— Será possível que você nunca tenha estado lá? No majestoso Tatra?

Um memorando na sua mesa na Agence Courtmain pedia que ele desse uma olhada no arquivo sobre Betravix, um tônico para os nervos feito de beterraba. E lá ele encontrou um cartão-postal com um Zeus de olhos grandes, a barba soprada para o lado por uma tempestade sobre sua cabeça, pronto para raptar uma extraordinária Hera nua e cor-de-rosa, que mantinha presa pelo pé. No verso do cartão, havia um desenho de um coração perfurado por um ponto de exclamação.

Esteve numa reunião com Courtmain, depois voltou à sua sala, encontrou uma segunda mensagem, garatujada num pedaço de papel. *Seu amigo Ilya ligou. M.*

Desceu o corredor até a sala dela, um cubículo envidraçado perto de uma janela.

— Gostei do seu cartão — disse ele. — É isso que acontece quando se toma Betravix?

— Eu não tomaria, se fosse você. — O sol da tarde batia nos seus cabelos. — Viu o recado?

— Vi. Quem é Ilya?

— Um amigo, ele disse. Quer se encontrar com você. — Bateu com os dedos numa pilha de notas na sua mesa. — Para tomar um drinque. No café na Rue Maubeuge, em frente da Gare du Nord. Às seis e quinze.

*Ilya?*

— Tem certeza que era para mim?

Ela concordou.

— Ele disse: "Pode dizer ao Nicholas."

— Aqui há outro Nicholas?

Ela pensou um pouco.

— Aqui no escritório, não. Ele parecia simpático, muito calmo. Com um sotaque russo.

— Bem, quem sabe?

— Você vai?

Ele hesitou. Russos desconhecidos, reunião no café da estação.

— Por que ligou para *você?*

— Não sei, meu amor. — Ela olhou além dele, em direção à porta. — Isso é tudo?

Ele voltou-se para ver Léon com o desenho de uma mulher com uma estola de pele.

— Posso voltar mais tarde, se estiverem ocupados — disse Léon.

— Não, já terminamos — disse Morath.

Ele pensou sobre aquilo o resto do dia. Não conseguia parar. Quase ligou para Polanyi, depois desistiu. Decidiu, finalmente, ficar longe. Saiu do escritório às cinco e meia, ficou parado na Avenue Matignon, depois acenou para um táxi, com a intenção de voltar para o seu apartamento.

— *Monsieur?* — disse o chofer.

— Gare du Nord. — *Je m'en fous*, ao diabo com isso tudo.

Sentou-se no café, um jornal ao lado da xícara, olhando as pessoas que entravam. Será que tinha alguma coisa a ver com o comerciante de diamantes da Antuérpia? Alguém que Balki conhecia? Ou um amigo de um amigo — *ligue para Morath, quando chegar a Paris*. Alguém que queria lhe vender seguro, talvez, ou ações da Bolsa ou um emigrante que precisava de emprego. Um cliente russo? Que queria fazer propaganda da sua... loja de calçados?

Qualquer coisa, na verdade, menos o que ele sabia que era.

Morath esperou até as sete, depois tomou um táxi para o apartamento de Mary Day. Tomaram vinho, fizeram amor, saíram para um bife com fritas, voltaram andando, se enroscaram embaixo dos cobertores. Mas ele acordou às três e meia e, outra vez, às cinco horas.

E quando o telefone tocou na manhã seguinte, no seu escritório, ele esperou que desse três toques antes de atender.

— Minhas desculpas, *monsieur* Morath. Espero que me perdoe. — Era uma voz suave, com um forte sotaque.

— Quem é você?

— Apenas Ilya. Estarei amanhã de manhã no mercado aberto em Maubert.

— O assunto...?

— Obrigado — disse ele. No fundo, alguém pediu "*Un café allongé*". Havia um rádio tocando, uma cadeira foi arrastada no chão, e o telefone foi desligado.

Um grande mercado, na praça Maubert, às terças-feiras e aos sábados. Bacalhau e caranhos vermelhos em gelo picado. Repolhos, batatas, nabos, alho-poró, cebolas. Alecrim e lavanda secos. Nozes e avelãs. Um par de rins de porco sangrentos embrulhados numa folha de jornal.

Morath o viu, esperando na porta da entrada. *Um espectro.* Olhou por um momento, recebeu um cumprimento de volta.

Andaram por entre as bancas, respirando o vapor no ar frio.

— Eu o conheço? — perguntou Morath.

— Não — disse Ilya. — Mas eu o conheço.

Havia algo sutilmente errado com o homem, pensou Morath, talvez um tronco muito comprido para as pernas, ou braços muito curtos. O contorno do couro cabeludo recuado, os cabelos cortado tão curtos que à primeira vista ele parecia ter uma testa alta. Um rosto plácido, ceroso e pálido, que tornava um grosso bigode negro ainda mais negro. E na sua postura havia um ar de médico ou advogado, um homem que se disciplinou, por razões profissionais, a não mostrar emoções. Usava um triste e velho sobretudo verde-oliva, talvez remanescente do exército de alguém, em algum lugar, tão sujo e rasgado que sua identidade há muito tinha desbotado.

— Nós nos encontramos em algum lugar? — perguntou Morath.

— Não. Eu o conheço do seu dossiê, em Moscou. O tipo de arquivo mantido pelos serviços especiais. É, talvez, mais completo do que você esperaria. Quem é você, quanto ganha. Opiniões políticas, família, as coisas de sempre. Tive à escolha centenas de pessoas em Paris. Várias nacionalidades, circunstâncias. Finalmente, escolhi você.

Eles andaram em silêncio por um tempo.

— Estou foragido, claro. Devia ter morrido, no expurgo do Diretório Estrangeiro. Meus amigos tinham sido presos e tinham desaparecido, como normalmente acontece lá. No momento eu estava... posso dizer, na Europa. E quando fui chamado de volta a Moscou... para receber uma medalha, segundo eles disseram... eu sabia precisamente que medalha era aquela, nove gramas, e também sabia precisamente o que me esperava antes de receber a bala. Então, eu fugi e vim me esconder em Paris. Fiquei num quarto durante sete meses. Acredito que tenha saído do quarto três vezes nesse período.

— Como vivia?

Ilya encolheu os ombros.

— Como podia. Usando o pouco dinheiro que tinha, comprei uma panela, um fogão a álcool e um grande saco de aveia. Com água, disponível no corredor do meu quarto, podia cozinhar a aveia e fazer *kasha*. Acrescente um pouco de toucinho e pode-se viver com isso. Eu consegui.

— E eu? O que você quer de mim?

— Ajuda.

Um policial passou, a capa o envolvia para aquecê-lo. Morath evitou seu olhar.

— Há coisas que devem ser conhecidas — disse Ilya. — Talvez você possa me ajudar a fazer isso.

— Eles estão à sua procura, claro.

— De todas as formas. E vão me encontrar.

— Você pode sair nas ruas?

— Não.

Passaram por uma *boulangerie*.

— Um momento — disse Morath. Entrou na loja e saiu de lá com um *bâtard*. Tirou uma ponta e deu o restante para Ilya.

Morath ruminou o pão por um longo tempo. Sua boca estava muito seca e era difícil engolir.

— Eu o coloquei em perigo, eu sei — disse Ilya. — E a sua amiga. Pelo que peço desculpas.

— Você sabia como me encontrar através dela, onde ela trabalha?

— Eu o segui, *monsieur*. Não é difícil.

— Não, acho que não.

— Você pode ir embora, claro. Em não o incomodaria mais.

— Sim, eu sei.

— Mas você não faz isso.

Morath não respondeu.

Ilya sorriu.

— Então... — disse ele.

Morath enfiou a mão no bolso e entregou a Ilya todo o dinheiro que tinha.

— Por sua bondade, eu lhe agradeço — disse Ilya. — E, por qualquer outra coisa, se Deus quiser, não se esqueça de que não tenho muito tempo.

Morath levou Mary Day ao cinema naquela noite, um filme de gângster, e, por coincidência, detetives perseguindo um charmoso ladrão de banco pelas ruas, na chuva. Um nobre selvagem, sua alma negra redimida pelo amor no rolo anterior, mas os *flics* não sabiam disso. O cachecol branco em sua mão quando ele morreu numa poça sob a luz de um lampião de rua... que pertencia à querida, boa, estonteante Dany, com suéter justo. Não há justiça neste mundo. Um discreto fungar de Mary Day foi tudo que ele teve. Quando o noticiário começou — uma mina de carvão desmoronada em Lille, Hitler aos gritos em Regensburg, eles saíram.

De volta à Rue Guisarde, ficaram na cama, no escuro.

— Você encontrou o seu russo? — disse ela.

— Hoje de manhã. No mercado Maubert.

— E?

— Um fugitivo.

— Oh? — Ela se sentiu leve nos seus braços, frágil. — O que ele queria? — perguntou.

— Uma espécie de ajuda.

— Você vai ajudá-lo?

Por um momento ele ficou em silêncio, depois disse:

— Talvez. — Não queria falar sobre aquilo; acariciou o ventre dela para mudar de assunto. — Viu o que acontece quando tomo o meu Betravix?

Ela deu um risinho.

— Mas há uma coisa que eu *vi*. Uma semana depois de ter sido admitida, eu acho. Você estava fora, em algum lugar... onde quer que seja que você vá e esse homenzinho estranho apareceu com o seu tônico. "Para os nervos", disse ele. "E para aumentar o vigor." Courtmain estava ansioso para prová-lo. Sentamo-nos no seu escritório, este vidro verde em cima da mesa, e em algum lugar ele achou uma colher. Eu tirei a tampa e cheirei. Courtmain parecia curioso, mas eu não disse nada, estava na firma havia só uns poucos dias e estava com medo de cometer algum erro. Bem, nada amedronta Courtmain, ele encheu uma colher e engoliu o líquido. Então, ficou pálido e saiu correndo pelo corredor.

— Betravix... mantém você correndo.

— A cara dele... — Ela riu alto ao se lembrar.

Os idos de março. No dia quinze, a infantaria motorizada alemã, motocicletas, semi-caterpilars e carros blindados entraram em Praga sob uma forte nevasca. O exército tcheco não resistiu, a força aérea ficou no solo. Durante todo o dia, as colunas da Wehrmacht atravessaram a cidade rumo à fronteira eslovaca. Na manhã seguinte, Hitler dirigiu-se à multidão de Volksdeutsch, do balcão do Castelo de Hradcany. Nos dias seguintes houve quinhentas prisões na Tchecoslováquia e centenas de suicídios.

Duas semanas antes, a Hungria tinha aderido ao Pacto Anticomunista — Alemanha, Itália e Japão —, enquanto, simultaneamente, iniciava uma severa repressão aos elementos fascistas através do país. *Nós vamos nos opor aos bolcheviques*, parecia dizer a ação, *e podemos assinar qualquer papel que quisermos, mas não vamos ser governados pelos delegados nazistas*. Sob uma certa luz, uma espécie de luz escura e torturante, fazia sentido. Mais ainda quando, no dia 14, o Honved, o exército real húngaro, atravessou a fronteira marchando e ocupou a Rutênia. Lenta e dolorosamente, os antigos territórios estavam voltando.

Em Paris, a nevasca de Praga caiu como chuva. A notícia estava viva nas ruas. Sob os guarda-chuvas negros e reluzentes, a multidão se juntava nas bancas de jornal onde as manchetes estavam expostas. *Traição*. Morath podia sentir no ar. Como se a fera, trancada seguramente no porão na época de Munique, tivesse derrubado a porta e começasse a pisotear a louça.

A recepcionista da agência atendeu ao telefone enxugando os olhos com um lenço. Um Courtmain contido mostrou a Morath uma lista de jovens do escritório que queriam se alistar — como continuar sem eles? Nos corredores, conversas em sussurros ansiosos.

Mas quando Morath deixou o escritório ao meio-dia ninguém estava sussurrando. Nas ruas, no café, e no banco e em toda parte, era *merde* e *merde* outra vez. *E merdeux, un beau merdier, merdique, emmerdé* e *emmerdeur*. Os parisienses tinham vários modos de dizer aquilo e usaram todos eles. O jornal de Morath, violentamente pessimista sobre o futuro, lembrava aos seus leitores o que Churchill tinha dito em resposta aos discursos "paz-com-honra" de Chamberlain na época de Munique. "Foi-lhe dada a chance entre a guerra e a desonra. Você escolheu a desonra, e terá a guerra."

No dia 28 de março, Madri caiu sob o exército de Franco, e a república espanhola se rendeu. Mary Day estava sentada na beira da cama, com sua camisola de flanela, ouvindo a voz no rádio.

— Você sabe, uma vez tive um amigo — disse ela, quase chorando. — Um inglês. Alto e tolo, cego como um morcego... Edwin

Pennington. Edwin Pennington, que escreveu *Annabelle Surprised* e *Miss Lovett's School*. E então um dia ele foi embora e morreu na Andaluzia.

Para Morath, no trabalho naquela amanhã, um *petit bleu*, um telegrama enviado pelo sistema de tubo de ar comprimido usado pelo Correio parisiense. Uma mensagem simples: "Notre Dame de Lorette. 1:30."

A igreja de Notre Dame de Lorette no velho 9$^{ème}$ Arrondissement — as prostitutas da vizinhança eram conhecidas como *Lorettes*. Nas ruas em volta da igreja, Ilya não seria notado. Os melhores instintos de Morath disseram-lhe para não ir. Ele recostou-se na cadeira, olhou para o telegrama, fumou um cigarro e saiu do escritório à uma hora.

Estava escuro e movimentado na igreja, a maioria senhoras velhas, naquela hora do dia. *Viúvas de guerra*, pensou ele, vestidas de preto, adiantadas para a missa das duas horas. Ele esperou nas sombras, no fundo, longe das janelas manchadas. Ilya apareceu quase imediatamente. Estava tenso, sem a valentia do mercado Maubert. Sentou-se, respirou fundo e soltou o ar, como se tivesse corrido.

— Que bom — disse ele, falando baixo. — Você está aqui. Viu o que está acontecendo em Praga? — perguntou. — E a próxima é a Polônia. Não precisa que eu lhe diga isso. Mas o que ninguém sabe é que a diretriz está *escrita*, o plano de guerra está feito. Tem um nome, *Fall Weiss*, Case White, e tem uma data, a qualquer momento depois de primeiro de setembro.

Morath repetiu o nome e a data.

— Posso provar — disse Ilya, excitado, perdendo seu francês. — Com documentos. — Parou um momento, depois disse: — Este é um bom trabalho da polícia secreta soviética, mas tem de continuar — para cima. Do contrário, guerra. Não há como conferir. Você pode ajudar?

— Posso tentar.

Ilya olhou bem nos seus olhos para ver se ele estava dizendo a verdade.

— É isso que eu espero.

Ele tinha uma presença forte, pensou Morath. Poder. Mesmo abatido, faminto e amedrontado, ele tinha força.

— Há uma pessoa com quem posso falar — disse Morath.

A expressão de Ilya disse: *Se é isso que eu posso ter, vou pegar.*

— Os poloneses estão no meio dessa coisa — disse ele. — E eles são difíceis, impossíveis. Na junta de cinco homens que governa o país, só Beck e Rydz-Smigly importam: Beck para a política externa, Rydz-Smigly para o exército, mas eles são todos pupilos de Pilsudski. Quando ele morreu, em 1935, eles herdaram o país e eles têm a mesma experiência. Lutaram pela independência, em 1914, e ganharam. Depois derrotaram os russos, em 1920, diante dos portões de Varsóvia, e agora não querem nada com isso. Guerras demais, nos últimos anos. Sangue demais derramado. Há um ponto em que, entre nações, é tarde demais. É o caso da Rússia e da Polônia.

"Agora, eles acham que podem derrotar a Alemanha. Os antecedentes de Jozef Beck estão no serviço secreto. Ele foi expulso da França em 1923, quando serviu como adido militar polonês, por suspeita de espionar para a Alemanha. Assim, o que ele sabe sobre a Rússia e a Alemanha ele sabe das sombras, onde a verdade em geral é encontrada.

"O que os poloneses querem é uma aliança com a França e a Inglaterra. Lógico, na superfície. Mas como a Inglaterra pode ajudá-los? Com navios? Como Gallipoli? É uma piada. A única nação que pode ajudar a Polônia, hoje, é a Rússia... olhe no mapa. E Stalin quer a mesma coisa que os poloneses, aliança com os ingleses, pela mesma razão, para manter os lobos de Hitler longe da porta. Mas somos desprezados pelos ingleses, temidos e odiados. Comunistas ímpios e assassinos. Isso é verdade, mas o que também é verdade, mais verdade ainda, é que somos a única nação que pode formar com a Polônia uma frente de batalha oriental contra a Wehrmacht.

"Chamberlain e Halifax não gostam dessa idéia, e há mais do que uma pequena evidência de que o que eles realmente gostam é da idéia de Hitler lutar contra Stalin. Eles acham que Stalin não sabe disso? Será? Então aqui está a verdade: se Stalin não puder fazer um pacto com os ingleses, ele fará um pacto com a Alemanha. Ele não terá escolha.

Morath não respondeu, tentando compreender tudo. A missa das duas horas já tinha começado, um jovem padre celebrando-a à tarde. Morath pensou que ele devia ouvir sobre os crimes sangrentos: fome, expurgo. Ilya não era o único dissidente do serviço secreto russo — havia um general do GRU, chamado Krivitsky, que tinha escrito um *bestseller* nos Estados Unidos. Ilya, supunha Morath, queria proteção, refúgio, em troca da prova de que Stalin queria governar o mundo.

— Você acredita? — perguntou Ilya.

— Sim. Mais ou menos, de um certo ângulo.

— Seu amigo pode se aproximar dos ingleses?

— Acho que sim. E os documentos?

— Quando ele concordar, ele os terá.

— O que são?

— Do Kremlin, anotações de reuniões. Relatórios do NKVD, cópias de memorandos alemães.

— Posso entrar em contato com você?

Ilya sorriu e sacudiu a cabeça lentamente.

— De quanto tempo precisa?

— Uma semana, talvez.

— Então, está bem. — Ilya levantou-se. — Vou sair primeiro, você pode sair dentro de uns poucos minutos. É mais seguro desse modo.

Ilya dirigiu-se para a porta. Morath ficou onde estava. Olhou para o relógio, prestando atenção nas frases em latim que o padre dizia. Ele tinha crescido indo à missa, mas quando voltou da guerra, parou de ir.

Finalmente, levantou-se e andou lentamente para o fundo da igreja.

Ilya estava parado na porta, olhando para a chuva. Morath ficou ao seu lado.

— Você vai ficar aqui?

Ele fez um movimento com a cabeça em direção à rua:

— Um carro.

Na frente da igreja, um Renault com um homem no assento do carona.

— Talvez seja para mim — disse Ilya.

— Vamos juntos.

— Não.

— Pela porta lateral, então.

Ilya olhou para ele. Eles estão esperando só numa porta? Ilya quase riu.

— Apanhado numa armadilha — disse ele.

— Volte para o lugar onde estávamos. Eu venho buscar você.

Ilya hesitou, depois se afastou.

Morath estava furioso. *Morrer na chuva numa quinta-feira à tarde!* Na rua, procurou por um táxi. Correu pela Rue Peletier, depois pela Druot. Na esquina, um táxi vazio parou na entrada de um pequeno hotel. Quando Morath correu para ele, viu um senhor corpulento de braço com uma mulher saindo do saguão. Morath e o senhor corpulento abriram as portas de trás ao mesmo tempo e olharam um para o outro por cima do banco traseiro.

— Desculpe, meu amigo — disse o homem —, mas eu chamei este táxi por telefone. — Estendeu a mão para a mulher e ela entrou.

Morath ficou ali, a chuva escorrendo pelo rosto.

— *Monsieur!* — disse a mulher, apontando para o outro lado da rua. — Que sorte!

Um táxi vazio tinha parado por causa do trânsito. Morath agradeceu à mulher e acenou. Entrou no táxi e deu o endereço ao chofer.

— Um amigo está me esperando — disse ele.

Na igreja, Morath encontrou Ilya e apressaram-se até a porta. O táxi ficou parado ao pé da escada, o Renault tinha desaparecido.

— Depressa — disse Morath.

Ilya hesitou.

— Vamos embora — disse Morath, com uma voz irritada.

Ilya não se mexeu, parecia congelado, hipnotizado.

— Eles não vão matar você aqui.

— Oh, vão.

Morath olhou para ele. Percebeu que era alguma coisa que ele sabia, que tinha visto. Que, talvez tivesse feito. Do táxi, uma buzina impaciente.

Ele pegou Ilya pelo braço e disse:

— *Agora*. — Lutou contra o velho instinto de se abaixar e correr; juntos desceram rapidamente as escadas.

No táxi, Ilya deu um endereço ao chofer e, quando se afastaram, voltou-se e olhou pela janela de trás.

— Era alguém que você reconheceu? — perguntou Morath.

— Dessa vez, não. Uma vez antes, talvez. E de outra vez, certamente.

Por longos minutos, o táxi sacolejou atrás de um ônibus, a parte de trás cheia de passageiros. De repente, Ilya gritou:

— Pare aqui, chofer! — Ele saltou do táxi e correu para a entrada da estação do metrô. Chausée-d'Antin, Morath viu, uma *correspondance* movimentada onde os usuários podiam trocar de uma linha para outra.

O chofer olhou para ele, depois torceu o dedo indicador contra a têmpora, mostrando que ele era "maluco" na linguagem dos taxistas. Voltou-se e olhou para Morath com um olhar triste:

— E agora? — perguntou.

— Avenue Matignon. Logo depois do *boulevard*.

Era uma grande distância da Chausée-d'Antin, principalmente com chuva. Levar as pessoas de um lugar para outro era, fundamentalmente, uma imposição — claro que esta era a visão do motorista. Ele suspirou, engatou a marcha e os pneus cantaram quando ele partiu.

— O que é que há com o seu amigo? — perguntou.

— A mulher o está perseguindo.

— Uau! Melhor ele do que eu.

Pouco depois, ele perguntou:

— Viu os jornais?

— Hoje, não.

— Até o velho *J'aime Berlin* os está entregando a Hitler agora. — Ele usou o trocadilho parisiense com o nome de Chamberlain com grande prazer.

— O que aconteceu?

— Um discurso. "Talvez Adolf queira governar o mundo."

— Talvez ele queira.

O chofer voltou-se para olhar para Morath:

— Deixe-o levar seu exército para a *Polônia*, e será o fim de tudo.

— Eu o proíbo de vê-lo outra vez — disse Polanyi. Eles estavam no café perto da missão diplomática. — De qualquer forma, há uma parte de mim que quer lhe dizer isso.

Morath estava se divertindo.

— Você parece um pai de teatro.

— Acho que sim. Você acreditou nele, Nicholas?

— Sim e não.

— Tenho de admitir que tudo que ele diz é verdade. Mas o que me preocupa é a possibilidade de que alguém da rua Dzerzhinsky o tenha mandado aqui. Afinal de contas, qualquer um pode comprar um sobretudo.

— Isso tem importância?

Polanyi reconheceu que talvez não tivesse. Se os diplomatas não podiam persuadir os ingleses, talvez um *dissidente* pudesse.

— Esses jogos — disse ele. — "Diplomatas húngaros em contato com um agente soviético."

— Ele disse que tinha documentos para provar.

— Documentos, sim. Como sobretudos. Há alguma maneira de se voltar a ter contato com ele?

— Não.

— Não, claro que não. — Ele pensou por um momento. — Está certo, vou contar isso a alguém. Mas se isso explodir, de alguma forma que não conseguimos ver daqui, não me culpe.

— Por que o faria?

— Da próxima vez que ele ligar, se ele ligar, eu vou vê-lo. Pelo amor de Deus, não diga isso a *ele*, só combine o encontro e deixe o resto comigo. — Polanyi inclinou-se para a frente e abaixou a voz. — Veja, o que quer que aconteça agora, não podemos fazer nada que comprometa o primeiro-ministro. Teleki é a nossa única maneira de sair desta confusão... homenzinho é um *cavaleiro*, Nicholas, um herói. Na semana passada, ele pagou a alguns garotos em Budapeste para esfregar alho nas portas do Ministério do Exterior, com uma nota que dizia: "Fora, vampiros alemães."

— Amém — disse Morath. — Como o contato com um dissidente pode prejudicar Teleki?

— Não saberei até que seja tarde demais, Nicholas, é como as coisas são agora. Triste, mas verdade.

Triste, mas verdade para Morath foi, no último dia de março, receber outra carta da Préfecture. Outra vez sala 24, e seis dias, até a entrevista, para se preocupar. Os romenos, ele achava, não iriam embora, mas não foi um bom palpite.

Eles o deixaram esperando fora da sala do inspetor durante quarenta e cinco minutos. *Calculado*, pensou Morath, mas sentiu que aquilo, ainda assim, incomodava. O inspetor não tinha mudado: sentado alerta, a cara quadrada e predatória, fria como gelo.

— O senhor nos perdoe por incomodá-lo outra vez — disse ele. — Pequenas coisas que estamos tentando esclarecer. — Morath esperou pacientemente. O inspetor tinha todo o tempo do mundo. Lentamente, leu uma página do dossiê: — *Monsieur* Morath. O senhor por acaso já ouviu falar de um homem chamado Andreas Panea?

O nome no passaporte que ele tinha obtido para Pavlo. Levou um momento para ficar calmo:

— Panea?

— Sim, isso mesmo. Um nome romeno.

*Por que isso? Por que agora?*

— Acho que não o conheço — disse ele.

O inspetor anotou na margem.

— Por favor, tem certeza? Pense um pouco, se desejar.

— Desculpe — disse ele, com cortesia.

O inspetor leu mais um pouco. O que quer que estivesse ali, era substancial.

— E o Dr. Otto Adler? Conhece esse nome?

Capaz, agora, de dizer a verdade, Morath ficou aliviado.

— Mais uma vez — disse ele —, alguém que não conheço.

O inspetor anotou a resposta.

— O Dr. Adler era editor de um jornal político, um jornal socialista. Um emigrado da Alemanha, veio para a França na primavera de 1938 e montou um escritório de editoriais na sua casa, em St. Germain-en-Laye. Então, em junho, ele foi assassinado. Um tiro mortal no Jardin du Luxembourg. Um assassinato político, sem dúvida, e esses são sempre difíceis de resolver, mas nos orgulhamos de continuar tentando. Assassinato é assassinato, *monsieur* Morath, mesmo nos tempos de... tumultos políticos.

O inspetor viu que tinha acertado o alvo, Morath achou que ele tinha.

— Mais uma vez — disse Morath, se desculpando —, não creio que possa ajudá-lo.

O inspetor pareceu aceitar o que ele tinha dito. Fechou o dossiê.

— Talvez vá tentar se lembrar, *monsieur*. Quando for oportuno. Alguma coisa pode lhe voltar à lembrança.

Alguma tinha lhe voltado à lembrança.

— Se for o caso — continuou o inspetor —, o senhor sempre pode entrar em contato comigo aqui. — Ele entregou seu cartão a Morath, que o colocou no bolso. O nome do inspetor era Villiers.

Ele ligou para Polanyi. Ligou para Polanyi do café do outro lado do Sena — do primeiro telefone público que se encontra depois que se sai da Préfecture. Eles ganhavam a vida com os vizinhos, pensou Morath, empurrando um *jeton* na abertura. Os refugiados eram alvos fáceis; um casal celebrando com vinho, com dinheiro que eles não tinham para gastar, um homem barbado com as mãos na cabeça.

— O conde Polanyi não pode atender esta tarde — disse uma voz na missão diplomática. Morath desligou o telefone, uma mulher estava esperando para usá-lo. Polanyi jamais se negaria a falar com ele, ou negaria?

Foi a até a Agence Courtmain, mas não pôde ficar lá. Viu Mary Day por um momento:

— Está tudo certo? — perguntou ela.

Ele foi até o banheiro e se olhou no espelho — o que ela tinha visto? Ele estava, talvez, um pouco pálido, nada mais. Mas a diferença entre Cara com vinte e seis anos e Mary Day com quarenta, pensou, era que Mary Day sabia o que o mundo fazia com as pessoas. Aparentemente, ela sentiu que alguma coisa tinha acontecido com Morath.

Ela não mencionou nada naquela noite, mas foi muito boa com ele. Ele não podia dizer exatamente como. Tocou-o mais do que o habitual, talvez fosse isso. Ele estava doente do coração, ela sabia, mas não perguntou a ele por quê. Foram para a cama, ele acabou adormecendo, acordou muito antes do amanhecer, deslizou para fora da cama tão silenciosamente quanto pôde e ficou à janela, olhando a noite se esvanecer. *Não podia fazer nada, agora.*

No dia seguinte, só foi para o seu apartamento ao meio-dia, e a carta estava esperando por ele lá. Entregue em mãos, não havia selo.

Um recorte da edição de 9 de março do jornal da comunidade alemã de Sofia. Ele supôs que aquilo estava nos jornais búlgaros também, uma versão daquilo, mas o remetente anônimo sabia que ele entendia alemão.

Um certo Stefan Gujac, contava a história, um croata, aparentemente tinha se enforcado numa cela da prisão de Sofia. Esse Gujac, que usava o passaporte falso de um dissidente romeno chamado Andreas Panea, era considerado suspeito pelas agências de segurança de vários países balcânicos de ter tomado parte em mais de uma dúzia de assassinatos políticos. Nascido em Zagreb, Gujac tinha aderido à organização fascista Ustashi e tinha sido preso várias vezes na Croácia — por agitação e violência —, tendo passado três meses na prisão por assalto a um banco em Trieste.

Quando foi preso em Sofia, era procurado para ser interrogado pelas autoridades de Salonika depois que um bombardeio em um café matou sete pessoas, incluindo E. X. Patridas, um oficial do Ministério do Interior, e feriu outras vinte. Além disso, a polícia de Paris queria interrogar Gujac sobre o assassinato de um emigrado alemão, editor de um jornal político.

A prisão de Gujac em Sofia resultou de uma tentativa de assassinato, frustrada pelo alerta de um sargento da polícia, de um diplomata turco que vivia no Grand Hotel. Ele tinha sido interrogado pela polícia búlgara, que suspeitava que o plano contra o diplomata tinha sido organizado pela Zveno, uma gangue terrorista baseada na Macedônia.

Gujac, vinte e oito anos, tinha se enforcado com um nó corredio feito com suas roupas de baixo. As autoridades de Sofia disseram que o suicídio permanecia sob investigação.

Polanyi concordou em vê-lo naquela tarde, no café perto da missão diplomática húngara. Polanyi leu no seu rosto quando ele entrou e disse:
— Nicholas?
Morath não perdeu tempo. Contou seu interrogatório na Préfecture, depois deslizou o recorte pela mesa.
— Eu não sabia — disse Polanyi.
De Morath, um sorriso amargo.
— Quando isso aconteceu, eu não sabia. Queira ou não acreditar, esta é a verdade. Soube depois, mas, então, a coisa já estava feita e não havia razão para lhe contar. Por quê? De que adiantaria?
— Não foi sua culpa, é isso?
— Sim. É isso aí. Era um negócio de Von Schleben. Você não compreende o que está acontecendo na Alemanha agora... a maneira como o poder funciona. Eles negociam, Nicholas, negociam vidas, dinheiro e favores. Os homens honrados acabaram. A maioria está aposentada, se não assassinadas ou perseguidas fora do país. Von Schleben resiste. É a sua natureza. Ele resiste e trabalha comigo. Tenho de trabalhar com alguém, então trabalho com ele. Agora é a minha vez de negociar.
— Um arranjo recíproco — disse Morath com a voz fria.
— Sim. Assumo um compromisso, e pago por ele. Sou um banqueiro, Nicholas, e se às vezes sou um banqueiro sofrível, o que fazer?
— Assim, relutantemente, mas devendo favores, você organizou esse crime.
— Não. Quem fez isso foi Von Schleben. Talvez tenha sido um favor, um débito que tinha de pagar. Eu não sei. Talvez, tudo que *ele* concordou em fazer tenha sido trazer isto, esta *coisa*, para

Paris. Não sei dizer quem lhe deu as instruções quando ele chegou aqui. Não sei quem lhe pagou. Alguém da SS, comece daí e achará o criminoso. Embora eu suspeite que você sabe que muito antes de você o encontrar ele vai encontrar você. — Polanyi parou um momento e disse: — Sabe, certos dias Von Schleben é um rei, certos dia é um quadrúpede. Como eu, Nicholas, como você.

— E o que eu fiz na Tchecoslováquia? De quem foi aquela idéia?

— Outra vez de Von Schleben. Do outro lado, dessa vez.

Um garçom trouxe-lhes café; as xícaras ficaram intocadas.

— Sinto muito, Nicholas, e estou mais preocupado com o negócio na Préfecture do que com quem fez o que a quem no ano passado, porque o que está feito está feito.

— Feito pela última vez.

— Então, adeus e boa viagem. Eu também queria fazer isso, Nicholas, mas não posso abandonar o meu país, e é disso que se trata. Não podemos embrulhar a nação e ir para a Noruega. Estamos aqui e tudo segue daqui.

— Quem me denunciou na Préfecture?

— A mesma pessoa que lhe enviou o recorte. Sombor, as duas vezes.

— Você sabe?

— A gente nunca sabe. Supõe.

— O que ele ganha com isso?

— Você. E me atingir, pois ele me vê como um rival. É verdade, ele está nas mãos da Arrow Cross. Eu, decididamente, não estou. O que está havendo aqui diz respeito à política húngara.

— Por que enviar o recorte?

— *Nunca é tarde*, ele quer dizer. Até agora a Préfecture só sabe isso. Você quer que eu lhes conte o resto? É isso que ele está perguntando a você.

— Tenho que fazer alguma coisa — disse Morath. — Ir embora, talvez.

— Talvez acabe tendo de fazer isso. No momento, deixe isso comigo.
— Por quê?
— Eu lhe devo pelo menos isso.
— Por que não deixar que Von Schleben se encarregue?
— Eu poderia. Mas você está pronto para fazer o que ele pedir em troca?
— Tem certeza que ele *pediria*?
— Absoluta. Afinal de contas, você já está em débito com ele.
— Estou? Como?
— Não esqueça que quando o Siguranza prendeu você na Romênia, ele lhe salvou a vida. — Polanyi estendeu a mão sobre a mesa e tocou a mão de Morath. — Perdoe-me, Nicholas. Perdoe. Perdoe. Tente perdoar o mundo por ser o que é. Talvez semana que vem Hitler caia morto e nós vamos todos sair para jantar.
— E você vai pagar.
— Eu vou pagar.

Em abril, o *grisaille*, o cinzento, desceu sobre Paris, como sempre fazia. Prédios cinzentos, céu cinzento, chuva e neblina nas noites longas. O artista Shublin tinha lhe dito, uma noite em Juan-les-Pins, do ano em que na primavera as lojas de suprimento para pintores não conseguia manter em estoque a cor chamada de Cinza Paynes.

A cidade não se importava com o seu cinza — achava que todo aquele negócio brilhante e ensolarado do inverno tardio era muito jovial para o seu conforto. Para Morath, a vida se estabelecia numa paz monótona, sua fantasia de uma "vida comum" não era uma realidade tão agradável como gostava de imaginar. Mary Day envolveu-se num novo livro, *Suzette* e *Suzette vai passear de barco* e agora *Suzette no mar*. Um navio de luxo, sua bússola sabotada por um competidor mau, vagueando perdido nos trópicos. Havia um capitão libertino, um marinheiro bonito chamado Jack, um milionário americano e o untuoso chefe da orquestra do navio, todos eles maquinando, de uma maneira ou de outra, dar um olhada nos seios suculentos de Suzette e na sua bunda rosada.

Mary Day escrevia por uma ou duas horas todas as noites, numa máquina de escrever barulhenta, usando um suéter de lã grande e grosso com as mangas puxadas acima dos punhos magros. Morath levantava os olhos do seu livro para ver o rosto dela em contorções estranhas, os lábios apertados em concentração, e sabia com o seu olhar, o que iria ganhar quando ela desse por terminado o trabalho tarde da noite.

O mundo na radiotelegrafia arrastava-se preguiçosamente para o sangue e o fogo. A Inglaterra e a França anunciaram que defenderiam a Polônia se ela fosse atacada. Churchill declarou: "Não há meios de manter uma frente de batalha oriental contra as agressões dos nazistas sem uma ajuda dinâmica da Rússia." Um porta-voz da Câmara dos Comuns disse: "Se continuarmos sem a ajuda da Rússia, estaremos entrando numa armadilha." Morath observava as pessoas que liam jornal nos cafés. Eles davam de ombros e viravam a página, e ele também fazia isso. Tudo parecia estar acontecendo numa terra distante, distante e irreal, onde os ministros chegavam nas estações da ferroviárias e os monstros andavam à noite. Em algum lugar da cidade, ele sabia, Ilya estava escondido num pequeno quarto, ou, talvez, já tivesse sido morto na Lubianka.

As castanheiras floriam, botões brancos caídos nas ruas molhadas. O capitão olhou pelo buraco da fechadura de Suzette quando ela escovava seus longos cabelos louros. Léon, o artista da Agence Courtmain, foi a Roma visitar sua noiva e voltou com o rosto ferido e a mão quebrada. Lucinda, a cadela *viszla* mais doce da baronesa Frei, deu à luz uma ninhada de cachorrinhos e Morath e Mary Day foram à Rue Villon para comer *sachertorte* e ver os recém-nascidos, numa cesta de vime decorada com *passementerie* prateada. Adolf Hitler celebrou seus cinqüenta anos. Sob a pressão alemã, a Hungria abandonou a Liga das Nações. Morath foi a uma loja na Rue de la Paix e comprou para Mary Day uma echarpe de seda com fios dourados sobre um fundo vermelho veneziano. Wolfi Szubl ligou, claramente em grande sofrimento, e Morath saiu do trabalho e foi até o pequeno apartamento escuro nas profundezas do 14$^{ème}$ Arrondissement, numa rua onde Lenin tinha morado no exílio.

O apartamento cheirava a farinha trigo cozida e tinha roupas de baixo de mulher por toda a parte. Violeta e verde-limão, rosa-claras e rosa, brancas e pretas. Uma grande mala de mostruário estava aberta em cima da cama desarrumada.

— Desculpe a bagunça — disse Szubl. — Estou fazendo um inventário.

— Mitten está aqui?

— Mitten! Mitten está rico. Está numa locação em Estrasburgo.

— Bom para ele.

— Não é mau. *Os pecados do doktor Braunschweig*.

— Que eram...

— Assassinatos. Herbert morre nos primeiros dez minutos, não é um papel grande. A arma é uma agulha de tricô. Ainda assim, o dinheiro foi bom.

Szubl pegou uma folha de papel amarelo datilografada e correu o dedo por ela.

— Nicholas, tem um bustiê em cima do radiador, você pode ver a etiqueta?

— Este? — Era prateado, com botões nas costas e colchetes na parte inferior. Quando Morath procurou a etiqueta, pensou sentir o perfume de talco de lavanda. — Marie Louise — disse ele.

Szubl marcou na lista.

— As mulheres experimentam esses modelos? Os do mostruário?

— De vez em quando. Cabine privativa. — Ele começou a contar uma pequena pilha de cintas na beira da cama. — Ouvi dizer que querem me promover — disse ele.

— Parabéns.

— É um desastre.

— Por quê?

— A empresa fica em Frankfurt, vou ter de morar na Alemanha.

— Então, não aceite.

— É o filho... o velho ficou muito velho e o filho assumiu. "Um novo dia", diz ele. "Sangue novo na matriz." De qualquer forma, posso lidar com ele. Foi por isso que eu liguei para você. — Tirou um papel dobrado do bolso e estendeu-o para Morath. Uma carta da Préfecture, convocando *Szubl, Wolfgang* à sala 24. — Por que isso?

— Uma investigação, mas eles não sabem nada. No entanto, *vão* tentar amedrontá-lo.

— Eles não precisam nem tentar. O que devo dizer?

— Não sei, não estive lá, nunca o encontrei. Você não vai fazer com que gostem de você. Não comece a falar para encher o silêncio. Fique quieto.

Szubl franziu as sobrancelhas e pegou uma cinta na mão:

— Sabia que isso ia acontecer.

— Coragem, Wolfi.

— Não quero quebrar pedras.

— Você não vai. Você tem de ir à entrevista, desta vez, porque eles lhe enviaram uma carta, é oficial. E isso não vai em frente. Está certo?

Szubl concordou, infeliz e amedrontado.

Morath ligou para Polanyi e contou para ele.

O conde Janos Polanyi sentou-se no seu escritório na missão diplomática húngara. Estava tudo quieto — às vezes um telefone, às vezes uma máquina de escrever, mas a sala tinha o seu próprio silêncio particular, as cortinas cerradas nas janelas altas mantendo o tempo e a cidade do lado de fora. Polanyi olhou para o monte de fios na sua mesa e empurrou-os para o lado. Nada de novo ou, pelo menos, nada de bom.

Serviu um pouco de aguardente de damasco num copo e bebeu. Fechou os olhos por um momento e lembrou-se de quem ele era e de onde tinha vindo. *Viajantes no capim alto, acampamentos na planície.* Sonhos efêmeros, pensou ele, loucura romântica, mas ainda estava lá, em algum lugar, martelando dentro dele. Pelo menos, ele gostava de pensar que estava. Na sua mente? Não, no seu coração. *Ciência má, mas metafísica boa.* E aquilo, pensou, era muito o que ele sempre fora.

O conde Janos Polanyi tinha duas agendas particulares de telefones, encapadas de couro verde. Uma grande, que ficava no seu escritório, e uma pequena, que estava sempre com ele. Foi a pequena que ele abriu agora e ligou para uma mulher que ele conhecia, alguém que vivia, em grande estilo, num apartamento no Palais Royal. *Branca e refinada,* era como ele sempre pensava nela, *como a neve.*

Quando o telefone tocou, ele olhou para o relógio. Quatro e vinte e cinco. Ela atendeu, como sempre fazia, depois de várias chamadas — condescendendo em atender, pelo tom de sua voz. Seguiu-se uma intrincada conversa. Evasiva e agradavelmente tortuosa. Era sobre algumas amigas que ela tinha, algumas um pouco mais jovens, outras mais experientes. Algumas muito extrovertidas, outras tímidas. Algumas comiam muito, outras eram magras. Tão variadas, as pessoas hoje em dia. Louras. E morenas. De outros países ou do $16^{ème}$ Arrondissement. E cada uma com a sua própria definição de prazer. Assombroso, esse nosso mundo! Uma era rígida, propensa a explodir. Uma outra era brincalhona, não se importava com coisa alguma desde que houvesse diversão.

Finalmente, chegaram a um acordo. Um horário. E um preço. *Negócios antes do prazer.* Um provérbio desprezível. Ele suspirou, olhou para o grande retrato na parede, reis Arpad e seus cães nobres, tomou mais conhaque e depois um pouco mais. *O líder magiar prepara-se para a batalha.* Riu para si mesmo, um velho hábito, eles todos faziam isso, um instinto da consciência nacional — ironia, paradoxo, ver o mundo pelo avesso, divertindo-se com aquilo que não devia ser divertido. Era por isso que a Alemanha não se preocupava muito com eles, Polanyi sempre tinha acreditado nisso. Foi Franz Ferdinand, o príncipe arquiduque da Áustria, que disse dos húngaros: "Foi um ato de mau gosto da parte desses cavalheiros terem vindo para a Europa." Bem, ali estavam eles, gostassem os vizinhos ou não.

Polanyi olhou mais uma vez para o relógio. Ele ainda podia adiar o inevitável por alguns minutos. Sua noite de prazer não iria começar antes das seis; ele tinha marcado uma hora mais tarde do que habitualmente. *E falando de prazer, negócios antes.* Ele levou um minuto e jurou alegremente, vários anátemas húngaros. Realmente, *por que* ele tinha de fazer aquilo? *Por que* aquela criatura, Sombor, tinha de vir precipitar-se em sua vida? Mas ali estava ele. Pobre Nicholas, não merecia isso. Tudo que ele queria era seus artistas, atores e poetas. Pensara, em 1918, que já tinha lutado sua batalha. E tinha lutado muito bem, Polanyi sabia; estava lá no histórico do regimento. Um herói, seu sobrinho, um bom oficial, um avarento com a vida dos seus homens.

Ele guardou a garrafa de aguardente na última gaveta. Levantou-se, ajeitou a gravata e saiu do escritório, fechando a porta atrás de si. Andou pelo corredor, passou por um jarro com flores frescas na mesa do *hall* com um espelho atrás. Cumprimentou Bolthos, que passou apressado com um envelope para ser entregue, e subiu as escadas de mármore.

O andar de cima estava movimentado, barulhento. O adido comercial no primeiro escritório, depois o homem da economia, depois Sombor. Polanyi bateu duas vezes e abriu a porta. Sombor levantou a vista quando ele entrou e disse:

— Excelência. — Ele estava ocupado escrevendo, transcrevendo anotações insignificantes para uma folha de papel que seriam datilografadas em forma de relatório.

— Coronel Sombor — disse Polanyi. — Uma palavra com o senhor.

— Claro, excelência. Num minuto.

Aquilo era pura grosseria, e ambos sabiam disso. Era Sombor quem deveria se levantar, fazer-lhe um cumprimento delicado e tentar atender os desejos de um superior. Mas, tanto quanto diziam, com ele os negócios do estado de segurança tinham precedência. Agora e sempre. Polanyi podia ficar ali em pé e esperar.

O que, por um tempo, ele fez.

A caneta tinteiro de ouro de Sombor arranhava o papel. *Como um rato do campo num celeiro*. Ele fazia anotações eternas, aquele homem com cabelos de couro e ouvidos alertas. Arranhava, arranhava. *Agora, onde coloquei o meu forcado?* Mas ele não tinha um forcado.

Sombor sentiu o clima.

— Estou certo de que é da maior importância, excelência. Quero dizer, dar a isso minha completa atenção.

— Por favor, senhor — disse Polanyi, mal contendo a voz controlada. — Devo dizer-lhe que certas informações confidenciais, pertencentes ao meu escritório, têm estado disponíveis à Préfecture de Paris.

— Têm mesmo? Tem certeza?

— Tenho. Isso pode ter sido feito diretamente ou através dos serviços de um informante.

— Lamentável. Meu escritório definitivamente tomará medidas sobre isso, excelência. Logo que for possível.

Polanyi abaixou a voz:

— Pare com isso — disse ele.

— Bem, certamente tentarei fazer isso. Penso se estaria pronto a me enviar um relatório sobre o assunto.

— Um relatório.

— Certamente.

Polanyi parou na beira da mesa. Sombor olhou para ele, depois voltou a escrever. Polanyi tirou do cinto uma pequena pistola prateada e atirou nele no meio da testa.

Sombor levantou-se furioso, os olhos vermelhos de indignação, inconsciente do sangue que saía da linha do cabelo e descia pela testa.

— Cachorro! — gritou. Pulou no ar, levou as mãos à cabeça, deu uma volta, foi cair de costas na sua cadeira. Gritou, ficou azul e morreu.

Polanyi tirou o lenço branco do seu bolso, limpou o cabo da pistola e jogou-a no chão. No corredor, passos apressados.

A polícia chegou quase imediatamente, os detetives, meia hora mais tarde. O detetive mais velho interrogou Polanyi no seu escritório. Acima dos cinqüenta anos, pensou Polanyi, baixo e forte, com um pequeno bigode e olhos pretos.

Ele sentou-se em frente a Polanyi e tomou nota num bloco.

— O coronel Sombor estava, a seu ver, deprimido?

— Absolutamente. Mas eu só conversava com ele sobre assuntos oficiais e, assim mesmo raramente.

— Pode descrever, *monsieur*, exatamente o que aconteceu?

— Fui ao seu escritório para discutir assuntos da missão diplomática, nada de urgente, na verdade, estava me encaminhando para ver o adido comercial e decidi entrar ali. Falamos por um ou dois minutos. Então, quando me virei para sair, ouvi um tiro, corri para socorrê-lo, mas ele morreu quase imediatamente.

— *Monsieur* — disse o detetive. Estava claro que ele não tinha compreendido alguma coisa. — As últimas palavras que ele falou, o senhor se lembraria?

— Ele disse adeus. Antes disso, me pediu um relatório por escrito sobre o assunto que discutimos.

— Que era?

— Era um assunto de segurança interna.

— Entendo. Então, ele falou normalmente com o senhor, o senhor virou-se para sair da sala, neste momento o falecido esticou o braço em todo o comprimento, acho que foi aqui, segundo um relatório do delegado, mas a natureza do ferimento implica, hum, uma certa *distance*. Esticou o braço, como eu disse, e deu um tiro na própria cabeça?

Ele estava quase caindo na gargalhada, e Polanyi também.

— Aparentemente — disse Polanyi. Ele não podia, absolutamente, encontrar os olhos do detetive.

O detetive limpou a garganta. Depois de um momento, ele disse:

— Por que ele faria isso? — Não foi, precisamente, uma pergunta de polícia.

— Só Deus sabe.

— O senhor não considera isso — ele procurou a palavra — bizarro?

— Bizarro — disse Polanyi. — Sem dúvida.

Houve mais perguntas, tudo de acordo com as formalidades, olharam para o chão, olharam outra vez, mas o restante da entrevista foi incoerente, com a verdade no ar, mas não articulada.

*Então, leve-me para a cadeia.*

*Não, não devemos nos envolver com esse tipo de política.* Très Balkan, *como dizemos.*

E ao inferno com tudo isso.

O inspetor fechou o bloco de anotações, guardou a caneta, foi até a porta e ajeitou a aba do chapéu. Parado na porta aberta, disse:

— Ele era, claro, da polícia secreta.

— Era.

— Mau?

— Muito mau.
— Minhas condolências — disse o inspetor.
Polanyi arranjou para que Morath fosse imediatamente informado do acontecido. Um telefonema da missão diplomática.
— O coronel Sombor escolheu, tragicamente, dar um fim à própria vida. Você gostaria de contribuir para comprar flores em sua homenagem?

Final de abril. Tarde da noite na Rue Guisarde, a ágil Suzette se aprontava para a noite. Planos para comparecer ao baile do rei Netuno tinham inspirado os passageiros, um pouco inquietos depois de passarem dias perdidos no mar. O mais inspirado era Jack, o marinheiro bonito, que tinha sido muito gentil, o bastante para segurar a escada para Suzette subir e colocar a decoração no salão de baile.
— Sem calcinha? — perguntou Morath.
— Ela esqueceu.
Uma batida na porta e Moni apareceu. Parecendo muito triste e perguntando se podia passar a noite no sofá.
Mary Day trouxe um vinho português e Moni chorou um pouco:
— É minha culpa — disse ela. — Eu explodi no meio de uma discussão, Marlene trancou a porta e não me deixou entrar.
— Bem, você é bem-vinda para ficar — disse Mary Day.
— Só esta noite. Amanhã, tudo será perdoado. — Bebeu um pouco do vinho e acendeu um Gauloise. — Ciúme — disse ela. — Por que eu faço essas coisas?
Elas mandaram Morath comprar mais vinho e quando ele voltou Moni estava no telefone.
— Ela se ofereceu para ir para um hotel — disse Mary Day baixinho. — Mas pedi a ela que ficasse.
— Eu não me importo, mas talvez ela preferisse ir.
— Dinheiro, Nicholas — disse Mary Day. — Nenhum de nós tem. Na verdade, a maioria não tem.

Moni desligou.

— Bem, eu vou ficar no sofá.

A conversa girou daqui para ali — pobre Cara em Buenos Aires, as dificuldades de Montrouchet no Théâtre des Catacombes, Juan-les-Pins —, depois se encontrou na guerra:

— O que você vai fazer, Nicholas, se acontecer?

Morath deu de ombros.

— Teria de voltar para a Hungria, eu acho. Para o exército.

— E Mary?

— Seguiria o acampamento — disse Mary Day. — Ele lutaria e eu cozinharia o ensopado.

Moni sorriu, mas Mary Day olhou para Morath.

— Não, vamos falar sério — disse Moni. — Vocês fugiriam?

— Não sei — disse Morath. — Paris seria bombardeada. Explodiria em pedaços.

— Isso é o que todo mundo diz. Vamos todos para Tanger, o plano é esse. Caso contrário, é o fim. De volta a Montreal.

Mary Day riu:

— Nicholas num *djellaba*.

Eles beberam as duas garrafas que Morath tinha trazido, e muito depois da meia-noite Moni e Mary Day dormiram atravessadas na cama e foi Morath quem acabou no sofá. Ficou lá muito tempo, na escuridão enfumaçada, imaginando o que aconteceria com eles. Poderiam fugir para algum lugar? Para onde? Budapeste, talvez, ou Nova York. Lugano? Não. Calmo demais, às margens de um lago frio. Um mês e tudo terminaria. *Um caso de amor de Paris não pode ser transplantado*. Eles não poderiam viver em qualquer outro lugar, não juntos. *Ficar em Paris, então*. Outra semana, outro mês, qualquer coisa que viesse a acontecer, e morrer na guerra.

Ele sentia uma horrível dor de cabeça pela manhã. Quando saiu do apartamento, pela Rue Mabillon em direção ao rio, Ilya surgiu de uma porta e acertou o passo com ele. Tinha trocado o sobretudo verde por uma jaqueta de veludo cotelê, mais ou menos com a mesma aparência do casaco.

— Seu amigo vai me ver? — perguntou ele com urgência na voz.

— Vai.

— Tudo mudou, diga isso a ele. Litvinov está acabado... isso é um sinal para Hitler de que Stalin quer negociar. — Litvinov era o ministro do Exterior soviético. — Você entende? — Ele não esperou a resposta. — Litvinov é um judeu intelectual... um velho bolchevique linha-dura. Agora, para essas negociações, Stalin providenciou para os nazistas um parceiro mais apetecível. Que talvez seja Molotov.

— Se quer ver o meu amigo, você vai ter de dizer onde e quando.

— Amanhã à noite. Às dez e trinta. Na estação do metrô Parmentier.

Uma estação deserta, fora do 11$^{ème}$ Arrondissement.

— E se ele não puder ir? — Morath queria dizer se não for e Ilya sabia disso.

— Então, ele não pôde. Ou eu entro em contato com você ou não.

Andando rapidamente, ele voltou-se, afastou-se e desapareceu.

Por um tempo, Morath considerou deixar o assunto morrer ali. De repente, Ilya *sabia de coisas*. Como? Aquilo não estava escondido num quarto com um saco de aveia. Será que ele tinha sido pego? E então tinha feito um acordo com a NKVD? Mas Polanyi tinha dito: "Deixe isso comigo." Ele não era tolo, não iria desprotegido a um encontro como aquele. *Você tem de deixá-lo decidir*, disse Morath para si mesmo. Porque, se as informações fossem verdadeiras, significava que Hitler não tinha de se preocupar com as trezentas divisões russas, e isso queria dizer guerra na Polônia.

Dessa vez, a Inglaterra e a França teriam de lutar, o que significava guerra na Europa.

Quando Morath chegou à Agence Courtmain, ligou para a missão diplomática.

— Uma fraude — disse Polanyi. — Estamos sendo usados, não compreendo exatamente por que, mas estamos.

Eles estavam sentados num Mercedes Grosser preto lustroso, Bolthos na frente com o chofer. Era o dia 6 de maio, ameno e brilhante sob um céu batido pelo vento. Seguiram acompanhando o Sena, saíram da cidade pela Porte de Bercy e se dirigiram para o sul, para o vilarejo de Thiais.

— Você foi sozinho? — perguntou Morath.

Polanyi riu.

— Uma noite estranha na estação do metrô em Parmentier... homens fortes lendo jornais húngaros.

— E os documentos?

— Hoje à noite. Depois *adieu* ao camarada Ilya.

— Talvez isso não tenha importância agora. — Litvinov tinha renunciado dois dias antes.

— Não, temos de fazer alguma coisa. Acordar os ingleses, não é muito tarde para os diplomatas. Eu diria que a Polônia é um projeto de outono, depois da colheita, antes das chuvas.

O carro passou lentamente pelo vilarejo de Alfortville, onde uma fileira de salões de baile ficam lado a lado no cais em frente ao rio. Os parisienses iam lá nas noites de verão para beber e dançar até o amanhecer.

— Pobre sujeito — disse Polanyi. — Talvez ele bebesse nesses lugares.

— Não há muitos lugares em que ele não bebesse — disse Bolthos.

Estavam a caminho do funeral do romancista Josef Roth, que tinha morrido de um *delirium tremens* com quarenta e quatro anos.

Compartilhando o assento de trás com Polanyi e Morath, uma coroa grande e elaborada de rosas-chá e uma faixa preta de seda, da missão diplomática húngara.

— Então — disse Morath —, esse negócio de fugitivo é uma fraude.

— Parece que sim. Permite à pessoa que o mandou negar a sua existência, talvez seja isso. Ou talvez apenas um minueto no estilo soviético... a fraude esconde a impostura e quem sabe o que mais. Uma coisa que me ocorre é que ele está sendo manipulado por uma facção de Moscou, pessoas como Litvinov, que não querem fazer negócio com Hitler.

— Ele vai tomar cuidado, quando você o encontrar outra vez.

— Oh, sim. Você pode ter certeza de que o serviço secreto nazista vai querer manter em segredo dos ingleses qualquer palavra da negociação Hitler-Stalin. Eles não gostariam que nós passássemos documentos para amigos ingleses em Paris. — Fez uma pausa e disse: — Ficarei feliz quando tudo isso tiver terminado, qualquer que seja o resultado. — Ele parecia cansado de tudo aquilo, pensou Morath. Sombor, os russos e só Deus sabia do que mais. Sentados perto um do outro, o cheiro do *bay rhum* e conhaque era forte no ar, sugerindo poder, riqueza e vida boa. Polanyi olhou para o relógio. — É às duas horas. — disse para o chofer.

— Chegaremos a tempo, excelência. — Para ser polido, ele aumentou um pouco a velocidade.

— Você leu os livros, Nicholas?

— *A marcha de Radetzley* mais de uma vez. *Hotel Savoy. Vôo sem fim.*

— Eis aí, diz tudo. Um epitáfio. — Roth tinha fugido da Alemanha em 1933, escrevendo para um amigo que "a pessoa deve correr de uma casa incendiada".

— Um enterro católico? — perguntou Morath.

— Sim. Ele nasceu num *shtetl* galiciano, mas cansou de ser judeu. Amava a monarquia, Franz Josef, Áustria-Hungria. —

Polanyi meneou a cabeça negativamente. — Triste, triste, Nicholas. Ele odiava a vida de emigrado, bebeu até morrer quando viu que a guerra estava chegando.

Eles chegaram a Thiais vinte minutos depois, e o chofer estacionou na rua em frente à igreja. Uma pequena multidão, a maioria de exilados, esfarrapada e cansada, mas se apresentando o melhor que podia. Antes da missa começar, dois homens usando ternos escuros e condecorações carregaram uma coroa para dentro da igreja.

— Ah, os legitimistas — disse Polanyi.

Atravessada na coroa, uma faixa preta e amarela, as cores da monarquia Dual, e uma só palavra "Otto", o chefe da Casa de Halesburg e herdeiro do império desaparecido. Ocorreu a Morath que ele estava sendo testemunha do último momento da vida da Áustria-Hungria.

No cemitério, ao lado da igreja, o padre falou pouco, mencionou Friedl, a esposa de Roth, que estava numa instituição do governo em Viena para doentes mentais, seu serviço militar na Galícia durante a guerra, seus romances e o jornalismo, seu amor pela igreja e pela monarquia. *Nós todos superestimamos o mundo*, pensou Morath. A frase, escrita por Roth para um amigo depois de ter fugido para Paris, estava num obituário no jornal da manhã.

Depois que o caixão foi baixado na sepultura, Morath pegou um punhado de terra e jogou na tampa do caixão.

— Descanse em paz. — disse ele.

— Os acompanhantes ficaram em silêncio, enquanto os coveiros jogavam terra na sepultura. Alguns dos emigrados choraram. O sol da tarde iluminou a lápide, uma pedra quadrada de mármore branco com a inscrição:

Josef Roth
Poeta Austríaco
Morreu em Paris, no Exílio

Na tarde do dia 9 de maio, Morath estava na Agence Courtmain quando lhe entregaram uma mensagem telefônica. "Por favor, ligue para o major Fekaj, na missão diplomática húngara." Seu coração parou. Polanyi tinha lhe dito, na volta de Thiais, que Fekaj estava no lugar de Sombor, sua própria substituição esperada de Budapeste dentro de uma semana.

Morath guardou a mensagem no bolso e foi para uma reunião na sala de Courtmain. Outro cartaz de propaganda — uma parada, um espetáculo cívico, os ministérios preparando a celebração, em julho, do centésimo qüinquagésimo aniversário da revolução de 1789. Depois da reunião, Courtmain e Morath levaram um grupo grande da agência para um almoço barulhento numa sala no andar de cima do Lapérouse, sua resposta particular à recente depressão do último reduto da moral nacional.

Quando voltou à Avenue Matignon, Morath sabia que tinha de fazer a ligação. Ou fazia aquilo ou ficaria preocupado pelo resto do dia.

A voz de Fekaj era insípida e fria. Ele era uma homem insípido, preciso, formal e reservado.

— Liguei para informá-lo, senhor, que estamos muito preocupados com o bem-estar de sua excelência o conde Polanyi.

— Sim? Por quê?

— Ele não é visto na missão diplomática há dois dias e não atende ao telefone em casa. Queremos saber se o senhor, por acaso, tem estado em contato com ele.

— Não, desde o dia seis.

— O senhor sabe se ele tinha planos de viajar para o exterior?

— Acho que não. Talvez esteja doente.

— Ligamos para os hospitais da cidade. Não há registro de entrada.

— Vocês foram ao apartamento?

— Esta manhã, a *concierge* nos deixou entrar. Estava tudo em ordem, nenhuma indicação de... alguma coisa errada. A empregada declarou que a cama não era usada havia duas noites. — Fekaj pigarreou. — Poderia nos dizer, senhor, se ele às vezes passa a noite em outro lugar? Com uma mulher?

— Se ele faz isso, não me conta nada; ele mantém os detalhes da sua vida pessoal para si mesmo. Informaram à polícia?

— Informamos.

Morath teve de se sentar. Acendeu um cigarro e disse:

— Major Fekaj, não sei como posso ajudá-lo.

— Nós entendemos... — Fekaj hesitou, depois continuou: — Nós entendemos que certos aspectos do trabalho do conde Polanyi têm de permanecer... fora da vista. Por razões de Estado. Mas se ele fizer contato com o senhor, confiamos que o senhor, pelo menos, nos avisará que ele está são e salvo.

*Vivo, quer dizer.*

— Farei isso — disse Morath.

— Obrigado. Claro que o avisaremos se tivermos notícias.

Morath ficou segurando o fone, desatento ao silêncio na linha depois que Fekaj desligou.

*Desaparecido.*

Ele ligou para Bolthos no escritório, mas Bolthos não quis falar no telefone da missão diplomática e encontrou-se com ele ao anoitecer, num café movimentado.

— Falei com Fekaj — disse Morath. — Mas eu não tinha nada para dizer a ele.

Bolthos parecia abatido.

— Tem sido difícil — disse ele. — Impossível. Por causa dos nossos políticos desumanos, somos atormentados por investigações separadas. Oficialmente, os *nyilas* são responsáveis, mas qualquer trabalho verdadeiro deve ser feito pelos amigos de Polanyi. Fekaj e seus aliados não vão se envolver.

— Onde você acha que ele está?

Um dar de ombros educado.

— Seqüestrado!
— Assassinado?
— Talvez.
Depois de um momento, Bolthos disse:
— Ele não pularia de uma ponte, pularia?
— Não, ele não.
— Nicholas — disse Bolthos. — Você vai ter de me dizer o que ele estava fazendo.

Morath fez uma pausa, mas não tinha escolha.

— Na terça-feira, dia seis, ele devia se encontrar com um homem que disse que tinha desertado do serviço secreto soviético, no que Polanyi não acreditou. Ele não era fugitivo, de acordo com Polanyi, ele tinha sido mandado. Mas, mesmo assim, ele tinha informações que Polanyi considerava importantes... a renúncia de Litvinov, a negociação entre Stalin e Hitler. Então, Polanyi encontrou-se com ele e concordou com um segundo e último encontro. Documentos que seriam trocados por dinheiro, eu acho.

"Mas se você está procurando por inimigos, não pode parar aqui. Tem de considerar os companheiros de Sombor, que certamente suspeitavam do que aconteceu na missão diplomática e são capazes de qualquer coisa. E não se pode ignorar o fato de que Polanyi estava em contato com alemães... diplomatas, espiões, oficiais da Wehrmacht. Ele também tinha algum tipo de negócio com os poloneses; talvez com os romenos e os sérvios também, uma união em potencial de uma frente contra Hitler.

De Bolthos, um sorriso azedo.

— Mas nenhuma amante desprezada, você tem certeza.

Ficaram em silêncio, enquanto a vida do café rodopiava em volta deles. Uma mulher na mesa ao lado estava lendo com um *lorgnon*, seu cachorro bassê dormindo embaixo de uma cadeira.

— Isso, é claro, era o seu trabalho — disse Bolthos.

— Sim. Era. — Morath ouviu-se falando no pretérito. — Você acha que ele está morto.

— Espero que não. Mas é melhor isso do que uma masmorra em Moscou ou em Berlim. — Bolthos tirou um caderninho do bolso. — Esse encontro, você vai me dizer onde deveria acontecer?

— Eu não sei. O primeiro encontro foi na estação do metrô de Parmentier. Mas em meus encontros com este homem, ele tomou o cuidado de mudar o lugar e a hora. Então, de alguma maneira, o segundo encontro teria sido em qualquer lugar, *menos* lá.

— A não ser que Polanyi tenha insistido. — Bolthos folheou o bloco. — Tenho trabalhado com as minhas próprias fontes na polícia de Paris. Na terça-feira, dia seis, um homem foi morto com um tiro em algum lugar perto da estação do metrô de Parmentier. Isso foi encoberto entre todos os roubos e desordens domésticas, mas houve algo que chamou a minha atenção. A vítima era um cidadão francês, nascido na Eslováquia. Serviu na Legião Estrangeira, depois foi expulso por atividades políticas. Ele cambaleou até uma porta e morreu na Rue St-Maur, a um ou dois minutos da estação do metrô.

— Um fantasma — disse Morath. — O guarda-costa de Polanyi... é isso o que você acha? Ou talvez seu assassino. Ou ambos, por que não? Ou, mais provavelmente, ninguém, apanhado pela política de alguém numa noite errada, ou morto por dez francos.

Bolthos fechou o caderninho.

— Temos de tentar — disse ele.

Ele queria dizer que tinha feito tudo que podia.

— Sim. Eu sei — disse Morath.

*Temetni Tudunk*, um sentimento magiar, complexo e irônico — "como enterrar pessoas, isso é uma coisa que sabemos". Foi Wolfi Szubl que disse essas palavras, num *nightclub* húngaro, no porão de um hotelzinho estranho no 17$^{\text{ème}}$ Arrondissement. Szubl e Mitten, a baronesa Frei acompanhada por um produtor de cinema francês, Bolthos, sua esposa e sua prima, Voyschinkowsky e *lady*

Angela Hope, o artista Szabo, a linda madame Kareny, várias outras pessoas e aristocratas que tinham passado pela vida complicada de Janos Polanyi.

Não era um funeral — não houve enterro, daí a frase com um toque irônico de Szubl, nem mesmo um memorial, apenas uma noite para lembrar de um amigo.

— Um amigo complicado — disse Voyschinkowsky com o dedo indicador enxugando o canto do olho.

Havia velas, uma pequena orquestra cigana, pratos de frango com páprica e creme, vinho e aguardente de frutas e, sim, foi dito mais de uma vez, enquanto a noite passava, Polanyi teria gostado de estar ali. Durante uma das canções mais tristes, uma mulher pálida e esbelta, suprema e, essencialmente parisiense, que segundo diziam era uma cafetina que morava no Palais Royal, foi para a frente da orquestra e dançou com um xale. Morath, sentado ao lado de Mary Day, de vez em quando traduzia o que alguém dizia em húngaro.

Beberam à saúde de Polanyi, "onde quer que ele esteja esta noite", o que significava o céu ou o inferno.

— Ou talvez Palm Beach — disse Herbet Mitten. — Creio que não há nada de errado em achar isso, se você pensar bem.

A conta veio para Morath às duas da madrugada, numa bandeja de prata, com uma grande curvatura do *patron*. Voyschinkowsky, frustrado na sua tentativa de pagar a conta da noite, insistiu em levar Morath e Mary Day até em casa no seu automóvel Hispane-Suiza dirigido por chofer.

*Temos de tentar* — dissera Bolthos para os dois. O significava, para Morath, o elemento óbvio mas de difícil conexão, realmente o único que ele conhecia, no que deveria ser uma vasta rede de conexões obscuras.

Ele foi ao Balalaika na tarde seguinte e bebeu vodca com Boris Balki.

— Uma pena — disse Balki, e bebeu "à memória dele".
— Olhando para trás, provavelmente inevitável.
— Sim, mais cedo ou mais tarde. Esse tipo de homem vive com tempo contado.
— As pessoas responsáveis — disse Morath — estão, talvez, em Moscou.

Uma certa delicadeza impediu Balki de dizer o que sentia sobre aquilo, mas a reação — Balki olhou em volta para ver se alguém tinha escutado — foi clara para Morath.

— Eu nem tentaria falar com eles, se eu fosse você — disse Balki.
— Bem, se eu achasse que ajudaria.
— Uma vez que eles fazem, está feito — disse Balki. — Destino é destino, os eslavos sabem tudo sobre isso.
— Estava pensando — disse Morath. — O que aconteceu com Silvana?
— Está vivendo bem. — Balki sentiu-se claramente aliviado de mudar do assunto sobre Moscou. — Segundo ouvi dizer.
— Quero falar com Von Schleben.
— Bem...
— Pode fazer isso?
— Silvana, sim. O resto depende de você.

Então, na última semana de maio, Morath recebeu uma carta, num papel creme e grosso, de um Auguste Thien, convocando-o para os escritórios de advocacia de Thien, em Genebra, "para acertar assuntos pertinentes ao patrimônio do conde Janos von Polanyi de Nemeszvar".

Morath pegou o trem em Paris, e viajou olhando para o campo verde e dourado da Borgonha. Hospedou-se à noite num silencioso hotel em Genebra e chegou ao escritório, que tinha uma vista para o Lac Léman, na manhã seguinte.

O advogado Thien, quando Morath foi introduzido no escritório por um membro mais jovem da equipe, era um velho saco de ossos mantido em pé por meio de um terno grosso, cinza-chumbo. A cabeça era coberta por cabelos prateados, repartidos no meio, e por uma pele que parecia pergaminho.

— Excelência — disse o advogado, estendendo a mão. — Quer tomar um café? Algo mais forte?

Morath aceitou o café, que foi trazido pelo membro mais jovem num aparelho de Sèvres, inúmeras peças numa imensa bandeja. O próprio Thien serviu o café, sua respiração audível enquanto trabalhava.

— Aí está — disse ele, quando Morath finalmente tomou a xícara nas mãos.

Em cima da mesa, uma caixa de metal do tipo usado em cofres de bancos.

— Estes documentos representam uma proporção significativa do patrimônio de Polanyi de Nemeszvar — disse Thien —, que agora, de acordo com minhas instruções, na essência, passam para o senhor. Há provisões para a família sobrevivente do conde Polanyi, provisões muito generosas, mas a maior parte é, a partir de hoje, sua. Incluindo, claro, o título, que desce ao mais velho membro sobrevivente da linha masculina, nesse caso o filho da irmã do conde Polanyi, sua mãe. Assim, antes de continuarmos com questões mais técnicas, é meu privilégio cumprimentá-lo, mesmo nessa hora triste, como Nicholas, conde Morath.

Ele se levantou e lentamente deu a volta à mesa para apertar a mão de Morath.

— Sou ignorante a respeito de leis — disse Morath, quando se sentou novamente —, mas não há, que eu saiba, um atestado de óbito.

— Não, não há. — Uma sombra passou pela fisionomia de Thien. — Mas nossas instruções dispensam o atestado. O senhor deve estar a par de que certos indivíduos, na determinação da distribuição final de seus bens, podem pressupor qualquer condição que escolham. Assim está, pelo menos na Suíça, inteiramente ao seu arbítrio. Nós estamos de posse de uma carta da Préfecture de Paris, uma *attestation*, que garante, para nossa satisfação, que o doador foi dado oficialmente como desaparecido. Essa infeliz eventualidade já era, na verdade, esperada. E este escritório, posso dizer, é conhecido pela mais escrupulosa obediência à orientação de um cliente, não importando o que isso possa acarretar. O senhor deve ter ouvido falar sobre Loulou, a elefoa do circo? Não? Bem, ela agora vive uma esplêndida aposentadoria, numa fazenda perto de Coimbra, em obediência aos desejos do falecido senhor Alvares, antigo dono do Circo Alvares. No seu testamento, ele não se esqueceu de sua artista fiel. Assim, a elefoa jamais se esquecerá do senhor Alvares. E, essa firma, conde Morath, jamais se esquecerá da elefoa!

O advogado Thien sorriu com satisfação, tirou uma chave pesada da gaveta, abriu a caixa de metal e começou a passar para Morath várias ações e certificados.

Ele ficou sabendo que estava muito rico. Sabia sobre aquilo de uma maneira geral, as ações da ferrovia canadense, os imóveis na Hungria, mas ali estava o que era na realidade.

— Além disso — disse Thien —, há certas contas específicas em bancos desta cidade que vão agora para o senhor. Meu sócio vai orientá-lo no preenchimento desses formulários. O senhor pode escolher qualquer instituição para administrar esses fundos ou pode deixá-los onde estão, no seu nome, com instruções para pagamento de acordo com a sua vontade. Isso é muito, conde Morath, para ser absorvido numa única reunião. Há alguns pontos que o senhor gostaria que fossem esclarecidos?

— Acho que não.

— Então, com a sua permissão, vou acrescentar isso. — Tirou da gaveta um papel de carta e leu em voz alta. — "A partida de um homem do seu mundo familiar pode ser inevitável, mas seu espírito continua a viver nos feitos e nas ações daqueles que ficam, na lembrança daqueles que foram deixados para trás, seus amigos e sua família, cujas vidas podem refletir as lições que com ele aprenderam, que se tornará seu legado mais verdadeiro." — Depois de uma pausa, Thien disse: — Acredito que o senhor deve achar consolo nessas palavras, excelência.

— Certamente que sim.

*Bastardo. Você está vivo.*

No seu retorno a Paris houve, claro, uma festa pela ascensão ao título, mas assistida exclusivamente pelo presumido conde e pela condessa. A última providenciou, na *pâtisserie* da esquina, um bolo bonito, em cima do qual, depois de consultar a mulher do padeiro e o dicionário, havia uma frase de congratulações em húngaro, escrita com glacê azul. A frase, quando Morath a leu, era algo como *Bons Sentimentos Senhor Conde*, mas, dada a dificuldade da língua, estava bem precisa. Além disso — sombras de Suzette! —, Mary Day tinha pendurado faixas de papel na parede do apartamento, embora, diferente de Jack, o marinheiro bonito, Morath não estivesse lá para segurar a escada. Ainda assim, ele avistou muito mais longe do que Jack jamais conseguiria e, em troca, se pôs a lamber a cobertura dos bicos dos seios da condessa.

Seguiu-se uma noite de aventura. Às três, ficaram na janela e viram a lua numa neblina. No outro lado da Rue Guisarde, um homem de camiseta inclinou-se na janela e fumou um cachimbo. Um vento de primavera, uma hora depois, e um perfume dos campos do interior. Decidiram que iriam ao Closerie de Lilas de manhã cedo para beber champanhe, então Mary Day dormiu, o cabelo caído na testa, a boca aberta, dormindo tão placidamente que ele não teve coragem de acordá-la.

À noite, foram ao cinema em uma das fantásticas salas Gaumont no Grand Hotel. *The loveliest fluff,* pensou Morath. Uma obsessão francesa à maneira como a paixão era representada em intrigas românticas, com todas as pessoas bonitas e bem-vestidas. Sua amada Mary Day, empedernida como podia ser em várias ocasiões, sucumbiu completamente. Ele podia sentir, sentado ao seu lado, como o seu coração batia por um abraço roubado.

Mas no saguão, na hora da saída, com todos os candelabros e querubins, ele ouviu um jovem dizer para a namorada: — *Tout Paris* pode transar até se esgotar, mas isso não vai parar Hitler um minuto.

Assim era o sentimento parisiense naquele julho. Cortante, mas de bom humor, lutava para se recuperar do cataclismo — Áustria, Munique, Praga — e tentava voltar à normalidade. Mas os nazistas não os deixavam em paz. Agora havia Danzig, com os poloneses dando tudo que podiam. Todas as manhãs estava nos jornais: oficiais da alfândega mortos, postos queimados, bandeiras arrancadas e pisadas no chão.

Nesse ínterim, não havia tumulto nem incêndios na Hungria, mas a mesma guerra política se recusava a morrer. O Parlamento tinha aprovado leis anti-semitas em maio, e quando Morath foi solicitado por Voyschinkowsky a uma subscrição para um fundo para judeus saírem do país, ele preencheu um cheque que espantou até o "Leão da Bolsa". Voyschinkowsky levantou as sobrancelhas quando viu os números.

— Bem, isso é *muito* generoso, Nicholas. Tem certeza que quer doar tanto?

Ele tinha. Recebera uma carta de sua irmã. A vida em Budapeste, disse Teresa, estava "estragada, arruinada". Infindáveis conversas sobre a guerra, suicídios, um incidente durante a representação de *Der Rosenkavalier*. "Nicholas, até na *ópera*." Notava-se que Duchazy estava para "só Deus sabe o que mais". Planos, conspirações. "Na última terça-feira, o telefone tocou duas vezes depois da meia-noite."

Morath levou Mary Day ao chá da tarde na casa da baronesa Frei, a celebração oficial da chegada do verão no jardim. As estrelas do *show* eram duas roseiras que se espalhavam pelo muro de tijolos que fechava o terraço. *Madame Alfred Carrière*, flores brancas com um toque de rosa-pálido — "uma perfeita *noisette*", disse a baronesa para Mary Day, "plantada pelo barão com suas próprias mãos em 1911", e *Gloire de Dijon,* amarelo-suave com tons de damasco.

A baronesa recebeu numa cadeira de jardim de ferro batido, repreendendo os *viszlas* quando ficavam agitados para receber petiscos proibidos dos convidados e acenando seus para que amigos se aproximassem. Sentada ao seu lado estava uma americana chamada Blanche. Ela era a esposa do violoncelista Kolovitzky, uma loura vistosa com sobrancelhas negras, pele queimada pela vida passada nas piscinas de Hollywood e um busto saliente num corpo rubenesco, mas que era forçado a viver de *grapefruit* e torrada.

— Querido Nicholas — chamou-o a baronesa. — Venha conversar conosco.

Quando ele se encaminhou para ela, viu Bolthos na multidão e respondeu ao seu olhar com um meneio de cabeça amigável. Ficou tentado, por um momento, a dizer algo sobre suas suspeitas, mas imediatamente pensou melhor. *Silence,* disse a si mesmo.

Morath beijou Lillian Frei nas faces.

— Nicholas, você conhece Blanche? A esposa de Bela?

— É Bela Kolovitzky, não Lugosi — disse a mulher com uma risada.

Morath riu educadamente com ela enquanto segurava sua mão. Qual era a graça?

— Na festa de Natal — disse Morath. — É bom vê-la outra vez.

— Ela estava no Crillon — disse a baronesa Frei. — Mas fiz com que viesse ficar comigo.

A esposa de Kolovitzky começou a conversar com ele em inglês, e Morath tentou acompanhá-la da melhor maneira possível. A baronesa viu que ele estava perdido e começou a traduzir para o húngaro, segurando a mão direita de Blanche com firmeza com a sua mão esquerda, movendo as duas mãos para cima e para baixo para dar ênfase enquanto a conversa prosseguia.

Aquilo era, Morath viu logo, um caso ruim, fatal, de loucura por dinheiro. Com a morte de uma tia em Johannesburg, o violoncelista, que fazia partituras para filmes de Hollywood, tinha herdado dois prédios de apartamentos em Viena.

— Nada chiques, sabe, mas sólidos. Respeitáveis.

Os amigos de Kolovitzky, seu advogado e sua mulher tinham rido do absurdo de Kolovitzky voltar à Áustria para reclamar a herança. Kolovitzky riu com eles, depois voou para Paris e tomou um trem para Viena.

— Ele foi uma criança pobre — disse Blanche. — Assim, o dinheiro nunca é suficiente para ele. Ele anda pela casa apagando as luzes. — Ela fez um pausa, encontrou um lenço na bolsa e enxugou os olhos. — Desculpe-me — disse ela. — Ele foi para Viena há três semanas, ainda está lá. Não querem deixá-lo sair.

— Alguém o encorajou a ir?

— Vê? Ele sabe — disse Blanche para a baronesa. — Um salafrário, um advogado em Viena. "Não se preocupe com coisa alguma", disse ele na carta. "Você é americano, não haverá problemas."

— Ele é cidadão americano?

— Ele conseguiu os documentos de residente estrangeiro. Recebi uma carta dele, em Crillon, e o fato foi que uma vez que entregou os prédios a eles, o advogado tem um pacto com os nazistas, é *isso* que está acontecendo, pensou que eles fossem deixá-lo voltar. Mas talvez não seja tão simples assim.

A baronesa parou, chocada com a palavra "pacto", e Blanche disse:

— Quero dizer, estão todos juntos nisso.

— Ele foi à embaixada americana?

— Ele tentou. Mas eles não estão interessados em judeus. "Volte em julho", disseram para ele.

— Onde ele está em Viena?

Ela abriu a bolsa e tirou um papel de carta fino e muito dobrado.

— Ele diz aqui. — Procurou pelos óculos e colocou-os. — Diz aqui, o Schoenhof. Por que, eu não sei, ele estava no Graben, que ele sempre gostou. — Ela leu mais adiante e disse: — Aqui. Ele diz: "Tive de passar os prédios, por questão de impostos, para o nome de *Herr* Kreml", é nome do advogado. "Mas eles me disseram que depois haverá outros pagamentos." Então ele diz: "Só posso esperar que seja aceito, mas, por favor, fale com *Mr*. R. L. Stevenson, no banco, e veja o que pode ser feito." Isso também é estranho, porque não existe *Mr*. Stevenson, pelo menos eu não conheço.

— Eles não vão deixá-lo sair — disse a baronesa.

— Posso ficar com a carta? — disse Morath.

Blanche entregou-lhe a carta e ele guardou-a no bolso.

— Devo enviar dinheiro?

Morath pensou um pouco:

— Escreva e pergunte a ele de quanto dinheiro precisa e quando vai voltar para casa. Então, diga que você está aborrecida, ou mostre isso, pelo fato de ele sempre se meter em encrencas. Por que ele não pode aprender a respeitar as leis? A questão é, você vai subornar, mas o suborno tem de funcionar, e você vai dizer mais tarde que tudo foi culpa dele. Eles são sensíveis com os Estados Unidos, os nazistas, não querem histórias nos jornais.

— Nicholas — disse a baronesa. — Há algo que possa ser feito?

Morath meneou a cabeça:

— Talvez. Deixe-me pensar um pouco.

A baronesa Frei olhou para ele, os olhos azuis como o céu de outono.

Blanche começou a agradecer-lhe; já tinha falado demais e estava quase falando sobre dinheiro, quando a baronesa interveio:

— Ele sabe, querida, ele sabe — disse ela gentilmente. — Ele tem um bom coração, conde Nicholas.

Visto de um camarote especial na tribuna de honra, os gramados do hipódromo de Longchamps brilhavam como veludo verde. As blusas de seda dos jóqueis fulgiam na luz do sol, vermelhas, douradas e azul-real. Silvana bateu com o lápis num programa das corridas.

— Coup de Tonnerre? — disse ela. Thunderbolt. — Era essa com a crina loura? Horst? Você se lembra?

— Acho que era — disse Von Schleben, pesquisando o programa. — Pierre Lavard está montando, e eles o deixam ganhar de vez em quando. — Ele continuou a ler. — Ou talvez Bal Masqué. O que você acha, Morath?

Silvana olhou para ele, na expectativa. Ela usava um vestido de seda estampada e colar de pérolas, os cabelos presos num estilo elaborado.

— Coup de Tonnerre — disse Morath. — Ele ficou em terceiro lugar, da última vez que correu. As chances são boas.

Von Schleben deu a Silvana algumas centenas de francos.

— Cuide disso para nós, está bem? — Morath também lhe entregou dinheiro. — Vamos tentar o palpite do conde Morath. — Quando ela foi para o guichê de apostas, Von Schleben disse: — Sinto muito sobre o seu tio. Passamos bons momentos juntos, mas assim é a vida.

— Você não ouviu nada, ouviu? Depois do que aconteceu?

— Não, não — disse Von Schleben. — Sumiu.

Quando os cavalos estavam indo para a linha de partida, houve as dificuldades usuais; um ajudante pulou fora para evitar ser escoiceado.

— Há um advogado em Viena com quem eu gostaria de entrar em contato — disse Morath. — Gerhard Kreml.

— Kreml — disse von Schleben. — Acho que não o conheço. O que lhe interessa saber?

— Quem é ele. Que tipo de trabalho faz. Acho que ele tem conexões com o partido austríaco.

— Vou ver o que posso fazer por você — disse Von Schleben. Entregou um cartão a Morath. — Ligue para mim, no início da próxima semana, se você não tiver ouvido nada. Use o segundo número, aqui, no final. — A corrida começou, os cavalos galopando embolados. Von Schleben levou um binóculo de ópera aos olhos e acompanhou a corrida. — Pegue a cerca, idiota — ele disse. — As patas dos cavalos batucavam na grama. Na metade da corrida, os jóqueis começaram a usar os chicotes. — *Ach scheisse* — disse von Schleben, baixando o binóculo.

— Esse Kreml — disse Morath. — Ele tem um cliente em Viena, um amigo de um amigo, que parece estar tendo problemas com os impostos. Um problema com a permissão para sair do país.

— Um judeu?

— Sim. Um músico húngaro, que mora na Califórnia.

— Se ele paga os impostos, não deveria haver problema. Claro que há situações especiais. E se há irregularidades, bem, as autoridades austríacas podem ser diabolicamente lentas.

— Devo lhe dizer quem é?

— Não, não se incomode. Deixe-me saber primeiro com quem você está lidando. Tudo em Viena é... um pouco mais complicado.

Os vencedores do páreo foram anunciados.

— Que pena — disse Von Schleben. — Talvez tenhamos mais sorte da próxima vez.

— Espero que sim.

— A propósito, há um homem chamado Bolthos, na missão diplomática. É seu amigo?

— Sim. Um conhecido.

— Tenho tentado falar com ele, mas ele é difícil. Muito ocupado, eu suponho.

— Posso pedir que ele ligue para você.

— Pode fazer isso?

— Vou pedir a ele.

— Eu certamente apreciaria isso. Temos interesses em comum, aqui e ali.

Silvana voltou, Morath pôde ver que ela tinha retocado o batom.

— Vou embora — disse ele.

— Eu ligo para você — disse Von Schleben — E, outra vez, sinto muito pelo seu tio. Esperamos que tenha sido para melhor.

Sem sapatos, a gravata frouxa, um cigarro numa das mãos e um copo de vinho do lado, Morath esticou-se no sofá de veludo marrom e leu e releu a carta de Kolovitzky.

Mary Day embrulhada numa toalha e com outra enrolada na cabeça, saiu fresca do banho, ainda quente, e sentou-se ao seu lado.

— Quem é R. L. Stevenson? — perguntou Morath.

— Desisto, quem é ele?

— Está nesta carta. De Kolovitzky, que tocou o violino na festa de Natal da baronesa. Ele conseguiu ficar preso numa armadilha em Viena, eles permitiram que ele escrevesse uma carta para a esposa... uma só, eu acho, não haverá outra, para ver se conseguem tirar mais dele antes de atirá-lo no canal.

— Nicholas!

— Sinto muito, mas é assim.

— O nome está na carta?

— Código. Tentando dizer à esposa alguma coisa.

— Oh, bem, então é o escritor.

— Que escritor?

— Robert Louis Stevenson.

— Quem é?

— Ele escreveu romances de aventuras. Muito famoso. Meu pai tinha todos os livros dele, leu-os na adolescência.

— Tais como?

— *A ilha do tesouro.* — Ela desenrolou a toalha dos cabelos e começou a enxugá-los. — Nunca ouviu falar?

— Não.

— Long John Silver, o pirata, com uma perna de pau e um papagaio no ombro. Alto lá, marujos! É sobre um grumete e um tesouro enterrado.

— Não conheço. O que mais?

— *O morgado de Ballantral?*

— O que acontece?

Ela encolheu os ombros.

— Nunca li. Oh, também, *Raptado.*

— É isso.

— Ele está dizendo a ela que foi seqüestrado?

— Em troca de um resgate.

20:30. O Balalaika estava cheíssimo, enfumaçado e barulhento, os violinos ciganos gemendo, os fregueses rindo e gritando em russo, o homem, no bar em frente a Morath, chorando silenciosamente enquanto bebia. Balki olhou para ele e sacudiu a cabeça;

— *Kabatskaya melankholia* — disse ele, os lábios apertados de tristeza.

— O que é isso?

— Uma expressão russa... melancolia de taverna. — Morath observou enquanto Balki preparava um *diabolo,* uma porção generosa de groselha, depois encheu o copo com limonada. Balki olhou para o relógio. — Meu substituto deveria estar aqui.

Alguns minutos depois o homem chegou e Balki e Morath rumaram para um bar na Place Clichy. Mais cedo, durante um momento calmo nos negócios, Morath tinha contado os detalhes da carta de Kolovitzky e os dois tinham discutido sobre a estratégia, chegando a um plano que não poderia dar errado e o que fazer se isso acontecesse.

No bar, Balki cumprimentou o dono em russo e pediu para usar o telefone.

— Talvez devêssemos ir à estação de trem — disse Morath.

— Podemos economizar a viagem. Metade dos russos brancos em Paris usa este telefone. Mercenários, atiradores de bombas, sujeitos tentando colocar o czar de volta no trono, todos vêm aqui.

— O czar está morto, Boris.

Boris riu.

— Está mesmo. E daí?

Morath pediu a telefonista internacional e conseguiu a ligação para Viena quase que imediatamente. O telefone tocou por um longo tempo, então um homem falou:

— Hotel Schoenhof.

— Boa noite. *Herr* Kolovitzky, por favor.

A linha sibilou por um momento, então o homem disse:

— Espere um pouco.

Morath esperou, depois uma voz diferente, cortante e suspeita, disse:

— Sim? O que o senhor quer com Kolovitzky?

— Quero falar com ele, só um minuto.

— Ele está ocupado agora, não pode atender ao telefone. Quem está falando?

— *Mr.* Stevenson. Estou em Paris no momento, mas devo ir a Viena na próxima semana.

— Direi a ele que o senhor ligou — falou o homem, e desligou.

Ele ligou para Von Schleben da Agence Courtmain. Uma secretária disse que ele não podia atender, mas alguns minutos depois ele ligou de volta.

— Tenho a informação que você queria — disse ele. — Gerhard Kreml é um rábula, basicamente um trapaceiro. Fazia pouco dinheiro antes do *Anschluss*, mas depois ficou rico.

— Onde pode ser encontrado?

— Ele tem um escritório de uma só sala em Singerstrasse. Mas ele não é o seu problema, o seu problema é um SS austríaco, Sturmbannführer Kammer. Ele e Kreml têm uma armadilha onde prendem os judeus que ainda têm alguma coisa sobrando para ser roubada. Suspeito que o seu amigo foi atraído para Viena e também devo dizer a você que as chances dele sair de lá não são boas.

— Há algo que você possa fazer?

— Acho que eles não vão desistir dele... talvez se fosse na Alemanha eu pudesse ajudar. Você quer que eu tente? Teria de haver uma contrapartida, claro, e mesmo assim não há garantia.

— E se nós pagarmos?

— É isso que eu faria. Você tem de compreender que lidar com Kammer é lidar com um guerreiro. Ele não vai deixar que ninguém entre no seu território e tire o que pertence a ele.

Morath agradeceu e desligou.

— *Liebchen.*

Wolfi Szubl disse isso ternamente, agradecido. *Frau* Trudi virou-se, deu-lhe um sorriso dengoso e atravessou a sala, seu traseiro imenso e suas coxas pesadas balançando quando ela requebrava os quadris. Quando chegou ao fim da sala, voltou-se, inclinou-se para ele, sacudiu os ombros e disse:

— Então, o que você vê?

— O paraíso — disse Wolfi.

— E o meu desconto?

— *Grande* desconto, *liebchen.*

— Sim? — Agora seu rosto brilhava de prazer. *Até seu cabelo é gordo,* pensou ele. Uma gaforinha crespa e avermelhada, que ela tinha escovado depois de ter se enfiado num corpete e balançava para cima e para baixo, como todo o seu glorioso resto, enquanto caminhava para ele.

— Vou levar tudo que você tem, Wolfi. O *Madame Pompadour*. Minhas meninas vão desmaiar.

— Não somente suas meninas. O que foi isso que eu vi? Deixou cair alguma coisa ali?

— Deixei? Oh, céus. — Com as mãos nas cadeiras, ela andou como uma modelo na passarela, um ombro para frente de acordo com o passo, queixo para cima, a boca fazendo beicinho. — Duas dúzias? Sessenta por cento de desconto?

— Você leu meu pensamento.

Na parede, ela se curvou e manteve a pose:

— Não vejo nada.

Szubl levantou-se da cadeira, veio por trás dela e começou a desabotoar os pequenos botões. Quando terminou, ela correu para a cama com passinhos de bebê e deitou-se de bruços com o queixo apoiado nas mãos.

Szubl começou a tirar a gravata.

— Wolfi — disse ela suavemente. — Não passa um dia sem que eu pense em você.

Szubl tirou a cueca e rodopiou-a no dedo.

O apartamento era em cima da sua loja, também *Frau Trudi*, na Prinzstrasse perto de uma padaria, e o cheiro dos doces no forno entrava pela janela aberta. Um dia um tanto quente em Viena, para variar, o abominável *Föhn* não estava soprando, o canário de *Frau* Trudi gorjeava na gaiola, tudo calmo e em paz. Era hora do crepúsculo, e ele podia ouvir a campainha da porta da loja embaixo quando os fregueses entravam e saíam.

*Frau* Trudi, úmida e rosada depois do ato de amor, aninhou-se nele:

— Você gosta daqui, Wolfi? Comigo?

— Quem não gostaria?

— Você podia ficar por uns tempos, se quisesse.

Wolfi suspirou. Se ao menos pudesse.

— Estou pensando se você conhece alguém que precisa ganhar algum dinheiro. Talvez uma das suas amigas tenha um marido que esteja desempregado.

— O que ele teria de fazer?

— Não muito. Emprestar seu passaporte para um amigo meu por uma semana mais ou menos.

Ela se apoiou no cotovelo e olhou para ele.

— Wolfi, você está com problemas?

— Eu, não. O amigo paga quinhentos dólares americanos pelo empréstimo. Então eu pensei, talvez Trudi conheça alguém.

Ele olhou para ela. Imaginou que podia ouvir o barulho da gaveta da caixa registradora enquanto ela convertia dólares em *shillings*.

— Talvez — disse ela. — Conheço uma mulher que o marido poderia fazer isso.

— Que idade?

— O marido? — Ela encolheu os ombros. — Quarenta e cinco, talvez. Sempre com problemas. Ela vem a mim para pedir um empréstimo, às vezes.

— Será possível esta noite?

— Acho que sim.

— Vou lhe dar o dinheiro agora, *liebchen*, e passo por aqui amanhã à noite para pegar o passaporte.

28 de junho. Um dia lindo com o sol brilhando, mas nem um único raio atingia o alojamento de caça. Três andares, trinta quartos, um grande saguão; tudo mergulhado nas sombras escuras e envelhecidas. Morath e Balki tinham alugado um carro em Bratislava e dirigido para as colinas arborizadas ao norte do Danúbio. Eles estavam na Eslováquia histórica, território húngaro desde de 1938, e apenas a alguns quilômetros da fronteira austríaca.

Balki olhou em volta com uma admiração desalentada, troféus de cabeças em todas as paredes, seus olhos de vidro brilhando à luz da floresta. Ele sentou-se hesitante no estofado de couro de uma grande cadeira de madeira com cenas de caçadas entalhadas no encosto alto.

— Onde os gigantes se sentavam — disse ele.

— A idéia é essa.

O velho império ainda vivia, pensou Morath. Um dos aristocratas de estimação da baronesa tinha concordado em emprestar o alojamento de caça. *"Muito reservado"*, tinha dito ele com uma piscadela. Era isso. Nos Pequenos Cárpatos, com espessos pinheiros, um regato que passava pela janela e uma pitoresca queda-d'água onde a espuma branca emergia de um afloramento escuro.

Balki andou por ali, olhando para os quadros horríveis. Moças sicilianas enchendo as ânforas na pequena corrente, ciganas com pandeiros, um Napoleão dispéptico com a mão num canhão. No fundo da sala, entre cabeças empalhadas de um urso e de um javali selvagem com grandes presas, ele parou em frente a um armário de armas e bateu os dedos na coronha polida de um rifle.

— Não vamos brincar com isso, vamos?

— Não, não vamos.

— Sem *cowboys* nem índios.

Morath sacudiu a cabeça enfaticamente.

Havia até um telefone. Um modelo simples, era fácil imaginar o arquiduque Franz Ferdinand ligando para seu taxidermista. Uma caixa de madeira na parede da cozinha, com um fone preso a um fio e um bocal preto no centro pelo qual se podia falar. *Ou gritar, era mais provável.* Ele tirou o fone da base, ouviu estática e colocou no lugar outra vez. Olhou para o relógio.

Balki tirou seu boné de operário e pendurou-o num chifre.

— Eu vou junto se você quiser, Morath.

Era pura bravura — um russo entrando na Áustria.

— Defenda o castelo — disse Morath. — Basta você ter tirado alguns dias de férias para isso, você não precisa ser preso. — Mais uma vez, Morath olhou para o relógio. — Bem, vamos tentar — disse ele. Morath acendeu um cigarro, colocou o fone no ouvido e bateu no gancho. De dentro da estática, uma telefonista falando em húngaro.

— Gostaria de pedir uma ligação para a Áustria — disse Morath.

— Vou fazer imediatamente, senhor.

— Em Viena, 4025.

Morath ouviu um sinal de duas chamadas. Então:

— Escritório de *Herr* Kreml.

— Ele está?

— Posso saber quem quer falar com ele?

— Mr. Stevenson.

— Espere na linha, por favor.

Kreml atendeu imediatamente. Uma voz educada, confiante, demasiado suave. Disse que era bom ele ter ligado. Morath perguntou pela saúde de Kolovitzky.

— Está em excelente estado de espírito! Bem, talvez um pouco, como direi, *oprimido*, com as suas várias dificuldades com os impostos, mas isso pode ser resolvido logo.

— Estou em contato com madame Kolovitzki, aqui em Paris — disse Morath. — Se o problema com os papéis puder ser resolvido, uma ordem de pagamento será enviada imediatamente.

Kreml falou mais um pouco, conversa de advogado, então mencionou uma quantia:

— Em termos da moeda americana, *Herr* Stevenson, acho que seria cerca de dez mil dólares.

— Os Kolovitzkys estão preparados para cumprir esse compromisso, *Herr* Kreml.

— Fico muito satisfeito — disse Kreml. — Então, dentro de um mês mais ou menos, uma vez que a ordem de pagamento seja recebida pelos nossos bancos, *Herr* Kolovitzky estará pronto para sair da Áustria com a consciência limpa.

— Um mês, *Herr* Kreml?

— Oh, pelo menos, da maneira como as coisas estão aqui. — A única maneira para apressar o problema, disse Kreml, seria usar um expediente um tanto obscuro do código de impostos, para pagamentos em dinheiro. — Isso iria clarear as coisas imediatamente, o senhor sabe.

Morath pensou.

— Talvez seja a melhor maneira — disse ele.

Bem, isso ficava a cargo de Kolovitzky, não ficava?

— *Herr* Stevenson, quero cumprimentá-lo pelo seu excelente alemão. Para um americano...

— Na verdade, *Herr* Kreml, nasci em Budapeste, como Istvanagy. Então, depois de ter emigrado para a Califórnia, troquei o nome para Stevenson.

Ah! Claro!

— Vou falar com madame Kolovitzky, *Herr* Kreml, mas, por favor, esteja certo de que o dinheiro do pagamento estará com o senhor dentro de uma semana.

Kreml ficou *muito* satisfeito ao ouvir aquilo. Conversaram mais um pouco. O tempo, Califórnia, Viena, então começaram a se despedir.

— Oh, sim — disse Morath —, há mais uma coisa. Gostaria muito de ter uma palavra com *Herr* Kolovitzky.

— Naturalmente. O senhor sabe o número do Hotel Schoenhof?

— Eu liguei para lá. Parece que ele está sempre ocupado.

— Verdade? Bem, o senhor sabe, isso não me surpreende. Um homem muito amável, *Herr* Kolovitsky, faz amigos onde vai. Assim, eu suponho que ele esteja num entra-e-sai, se divertindo, sentado nas confeitarias. O senhor deixou recado?

— Sim.

— Então qual é o problema? Ele vai ligar para o senhor no momento em que tiver uma chance. E, também, *Herr* Stevenson, as linhas telefônicas entre nós aqui e Paris... isso pode ser difícil.

— Parece que sim.

— Devo me despedir, *Herr* Stevenson, mas espero notícias suas em breve.
— Certamente irá tê-las.
— Adeus, *Herr* Stevenson.
— Adeus, *Herr* Kreml.

Eles foram para Bratislava na manhã seguinte, onde Morath deveria pegar o trem para Viena, mas isso não aconteceu. Caos na Estação Central, multidões de viajantes em dificuldades, todos os assentos ocupados, as pessoas na Avenida Jaskovy sentadas em suas malas. "É a linha Zilina", explicou o homem na bilheteria. Todos os trens de passageiro tinham sido cancelados para abrir caminho para os vagões de carga que levavam os tanques e a artilharia da Wehrmacht, e iam para leste numa fila permanente. Morath e Balki pararam de pé na plataforma e ficaram olhando, no meio de uma multidão silenciosa. Duas locomotivas puxavam os vagões de carga, os longos canos dos canhões aparecendo sob a lona encerada. Vinte minutos mais tarde, um trem carregado de cavalos em vagões de gado, depois um trem levando a tropa, os soldados acenando quando passavam, uma frase escrita a giz embaixo das janelas do vagão: "Vamos para a Polônia para derrotar os judeus."

A cidade de Zilina ficava a dezesseis quilômetros da fronteira da Polônia. Teria um hospital, um hotel para o estado-maior, um sistema telefônico. O coração de Morath apertou quando ele olhava os trens; aquilo era a esperança indo embora. Poderia ser intimidação, pensou, uma simulação, mas ele sabia que não era. Ali estava a primeira etapa da invasão. Aquelas eram as divisões que atacariam da Eslováquia, atravessando os montes Cárpatos e entrando no sul da Polônia.

Morath e Balki passearam por Bratislava, beberam cerveja num café e esperaram. A cidade fez Morath lembrar-se da Viena de 1938, as vitrines dos judeus quebradas, "Judeus, vão embora!" pintado nas paredes dos prédios. Os políticos eslovacos odiavam os tchecos, convidaram Hitler para protegê-los, depois descobriram que não gostavam de ser protegidos. Mas era tarde. Aqui e ali alguém tinha escrito nas cabines de telefone *pro tento krat*, "por enquanto", mas aquilo era fanfarronice e não enganava ninguém.

De volta ao restaurante da estação, Morath sentou-se com a maleta entre os pés, dez mil dólares em *schillings* austríacos guardados nela. Perguntou a um garçom se a ponte Danúbio estava aberta — para o caso de ele decidir atravessar —, mas o homem pareceu sombrio e sacudiu a cabeça.

— Não, não se pode usá-la — disse ele. — Eles a estão atravessando há dias.

— Tem alguma saída para a Áustria?

— Talvez às cinco eles deixem um trem atravessar, mas você tem de estar na plataforma... que vai ficar muito cheia. Entende?

Morath disse que sim.

Quando o garçom foi embora, Balki disse:

— Você vai conseguir voltar?

— Provavelmente.

Balki concordou.

— Morath?

— Sim?

— Você não vai se deixar matar, não é?

— Acho que não — respondeu Morath.

Ele tinha duas horas de espera e usou o telefone da estação para pedir uma ligação para Paris. Teve de esperar vinte minutos, então a ligação foi completada para a Agence Courtmain. A recepcionista, depois de várias tentativas, encontrou Mary Day numa reunião no escritório de Courtmain.

— Nicholas! — disse ela. — Onde você está? — Ela não tinha muita certeza do que ele estava fazendo.

— Negócios de família — disse ele, mas ela sabia que era mais do que isso. — Estou em Bratislava.

— Bratislava. Como está o tempo aí?
— O tempo está bom. Queria dizer a você que sinto a sua falta.
Depois de um momento, ela disse:
— Eu também, Nicholas. Quando você volta?
— Logo, em poucos dias, se tudo der certo.
— Vai dar certo, não vai?
— Acho que sim, não se preocupe. Pensei em ligar para dizer que eu amo você.
— Eu sei — disse ela.
— Vou desligar, tem gente esperando para usar o telefone.
— Está certo. Adeus.
— Em poucos dias.
— O fim de semana.
— Claro, antes disso.
— Então, até lá.
— Adeus, Mary.

O garçom estava certo a respeito do trem de passageiros. Ele encostou lentamente depois das seis e trinta, apinhado de gente por toda parte. Morath forçou a entrada, usando a força, sorrindo e pedindo desculpas, e conseguiu um pequeno espaço para si na plataforma do último vagão. Foi pendurado numa barra de metal, até Viena.

Ele ligou para Szubl no hotel e eles se encontraram num café, os proprietários fumando e lendo os jornais, conversando sobre política. Uma cidade onde todos estavam tristes e todos sorriam e nada podia ser feito — Viena sempre parecera assim para Morath e estava pior do que nunca naquela noite de verão de 1939.

— Eu tenho o que você quer — disse Szubl, entregando a ele um passaporte por debaixo da mesa. Morath olhou para a fotografia. Um homenzinho zangado olhava para ele, bigode, óculos, *nada dá certo.* — Você pode ajeitar isso? — perguntou Szubl.

— Sim. Mais ou menos. Tirei uma foto de um documento que a esposa dele tinha, posso colar aqui. Mas, com um pouco de sorte, não vou precisar disso.

— Eles revistaram a sua maleta na fronteira?

— Revistaram. Disse a eles para que seria o dinheiro, depois me deixaram passar. Mas eram os fiscais habituais da alfândega, nenhum SS ou qualquer coisa assim.

— Tirei as barbatanas de um corpete. Você ainda as quer?

— Sim.

Szubl entregou-lhe um envelope comprido da loja do hotel. Morath guardou-o no bolso.

— Quando você vai sair daqui?

— Amanhã. Ao meio-dia.

— Tome cuidado, Wolfi.

— Vou tomar. E o passaporte?

— Diga a ela que o seu amigo o perdeu. Mais dinheiro para *Herr* X, e ele pode arranjar outro.

Szubl concordou e levantou-se.

— Eu o vejo na volta a Paris.

Apertaram-se as mãos e Morath ficou vendo-o afastar-se, pesado e lento, mesmo sem a maleta do mostruário, um jornal dobrado debaixo do braço.

— Poderia dar uma volta na Mauerplatz?

— Se você quiser. — O chofer de táxi era um velho com um bigode caído, as medalhas da guerra presas no quebra-sol.

— Uma viagem sentimental — explicou Morath.

— Ah, claro.

Uma pequena praça, as pessoas passeando numa noite quente, velhas tílias fazendo sombra à luz dos postes da rua. Morath abaixou o vidro da janela e o chofer lentamente fez a volta na praça.

— Uma senhora e eu ficamos aqui alguns anos atrás.

— No Schoenhof?

— Sim. Continua o mesmo?
— Acho que sim. Quer saltar e dar uma olhada? Posso esperar.
— Não. Eu só queria vê-lo outra vez.
— Então, agora para a Landstrasse?
— Sim. Para o Imperial.
— Vem sempre a Viena?
— Uma vez ou outra.
— Está diferente do ano passado.
— Está?
— Sim. *Calma*, graças a Deus. Antes só tínhamos problemas.

Oito e quinze. Ele tentaria pela última vez, decidiu, e fez a ligação de um telefone do saguão do hotel.
— Hotel Schoenhof?
— Boa noite. Aqui é o *Doktor* Heber; por favor, ligue para o quarto de *Herr* Kolovitzky.
— Desculpe. Não é possível falar com *Herr* Kolovitzky.
— Ele não está no quarto?
— Não. Boa noite, *Herr Doktor*.
— É urgente, e você vai dar um recado a ele. *Herr* Kolovitzky fez alguns exames na minha clínica aqui em Wahring, e ele deve retornar logo que for possível.
— Está certo. Vou dar o recado.
— Obrigado. Agora poderia me fazer a gentileza de chamar o gerente ao telefone?
— Eu sou o gerente.
— O senhor é?
— O gerente. Boa noite, *Herr Doktor*.

Na manhã seguinte Morath comprou uma valise, colocou dentro o dinheiro e o seu passaporte, explicou ao funcionário da recepção que ele ficaria fora por uma semana, pagou pelo quarto até a quinta-feira seguinte e guardou a valise no cofre do hotel. O *marchand* de Paris enviou-lhe um novo passaporte — francês, desta vez. Ele voltou ao seu quarto, fez uma última e cuidadosa revista na valise e não achou nada fora do comum. Então, pegou um táxi para a Nordbannhof, tomou uma xícara de café no bar da estação, saiu e chamou um táxi.

— Para o Hotel Schoenhof — disse ele para o chofer.

No saguão, só homens.

Alguma coisa ligeiramente estranha na maneira como estavam vestidos, pensou Morath, como se eles estivessem habituados a uniformes militares SS à paisana. Ninguém fez continência ou bateu com os calcanhares, mas ele podia sentir isso — a maneira como cortavam o cabelo, a maneira como se portavam, a maneira como olhavam para ele.

O homem atrás do balcão não era um deles. O proprietário, pensou Morath. Cerca de cinqüenta anos, delicado e amedrontado. Ele olhou para Morath mais tempo do que o necessário. *Vá embora, você não pertence a este lugar.*

— Um quarto, por favor — disse Morath.

Um dos jovens na saguão aproximou-se e encostou-se no balcão. Quando Morath olhou para ele, recebeu de volta uma ligeira e amável inclinação de cabeça. De modo algum desagradável, ele estava ali para saber quem era Morath e o que ele queria. Sem problemas.

— Solteiro ou casal? — perguntou o proprietário.

— Solteiro. Dando para a praça, se tiver.

O proprietário olhou no livro de registros.

— Muito bem. Por quanto tempo?

— Duas noites.

— Seu nome?

— Lebrun. — Morath entregou o passaporte.

— Vai querer meia-pensão?

— Sim, por favor.

— O jantar é servido no salão de refeições. Às sete em ponto.

O proprietário pegou uma chave de gancho numerado atrás dele. Algo estranho no pincel. Na fileira de cima, ele viu, não havia chaves.

— Quatrocentos e três — disse o dono. — Quer que o empregado leve a sua valise? — Sua mão cobriu a campainha.

— Não precisa.

Ele subiu quatro andares de escada, o tapete velho e desbotado. Apenas um hotel comercial, pensou. Como centenas em Viena, Berlim, Paris, onde quer que se fosse. Achou o 403 e destrancou a porta. Uma cortina frouxa estampada de *edelweiss* e uma colcha sobre uma cama estreita. Paredes verde-claras, um tapete gasto e nenhum som para ser ouvido. *Muito calmo este hotel.*

Decidiu dar um volta e deixá-los dar uma olhada na sua valise. Entregou a chave ao proprietário no balcão e saiu para a Mauerplatz. Numa banca deu uma olhada nas manchetes, Polônia ameaça bombardear Danzig! Comprou uma revista de esportes, jovens jogando voleibol na capa. Uma vizinhança agradável, pensou Morath. Apartamentos de tijolos sólidos, mulheres com carrinhos de bebê, uma linha de bonde, uma escola onde se podia ouvir as crianças cantando, o dono da mercearia sorridente na porta da sua loja, um homenzinho, que parecia uma fuinha, sentado ao volante de um Opel amassado. De volta ao Schoenhof, Morath pegou sua chave e subiu as escadas, passou pelo quarto andar e foi para o quinto. No corredor, um homem forte com uma cara vermelha sentado numa cadeira encostada na parede. Levantou-se quando viu Morath.

— O que o senhor quer aqui em cima?

— Estou no quarto 403.

— Então está no andar errado.

— Oh. O que é aqui em cima?

— Reservado — disse o homem. — Vá descendo.

Morath pediu desculpas e afastou-se. *Muito perto*, pensou ele. Dez quartos no quinto andar. Kolovitzky estava preso num deles.

Às três da manhã, Morath estava deitado na cama no quarto escuro, de vez em quando uma brisa que vinha da Mauerplatz balançava as cortinas. Fora isso, silêncio. Depois do jantar surgira um músico de rua na praça, tocando acordeão e cantando. Depois ele ouviu o rádio da mesa-de-cabeceira. Liszt e Schubert, até meia-noite, quando a estação da rádio nacional saiu do ar. Não saiu completamente do ar — eles tocaram o tique-taque do metrônomo até a madrugada. *Para dar confiança às pessoas*, diziam.

Morath olhou para o teto. Ele estava há três horas sem nada para fazer, a não ser esperar; já tinha pensado em quase tudo que podia. Sua vida. Mary Day. A guerra. O tio Janos. Ele sentia falta de Polanyi, e o surpreendia o quanto. Echézeaux e *bay rhum*. O amável desrespeito que ele sentia pelo mundo no qual tinha de viver. E o seu truque final. *Olhe, tente isto.*

Ele pensou nos outros hóspedes do hotel — os verdadeiros, não a SS. Tinha sido muito fácil identificá-los no salão de jantar, tentando comer o jantar horrível. Ele empurrou o talharim no prato de um lado para o outro, ficou de olho no garçom e imaginou como os andares de baixo funcionavam. Quanto aos hóspedes, ele acreditava que sobreviveriam. Esperava que sim.

De uma igreja, em algum lugar da vizinhança, a solitária badalada da meia hora. Morath suspirou e lançou as pernas para fora da cama. Vestiu o paletó e ajeitou a gravata. Então tirou do bolso o envelope que Szubl tinha lhe dado. *Celulóide.* Feita de algodão-pólvora solúvel e cânfora.

Respirou fundo e lentamente virou a maçaneta da sua porta, ouviu por uns segundos e saiu para o corredor. Desceu as escadas um degrau de cada vez. Alguém tossiu no terceiro andar, uma luz por baixo de uma porta no segundo.

A poucos passos da área da recepção no térreo, olhou para a escuridão. Tinha de haver um guarda. Onde? Finalmente, identificou parte de uma silhueta acima do encosto de um sofá e ouviu a respiração de um sono leve. Morath moveu-se cautelosamente em volta do pilar no pé da escada em caracol, entrou no salão de refeições, depois no vestíbulo por onde o garçom tinha aparecido e desaparecido durante o jantar.

Finalmente a cozinha. Ele acendeu um fósforo, olhou em volta, depois o apagou. Havia um poste de luz na rua perto das janelas, com luz suficiente para Morath ver o que estava fazendo. Ele encontrou as pias, grandes, canos pesados feitos de zinco, ajoelhou-se no chão embaixo delas e correu os dedos pelo cimento. Achou o sifão de gordura, percebeu que teria muito trabalho para abri-lo e abandonou a idéia.

A seguir, tentou o fogão, e ali ele encontrou o que precisava. Perto da porta do forno, uma grande lata de metal que guardava toucinho agora era usada para guardar a gordura despejada das panelas. Estava muito pesada, talvez dez quilos de gordura amarela e rançosa, a maior parte coagulada, com um dedo ou mais de óleo flutuando na superfície. *Salsicha, manteiga, bacon,* ele pensou. *Ganso assado.*

Olhou em volta, viu um aro de ferro em cima do fogão onde os utensílios eram pendurados, pegou cuidadosamente uma concha enorme e tirou a gordura rançosa. Pegou um bocado a gordura e espalhou em cima do balcão de madeira. Espalhou também nas paredes e nas molduras das janelas e nas portas dos armários. Depois, deixou a lata em um canto, mergulhou as varetas pela metade na gordura, acendeu um fósforo e jogou dentro da lata.

O celulóide pegou fogo imediatamente; uma chama quente e branca, então a gordura começou a espirrar e um pequeno rio de fogo líquido correu pelo chão e começou a queimar as paredes. Poucos minutos depois, ele viu o teto começar a ficar preto.

Agora, ele tinha de esperar. Encontrou um armário de vassouras perto da entrada da cozinha, entrou e fechou a porta. Ele mal cabia no armário. Contou onze vassouras. Que diabos eles faziam com tantas vassouras?

Disse para si mesmo para manter-se calmo, mas os estalos que vinham da cozinha e o cheiro do fogo aceleraram suas pulsações. Tentou contar até cento e vinte, como planejara, mas não conseguiu. Não tinha intenção de morrer num armário de vassouras vienense. Abriu a porta e correu para o corredor através de uma nuvem de fumaça.

Ouviu um grito do guarda do saguão, depois outro. Cristo, havia *dois* ali.

— Fogo! — gritou ele, enquanto subia correndo as escadas. Podia ouvir portas sendo abertas, passos apressados.

Segundo andar. Terceiro andar. Agora tinha de confiar que os guardas austríacos da SS trocavam de turno como todo mundo. No meio da escada para o quinto andar começou a gritar:

— Polícia! Polícia!

Um homem com a cabeça do feitio de uma bala, em mangas de camisa, veio correndo pelo corredor, uma Luger na mão.

— O que está acontecendo?

— Abra essas portas. O hotel está pegando fogo.

— O quê? — O homem deu um passo para trás. *Abrir as portas?*

— Depressa. Você tem as chaves? Me dê as chaves. Vá agora, corra, pelo amor de Deus.

— Eu tenho de...

Morath, o policial, não lhe deu tempo. Agarrou-o pela camisa e mandou-o descer correndo até o saguão.

— Vá acordar seus oficiais. *Agora.* Não temos tempo para brincadeiras.

Aquilo, por alguma razão, funcionou. O homem guardou a Luger no coldre e desceu os degraus, gritando "Fogo".

Morath começou a abrir as portas — os números dos quartos, graças a Deus, estavam nas chaves. O primeiro quarto estava vazio. No segundo, um homem da SS, que se sentou na cama e olhou para Morath apavorado:

— O quê? O que é isso?

— O hotel está pegando fogo. É melhor sair.

— Oh.

Aliviado que fosse só o hotel pegando fogo. O que ele tinha pensado?

Havia fumaça no corredor. Um homem da SS passou correndo, estava usando um pijama de listas e carregando uma metralhadora. Morath achou outro quarto vazio, então, na porta seguinte, Kolovitzky, lutando para abrir a janela.

— Não faça isso — disse Morath. — Venha comigo.

Kolovitzky virou-se para ele. Não era o mesmo homem que tinha tocado violoncelo na festa da baronesa; este homem estava velho, cansado e amedrontado, usava suspensórios e uma camisa manchada. Ele estudou o rosto de Morath — estava inventando um novo jogo, um que eles ainda não tinham tentado com ele?

— Vim aqui para salvá-lo — disse Morath. — Incendiei o hotel por você.

Kolovitzky entendeu.

— Blanche — disse ele.

— Tem mais alguém preso aqui?

— Havia outros dois, mas eles saíram ontem.

Agora ouviram sirenes e correram, tossindo, as mãos na boca, descendo as escadas através da fumaça crescente.

A rua em frente do Schoenhof estava uma confusão. Carros de bombeiros, os bombeiros desenrolando as mangueiras para dentro do hotel, policiais, uma multidão de curiosos, um homem vestindo apenas um cobertor, duas mulheres de robe. Morath guiou Kolovitzky através da Mauerplatz, depois por uma rua lateral.

Quando eles se aproximaram, o chofer do Opel amassado deu a partida no carro. Kolovitzky entrou no banco de trás e Morath no da frente.

— Alô, Rashkow — disse Morath.

— Quem é ele? — perguntou Kolovitzky mais tarde naquela manhã enquanto Rashkow molhava umas árvores à beira da estrada.

— Ele é de Odessa — disse Morath. — Pobre Rashkow. — Balki tinha ligado para ele, que vendera as ações da ferrovia dos czaristas e o livro inacabado de Tolstoi e, tinha terminado na prisão na Hungria. Morath foi até Sombor para tirá-lo da cadeia.

— Com essa aparência — disse Kolovitzky —, devia ir para Hollywood.

Rashkow passou por estradas rurais através dos campos austríacos. Um dia em julho, as beterrabas e as batatas brotariam no verde brilhante dos campos. Estavam só a sessenta quilômetros da fronteira húngara, em Bratislava. Ou Pressburg, se preferir, ou Pozsony. No banco de trás, Kolovitzky olhou para o passaporte austríaco com a sua foto:

— Você acha que estão procurando por mim?

— Estão.

Pararam perto da ponte do Danúbio, em Petrzalka, no passado um ponto da fronteira tcheca, agora no protetorado eslovaco. Abandonaram o carro. Foram para um quarto alugado em cima de um café, onde os três trocaram as roupas por ternos escuros. Quando desceram, um Mercedes Grosser com a placa diplomática húngara estava esperando por eles, dirigido por um chofer de um dos amigos diplomatas de Bolthos em Budapeste.

Havia um enxame de austríacos da SS na fronteira, fumando, rindo, pavoneando-se por ali nas suas botas altas e engraxadas. Mas o chofer os ignorou. Parou suavemente na entrada no prédio da alfândega, apresentou quatro passaportes pela janela. O guarda da fronteira levou um dedo à viseira do quepe, olhou rapidamente para dentro do carro e devolveu os passaportes.

— Bem-vindo ao lar — disse o chofer a Kolovitzky quando cruzaram para o lado húngaro do rio.

Kolovitzky chorou.

Um jantar à meia-noite na Rue Guisarde.

Mary Day sabia que os trens atrasavam, cruzando a Alemanha, então tinha planejado as coisas. Preparou um prato de fatias de presunto, uma salada de legumes e uma *baguette*.

— E isso foi entregue ontem — disse ela, tirando uma garrafa de vinho do armário e um saca-rolhas da gaveta da cozinha. — Você deve ter pedido por telefone — disse ela. — Muito delicado da sua parte, no meio da... o que quer que fosse, pensar em nós.

Um Echézeaux 1922.

— Era isso que você queria?

— Era — disse ele, sorrindo.

— Você é mesmo muito bom, Nicholas — disse ela. — Realmente, muito bom.

Este livro foi composto na tipologia *Goudy Old Style* em corpo 11/15 e impresso em papel *Chamois fine* 80g/m² no Sistema Cameron da Divisão Gráfica da Distribuidora Record.